MW01174871

Cent' ans
dans les bois

Maquette de la couverture : Jacques Léveillé

ISBN 2-7609-3061-0

Imprimé au Canada

Antonine Maillet

Cent ans
dans les bois

Leméac

À Mère Jeanne de Valois, qui m'a permis
de regrimper l'âbre des Pélagie
dont elle est le plus beau greffon.

PROLOGUE

MA MÈRE m'a regardée comme si j'avais dit un mot énorme.

— J'y étais, moi, sur l'empremier?

Est-ce que j'y étais?... Et je restai arc-boutée contre mon horizon, les narines béantes et l'œil à pic, prête au premier geste de ma mère à sauter à cloche-pied dans cette boule de temps qui enveloppait mes aïeules, bisaïeules et trisaïeux.

La vie était ronde, je l'avais entendu dire, comme un œuf, un ballon, un bol de soupe. La dune accrochée au village adossé à la forêt fermait le cercle qui s'enroulait autour de moi, petit gland au centre du monde. Au-delà, c'était l'aventure aussi hasardeuse qu'une randonnée à la cave, la nuit, en plein hiver.

Mais avant?

Car cette sphère où j'agitais bras et jambes roulait des cercles concentriques qui plongeaient loin dans le temps. Jusqu'à ma grand-mère, ma grand-grand-mère... jusqu'à l'empremier. Le plus mystérieux, le plus envoûtant des mondes!

Rien ne m'avait échappé de cette complicité de ma mère avec l'empremier. Chacun de ses soupirs, de ses clins d'œil, de ses ahhh! me donnait des sueurs et des frissons. Comment aurais-je pu rater ça?

— Tu y étais... mais dans le ventre de ta grand-grand-mère.

Ohhh!...

Et j'en eus des chatouilles par toute la peau. Peu importe ma position, j'y étais. Le ventre, c'est toujours mieux que les pieds, que le cou. Le ventre, c'est le centre de moi. J'avais donc vu l'empremier, le temps en premier temps, de son centre.

Aussitôt le monde des arbres, des étoiles, des saisons, des fièvres, des cousins, des corvées, des jeux, des mots, des rêves de jour et des rêves de nuit, le monde tout entier s'est reconstitué autour de mon être en plein empremier.

C'est ainsi qu'avant l'âge de raison, j'avais vu déjà, par les racines, l'histoire qu'un jour je vous raconterais. Une histoire que les plus savants des historiens n'ont jamais vue que d'en haut. La difficulté pour la chronique de raconter ma bisaïeule, c'est que la rusée se tenait bien au chaud au fond de ses bois, avec trois ou quatre générations des siens, engloutie sous la neige en hiver et sous la fougère le reste du temps, n'osant pas mettre le nez dehors pour s'informer du temps qu'il fait avant d'être bien sûre que le temps est au beau. Historien ou pas, essayez d'y voir quelque chose! Essayez de percer le mur de forêt vierge qui enveloppe un peuple caché là depuis cent ans. D'au-dessus, vous n'y verriez pas plus clair que dans un nid de fourmis.

Un nid de fourmis...

...Ça grouille là-dedans. Un cratère ouvre sur des couloirs qui conduisent à des voûtes qui abritent des familles qui mangent, rangent, s'accouplent, rient, chantent, plantent, récoltent, se révoltent, se taisent, braillent, pètent, défèquent, rechantent et se reproduisent.

On me dit que ce n'est pas si sûr que les fourmis chantent et braillent. Mais mes aïeux de sur l'empremier, isolés et calfeutrés dans les bois qui jalonnaient la côte est du pays, ont dû en brailler et chanter un bon coup. Autrement, comment sortir vivants de la solitude au bout de trois générations? Pour percer le mur de silence qui les avait enfermés là malgré eux, il a bien fallu qu'ils crient, huchent et jacassent très fort durant cent ans.

Pas étonnant que ma grand-mère qui en est sortie en eût gardé au fond des oreilles tant de mots antiques et sonores; pas étonnant qu'elle les eût enfouis dans le ventre de ma mère en la mettant au monde pour ne pas laisser se dissiper l'hairage; pas étonnant que ma mère les eût retrouvés avec l'âge de raison et se soit mise aussitôt à se dérouiller la gorge.

Pas étonnant.

Et ne vous étonnez pas si à mon tour je sors de la Dame Gigogne, grosse de tous mes ancêtres, mettant au monde à rebours ma mère, ma grand-mère, ma grand-grand-mère et trisaïeule, me remémorant le chemin parcouru, repérant les odeurs et les bruits, revivant au

11

creux de leur ventre la vie de ceux qui m'ont mise au monde.

Ne vous étonnez plus de rien.

1

TOUS les Jérôme sont des menteurs, c'est connu, comme les Jean sont tendres, les Jeanne rusées, les Basile coléreux et les Angélique... pas si angéliques que ça. Mais le Jérôme de sur l'empremier, celui qui contournait la pointe de la dune, à la fin du siècle dernier, et abordait la côte du Fond-de-la-Baie en sifflant des mironton-mirontaine, était un menteux. Et la différence entre le menteur et le menteux, dans mon pays, est la même qu'entre l'historien et le conteur: le premier raconte ce qu'il veut; l'autre, ce que vous voulez. Mais au bout d'un siècle, tout cela devient de la bonne pâte à vérité.

Ainsi le Jérôme du temps de mon arrière-grand-mère se surnommait le Menteux. Sans lui, ne me demandez pas comment l'histoire serait sortie du bois, en 1880, et nous serait parvenue aussi fière et gaillarde. Oh! pas toujours en droite ligne, je ne prétends pas l'avoir reçue en main propre. J'ai même dû cogner à plusieurs portes, extirpant de chaque gorge un mot à la

13

fois avant de reconstituer toute la phrase. Mais quelle phrase!

Tout cela, par la grâce de Jérôme.

L'histoire commence avec lui. Curieusement. Car ce menteux qui a si bien su transmettre les mots des autres, en les agençant, juxtaposant, les triturant pour en extraire tout le jus, ne s'est jamais attribué à lui-même une seule idée primitive. Il ornait chacun de ses récits de «comme disait mon père», «au dire du vieux Mathias», «je le tiens de la défunte Agnès», ou «je m'en vas vous raconter un conte que m'a conté un conteux mort y a passé cent ans».

Dires de Jérôme que certains appellent dires de menteux.

Mais j'ai compris très tôt que les menteux seuls gardaient au fond de leur besace assez de paroles entières ou fractionnées pour reconstituer le vitrail où se mire le monde. À la condition de le regarder à la lumière du levant. Heureusement pour mon pays qui se réveille à l'est. Aussi regorge-t-il de menteux.

— Grouillez-vous, bande de flancs mous! vous voyez donc pas que le temps est au beau?

C'est parti.

Elle l'a dit le mot que tous attendaient depuis cent ans! Elle l'a projeté sur son devant de porte, en levant le poing au ciel qui ne les a pas ménagés, personne, durant ce long hiver. Le pire en cent ans... n'exagère pas, la Gribouille... en trente ans. Un hiver de bourrasques, de roulis, de poudrerie, de crachin, de froidure qui fait craquer les branches, et de cette sacrée sorcière de vent qui attaque les hommes par derrière, en pleine mer, les enroule autour des mâts, et les garroche le lendemain matin entre les dépouilles de voiles et de beauprés. Une belle garce, celle-là! Mais c'est la garce que dix générations de loups de mer n'ont cessé de cajoler et minatter, les yeux creux dans le front, résolus à la mater ou à lui laisser leur peau.

— Je plains la bougresse qui touchera à la peau de mon homme, que fait la Gribouille en roulant ses yeux de chat autour des reins de l'Adélaïde du troisième lit, sa demi-sœur, qui sitôt les cambre d'un autre cran.

Et tout le voisinage comprend que Pélagie-la-Gribouille a oublié le dur hiver et affile déjà la lame de sa bêche pour s'attaquer au printemps naissant.

— Allez! le temps est venu de défricher.

Le temps était venu, même le Dâvit à Gabriel l'admit. Et pour que Dâvit accorde créance à un seul dire de la Gribouille...

— Aveindez les râteaux, les pics et les fourches à foin, la terre est dégelée.

Et c'est ainsi que Jérôme-le-Menteux aborda ceux du Fond-de-la-Baie, qui labouraient la terre au bâton à planter en ce début de printemps 1880.

— Vos cousins de Memramcook, eux, ils labouront à la charrue.

C'était bien mal s'introduire au Fond-de-la-Baie, ça, Jérôme! Si les gens de Memramcook avaient réussi à soustraire une charrue et une jument à la débâcle, tant mieux pour eux. Mais la Gribouille connaissait le prix qu'ils avaient dû la payer, leur charrue en fer. Et leur paire de juments. Et leur logis bardotté aux bardeaux de cèdre. Et leur potager fleuri sur leur devant de

15

porte, leur champ d'avoine derrière, et leurs cent acres de terre en bois debout en haut du champ... ahhh! Pauvres gens des côtes! Il n'aurait pas fallu, Jérôme, leur rappeler tout ça, à ceux-là qui venaient de s'arracher à un long hiver d'onglée au bout de chaque doigt. Un hiver de cent ans.

— Ça mange-t-i' encore de la passe-pierre le dimanche dans la vallée de Josaphat?

Et le champ en friche, secoué par le rire qui lui déferla sur le dos, se défricha d'un coup sec.

La vallée de Memramcook! Chaque fois qu'un Léger, ou un Cormier, ou un LeBlanc des côtes allongeait le cou hors de ses bois, c'était pour renifler de la parenté déjà bien établie sur une bonne terre qu'on labourait à la charrue attelée à une jument.

Une charrue en fer, t'as qu'à ouère!

Mais ceux du Fond-de-la-Baie durant ce temps-là labouraient la mer avec la quille de leurs bâtiments. Si fait, Jérôme, des bâtiments construits de leurs mains. Oh! pas des trois-mâts, n'exagérons pas, point la goélette du Beausoleil ou du capitaine Kidd. Mais une cale qui ne prenait pas l'eau, tout de même. Si fait.

— Nous autres, j'ons choisi la mer, point la vase des marais.

Et Marguerite à Loth, qui ne croyait narguer que le Jérôme, sentit ses pieds s'engluer dans la terre ferme qui n'aimait pas se faire traiter de marécage.

...Qui c'est qui les avait nourris durant tout ce temps-là? La mer, tu dis? Alors les pommes pour le cidre et la confiture? et les carottes, et les patates, et les navets, et les betteraves qui savent traverser l'hiver sans geler ni pourrir? et la farine d'avoine et le blé? et le chanvre et le lin? et la faîne? et le bois de chauffage, hein? le bois de chauffage?

Sans la terre et la forêt, le peuple du Fond-de-la-Baie se réveillait bien au-delà de la vallée de Josaphat au bout du siècle.

— Y a rien au-delà de la vallée de Josaphat, par rapport que c'est écrit dans les Écritures que ça sera là l'emplacement du Jugement dernier.

Et Dâvit à Gabriel, les poings dans ses poches de fesses, attendit la réponse de celle qui n'avait cessé de défendre la terre contre l'océan, depuis l'arrivée des ancêtres sur la baie, Pélagie-la-Gribouille, haire et descendante en ligne directe de la plus solide et authentique Acadie ancestrale.

La réponse de la Gribouille se fit attendre, au point de donner à Dâvit à Gabriel l'illusion qu'il avait eu le dernier mot, et à Marguerite à Loth la corde pour se pendre. Pauvre Marguerite à Loth! Après toutes ces années, elle n'avait donc pas compris! Pas compris qu'on ne saurait choisir terre et mer et le bon Dieu par surcroît; que dire des riens pour parler, c'est parler pour rien dire; que la vie n'est pas si simple que ça; et que pour finir, personne l'ostine.

La Marguerite à tout coup se pendait à cette corde-là. À tout coup elle s'enfargeait dans les silences des autres, en gros sabots, toutes voiles au vent, croyant faire avancer le temps en poussant dessus. Trop de zèle, Marguerite à Loth! Pour aller au-devant des coups et placer un mot d'intention droite et de bonne volonté, elle emmitouflait si bien le mot dans des adverbes et adjectifs circonstanciels, que la volonté en sortait toute croche et l'intention biaisée.

La Gribouille, bien entendu, ne faisait rien pour aplanir le sentier sous les sabots de la Marguerite. Même certains prétendent qu'elle y mettait de la mauvaise foi. Car les dires de Marguerite à Loth, sous la moindre analyse, se révélaient des reprises, un mois ou un an plus tard, de sentences sorties de la bouche de Dâvit à Gabriel, de Louis à Bélonie, de Froisine, de Jaddus, de Crescence et, tenez-vous bien! de la Gribouille en personne qui avait eu le temps de les renier trois fois.

Il n'y a que les fous qui ne changent pas d'idée.

Surtout dans un pays qui change de saison tous les trois mois : et qui passe du vert au paille, à l'ocre, au rouge, au gris, au blanc, au vert si bleu qu'on s'y méprend, au vert vert, puis au vert si pâle qu'il en jaunit en une nuit. Comment voulez-vous vous agripper à une idée fixe dans un pays comme celui-là !

Et puis, les idées fixes vous figent l'esprit, ça, tout le pays vous le dira, hormis Marguerite qui n'aurait su reconnaître une idée fixe tant elle en avait les méninges pavoisées.

— Plus loin que la vallée de Josaphat, y a la vallée de larmes réservée à ceux-là, comme j'en counais, qui sortiront point fiers de leur jugement dernier.

Et pan! pour Dâvit à Gabriel!

Il s'était figuré, le chenapan, que la Gribouille lui avait laissé le dernier mot, hein ? Pas plus au Dâvit qu'à la tannante de Marguerite. La Gribouille ne cédait ses prérogatives à personne.

Ni ses prérogatives, ni ses biens. On s'accroche à un lot de terre qu'on a pris cent ans à défricher.

— Comme disait mon père, c'est moins grave que de défricher le même lot trois fois.

Encore le Jérôme. Il voulait parler de Memramcook, sûrement. Mais cette histoire du triple défrichage de la vallée, tout le monde la connaissait. Un vagabond sorti du sud n'a pas besoin de s'affubler du titre ronflant de plus grand menteux des pays chauds — ces pays chauds que le Jérôme situait n'importe où entre la baie de Fundy et le Cap-Breton — pour s'en venir raconter une histoire qu'on se passait comme du tabac dans la parenté, de père en fils en rejeton.

— Et pour commencer, d'où c'est que vous sortez comme ça, en pleine fonte des neiges, la besace sus le dos? D'où c'est que vous ressoudez?... Jérôme, vous dites?

Jérôme prend une profonde inspiration. Mais au printemps naissant, entre les bourgeons, les rigoles et les souches pourries, les poumons sont engourdis et la respiration paresseuse. Et Jérôme, qui hume la forêt du Fond-de-la-Baie pour la première fois, doit ajuster son souffle à l'air du temps, ajustement qui accorde à la Gribouille trois bonnes secondes d'avance. Et trois secondes suffisent à vider le cœur de n'importe quel réchappé des bois qui n'a pas entendu le son de sa voix durant tout un hiver.

— Foin! qu'elle fait.

Et dans ce seul mot, elle renvoie Jérôme et tous les ad germains de Memramcook, Beaumont ou le Barachois à leurs marais de passe-pierre et de foin salé.

Quelqu'un allait-il s'imaginer qu'on avait oublié? Quand on a traîné un cochon de cinq cents livres sur la mer gelée, de Shédiac à Cocagne à la Pointe-à-Jacquot, enfilant les anses et les baies, dans les portages, le long des dunes, on le garde au creux des reins pour le reste de ses jours, le poids du cochon. Et on en garde l'échine croche qu'on se transmet de lit en lit.

Et voilà Jérôme-le-Menteux qui est forcé d'entendre tout au long et jusqu'au bout, sans remuer les jambes ni cligner des yeux, une histoire, farcie par surcroît de mots du pays et d'accent des côtes, qu'il gardait au fond de son sac pour les plus grands jours et qu'il avait cru, l'innocent, faire avaler à ceux-là même qui l'avaient vécue.

Un dur coup pour Jérôme, quasiment ses Plaines d'Abraham. Non seulement on lui chipait son plus beau récit, mais on le lui rendait biscornu et tarabiscoté, un vrai bâtard de conte d'animaux. Même que le cochon de cinq cents livres passait au premier plan, écartant d'un coup de fesse — poussez-vous! — nulle autre que la vieille Sarah au défunt Timothée, la diseuse et voyante qui savait prédire les comètes, éclipses ou pluies de météores mieux qu'aucun almanach. Le cochon avait déclassé tout le monde et figurait seul au centre du récit, comme un trophée, un trésor transporté au péril de sa vie, et qui s'en va crever, les quatre fers en l'air, en accostant au Fond-de-la-Baie. Quelle catastrophe! La Gribouille était prête à dire, deux générations plus tard, que la bête l'avait fait exprès.

...Comment exprès? Vous croyez que c'était plus drôle pour le cochon de rendre l'âme avant même d'avoir pris possession de son nouveau pays?

...Son nouveau pays, heye, heye! Le Fond-de-la-Baie était peut-être une terre de sauvages, mais de là à l'appeler pays de cochons!

— Il avait beau se forcer une petite affaire, comme j'ons tous fait. Ils avont-i' craché l'âme avec les boyaux, les premiers arrivants du début du siècle? Chacun savait qu'une race se bâtit point avec des cadavres; et chacun s'est efforcé de point lever le pied avant la fin de ses jours.

La Gribouille va chercher sa respiration au plus profond de son ventre pour être sûre de reculer sa propre fin jusqu'à sa dernière heure. Le souvenir du cochon lui donne un regain d'énergie.

— Sale bête! s'en aller crever en plein mois de janvier sans laisser une seule tranche de lard pour rassasier un moussaillon.

...De quoi allait-on nourrir les affamés pour finir l'hiver? D'un cochon, on tire la graisse, la panse, le jambon salé, la couenne, le lard, le jarret, le boudin, la boudinière, la saucisse, les côtes, la tête fromagée, la peau, le saindoux, la cochonnaille, et le suif pour les chandelles. Un cochon ou point de cochon, et douze familles atteignaient ou non le printemps. Vous pensez qu'on avait le goût après ça de se remémorer les temps anciens où une caravane de charrettes avaient ramené un peuple au pays? Vous pensez qu'on avait l'âme à se raconter des histoires, au coin du feu, durant l'agonie d'un cochon qui avait tout l'air de ne pas comprendre, le porc, qu'un cochon n'a pas le droit de mourir de sa belle mort?

Depuis Memramcook qu'on le traitait aux petits oignons, l'animal, le cajolant, l'encourageant, le nourrissant des meilleurs restes pour le préparer à sa mission rédemptrice. À lui tout seul, il allait sauver toute une race... Tu comprends, il faut partir, prendre par le nord, nos terres nous sont raflées encore un coup... On partait quasiment les mains vides, quasiment le ventre creux, mais riches d'un cochon de cinq cents livres. Cinq cents livres, pensez donc!

Justement, c'était trop. Rendu à la Pointe-à-Jacquot, le cochon, qui n'en pouvait plus de traîner ses cinq cents livres de graisse et de couenne, piqua du groin dans un roulis de neige, sans un mot.

— Sarah! faisez de la place à Sarah.

Sarah la voyante battit la neige pour se faire un chemin, soutenue par un Basque et un Cormier, précédé d'un fils Bélonie. Elle s'agenouilla sur la glace vive et examina les oreilles de la pauvre bête. Au même instant, le temps se chagrina et le ciel se rembrunit. Sarah ne leva même pas la tête, mais elle dit:

— Vous essayerez de pêcher de bonne heure ce printemps, les houmes.

Et les rescapés de Memramcook, les LeBlanc et les Basque, les Cormier, les Léger, les Girouard, les Allain, les Collette et les héritiers du radoteux de Bélonie-le-Vieux, tous, les bras lourds le long du corps, comprirent que certains d'entre eux n'atteindraient pas le mois d'avril.

— Achevons-le d'un coup de maillet, il est peut-être encore temps de le saigner, qu'avait risqué un jeune Basque.

Trop tard, le sang avait commencé à cailler.

— Et pis, on n'achève point un mort.

Deux ou trois hardis s'approchèrent quand même de la carcasse, couteau au poing.

— Mourir empoisonné ou mourir de faim...

On choisit de mourir de faim; et le cochon fut abandonné encore chaud à son roulis de neige et aux corbeaux du printemps.

...

Vous comprenez, Jérôme, c'est bien beau l'honneur et la dignité, c'est bien beau. Cracher à la figure de Memramcook et de son scélérat d'arpenteur-géographe, c'était Jeanne d'Arc boutant dehors les Anglais. Mais elle fut brûlée au bûcher, Jeanne d'Arc. Et rendus là, les pionniers du Fond-de-la-Baie n'avaient plus le goût du martyre: ils y avaient déjà assez goûté à Grand-Pré, puis en exil, et à Tintamarre. Ils ne demandaient plus qu'à vivre, vivre, survivre!

Jérôme voit poindre sa chance. Quand l'histoire d'un cochon tourne à l'épopée de Jeanne d'Arc, on sait que le conteur s'est ramolli et que son récit tire à sa fin. Le suivant peut déjà s'approcher de l'âtre et se dérouiller la gorge.

Elle était bien plus longue que ça l'histoire du cochon de cinq cents livres, plus riche, et d'ordinaire plus facétieuse. Dans la bouche de Bélonie-le-Gicleux, par exemple, les cinq cents livres pesaient une demi-tonne; avec Louis-le-Drôle, son fils, la bête avait une tache de naissance sur le front, à la mode de Caïn, et des grains de beauté aux fesses; avec Simon à Maxime Basque, elle crevait avant d'atteindre la Pointe-à-Jacquot, dans l'anse du portage, pour être plus précis, là où l'ancêtre Bastarache avait creusé sa cave et planté ses piquets; avec Borteloc, le cochon était un goret; avec Crescence, une truie; avec Dâvit, un veau; et avec Jonas, le profiteur, le cochon n'était rien d'autre qu'une baleine apprivoisée puis adoptée par les aïeux durant leur long voyage sur l'eau, entre Schédiac et le Fond-de-la-Baie.

— Un voyage sus l'eau en plein hiver?

— J'ons connu un dégel de janvier.

— C'était point ce janvier-là. Le diable sort point ses cornes tous les ans.

— Blasphème pas, Jaddus!

— De toute manière, j'ai pour mon dire...

— Espère ton tour.

— Tout a point été dit sus le cochon.

— Y en a eu trop de dit déjà. Pour un cochon...

— Cochon ou pas, j'y vas.

— Y a-t-i' quelqu'un qui pourrait terminer la fin de la conclusion?

— Taisez-vous!

Car ce soir-là, c'est devant la maçoune de la Gribouille qu'on contait. Et c'est elle, par conséquent, qui avait mené le récit; elle qui avait choisi dans le tas les péripéties à taire ou à dévoiler — faut garder son meilleur pour les mauvais jours — les coins à recourber, les tranches à fourbir, les brouillards à éclaircir, les conclusions à tirer. Choisir quoi dire et à qui. Les autres, taisez-vous!

...Il sortait donc de nulle part, l'intrus de Jérôme? Ou c'était-i' de l'Île Saint-Jean ou de la Nova Scotia? Ce n'était pas dans les mœurs du pays de livrer son plus gros butin en un seul ballot dès le premier soir. Et à un étranger, par surcroît, qui ne s'est pas encore résolu à révéler sa complète et entière identité. Ce n'était point dans les mœurs du pays.

Et la Gribouille qui envoyait sa fille Babée servir à boire au Jérôme ne poussa pas l'hospitalité jusqu'à lui offrir tout le cochon en une seule veillée.

Aucun dommage, la Gribouille, le Jérôme pourrait attendre. Un menteux a tout son temps. Il en vit. Le temps est au menteux ce qu'est le bois au menuisier : avec du temps, un menteux professionnel vous rebâtit le monde.

> — Quoi c'est qui se glisse
> Entre le jour et la nuit ?
> Un petit brin de temps.
> Entre l'hiver et l'été ?
> Un printemps.
> Entre l'enfant et le vieillard ?
> Longtemps.
> Entre la vie et la mort ?
> Tout le temps.
> Le temps, c'est le levain dans la pâte,
> ou le ver dans le fruit.
> Et c'est lui itou qui se faufile
> entre la vérité et la menterie.

Telle était la définition du temps de celui qui se définissait lui-même comme le plus grand menteux des pays chauds.

— Les pays chauds, t'as qu'à ouère !

— Laisse faire, Marguerite à Loth.

Appelez-les froids, si vous voulez, il ne s'offenserait pas pour un degré de plus ou de moins, Jérôme. Chez les gens du nord, les pays chauds sont des paradis perdus ; comme les vieux pays chez ceux du Nouveau Monde. Vous comprenez alors que les seuls mots de vieux pays et de pays chauds mettaient l'eau à la bouche à ces descendants de déportés qui venaient tout juste de s'arracher à leur plus long hiver. Et Jérôme, dont c'était le métier de faire rêver les pauvres gens, reculait ou réchauffait à volonté ses origines à mesure qu'il s'enfonçait dans ses splendides menteries.

* * *

Trois jours après l'apparition de Jérôme-le-Menteux le long des côtes, on achevait d'épuiser l'histoire de l'exode des familles de Memramcook au Fond-de-la-Baie, dans des froids si loin en bas de zéro qu'ils avaient coûté la vie à un cochon de quasiment une tonne et, du coup, à celle de trois vieillards, une demi-douzaine de nouveau-nés, deux femmes et une couple de chasseurs partis chasser le gros gibier dans les bois. On avait tout raconté à Jérôme qui connaissait cette histoire d'au-dessus comme d'en dedans, sur le bout de ses doigts.

Mais là, c'était son tour. Il n'avait pas bronché devant le long récit de la Gribouille, entrecoupé de corrections et d'ajouts de tous les témoins en âge de commenter.

— Pas une tonne, cinq cents livres.

— Y en avait deux cochons.

— Écoutez-le, l'innocent!

— Taisez-vous!

— Mon propre père en était.

— Faut-i' ben conter des menteries pareilles!
— Pas un mot de vrai!
— Trois cochons!
— Ho, ho!
— C'est le jeune Olivier Maillet, apparence...
— Quoi c'est qu'il va sortir après!
— Et l'un d'entre-z-eux est mort crevé dans les bois, quasiment sans trépasser.

...Il n'avait pas bronché durant les trois jours du cochon, le Jérôme, asteur c'était son tour. À lui maintenant de s'emparer du tabouret, de saluer bien bas la compagnie, de huiler sa langue de salive, et d'amener petit à petit son monde à le suivre, loin sur l'empremier, au-delà de leurs pères et grands-pères et grands-grands-pères, jusque dans les marais de Memramcook qui jouxtent ceux de Tintamarre où régnait, au tournant du siècle, un beau scélérat d'arpenteur dénommé Des Barres...

— ...qui nous a pris trois fois nos terres et nous a tous garrochés hors du pays, qu'enchaîna Marguerite à Loth en accrochant son souffle à celui de Jérôme qui n'avait même pas eu le temps de prendre le sien trois fois.

C'était pour l'aider. Car le seul nom du Des Barres avait déclenché dans la mémoire de la Marguerite la suite d'un récit qu'on se racontait aussi au Fond-de-la-Baie, Jérôme.

Pauvre Menteux! D'un seul coup de langue, l'importune avait fait basculer la belle introduction du récit au beau mitan de la fin, sans égard pour les mises en garde, les étapes, les péripéties, les clins d'œil, les digressions, les com-

27

mentaires de son cru, le génie du conteur qui décida ce jour-là du sort de Marguerite à Loth. Il la fourrait dans sa besace, la bougresse, avec les sorcières et les fées Carabosse, pour la raconter les soirs d'orage et faire peur aux petits enfants.

Tout doux, Jérôme! La Marguerite était une brave et innocente fille de personne, que l'oncle Marc se chargeait de défendre au nom de la charité chrétienne. Une brave fille qui d'ailleurs ne lui avait pas rendu un mauvais service, au nouveau venu... regardez-les tous se mettre en quatre pour réparer le tort fait au conteur et le relancer jusqu'à Memramcook... Laissez-le parler; après tout, c'est à son tour de conter, surtout que c'est sa profession à lui, comme qui dirait son métier, tout comme sa fonction. Les autres, ils content par surcroît; mais Jérôme...

— D'où c'est que vous sortez déjà?

— Avez-vous de la parenté sur les côtes?

— Viendriez-vous de Memramcook?

— Et pis faites comme chez vous.

Tout ça pour qu'il oublie la Marguerite à Loth — faut pas écouter les Marguerite à Loth dans la vie — et qu'il se sente bien chez lui au Fond-de-la-Baie... Si bien chez lui que dès qu'il ouvrit la bouche pour reprendre son souffle, tout le Fond-de-la-Baie le reprit avec lui.

...un Bélonie, ici présent, surnommé le Gicleux par rapport que...

...la jolie blonde aux yeux clairs, dans le coin, c'est Babée, enfant unique de la Gribouille, si on ne compte pas ses neuf garçons...

...et ici les Girouard, que d'aucuns prononcent encore Giroué, les arriérés...

28

...et le jeune Basque que voilà, la bombarde entre les babines...

...et les Caissie... tiens! les Caissie, justement, nouveaux arrivés...

...ah! bon...

...et prends garde, Jaddus, tu marches sur les pieds au monde!...

...et Jonas...

...et Judique...

...et Crescence...

...et patati et patata...

...et, attention!, le vieux Gabriel, encore bien portant même s'il va sur ses nonante passés, le propre père de Dâvit à Gabriel, eh bien! voulez-vous savoir?

...

— Il a connu en personne votre Des Barres, notre vieux Gabriel, par rapport qu'il est le fils de l'un qui s'a fait raflé ses terres à Memramcook. Vérité vraie.

Allez après ça, Jérôme, reprendre votre histoire où vous l'avez quittée, sur un fa dièse, lançant votre Des Barres comme un astre inconnu et maléfique, alors que la sombre planète n'avait cessé de poindre dans le firmament des côtes, durant cent ans!

Oui, Jérôme, les côtes s'en souvenaient du scélérat d'arpenteur-géographe. Et pour cause. Pourquoi pensez-vous que la moitié d'un peuple avait quitté les marais de Tintamarre et de Memramcook, et s'en était venu s'établir entre la mer et la forêt, au péril de sa vie, à la fin du siècle précédent? Pourquoi pensez-vous?

Et toute la maçoune s'empara encore un coup de l'histoire et conta. Collectivement. Durant trois soirs. Invariablement, aux trois soirs du cochon de cinq cents livres succédaient les trois soirs de Des Barres. Jérôme l'apprit. On a de l'ordre dans les idées, au pays des côtes, et des priorités. D'abord survivre, passer l'hiver, vaincre la famine et les intempéries : c'est l'histoire du cochon. Après quoi l'on peut se payer le luxe des histoires héroïques, pour l'honneur et la dignité, et raconter la lutte épouvantable et glorieuse avec le mécréant Des Barres.

* * *

C'était un Français de France.

— Le traître ! J'aurions plus aisément pardonné à un étrange d'une autre race.

Sûrement. Vaincus et déportés par le roi ennemi de leur roi, passe ; mais trahis par un Français, un de leur sang... vache !

Il se disait arpenteur, ou géographe. À d'autres, il aurait même dit cartographe. Mais les Bélonie eux-mêmes ne connaissaient pas bien la différence entre tous ces métiers, si métiers c'était. Rien qui ressemblait à un charpentier ou à un marin, en tout cas. Même pas à un coureur de bois. Plutôt un genre de défricheur sur papier. C'est ça, il défrichait les cartes et les titres.

Les Anglais, nouveaux maîtres du pays, l'avaient engagé pour démêler les terres de la vallée de Memramcook.

— Pas rien que de Memramcook, nenni.

...de Memramcook et des environs. Et quand on disait les environs, à l'époque, on disait le pays. Donc, les Anglais l'avaient payé pour défricher...

— Sur papier.

— Je l'ai déjà dit.

— Quittez-le parler, pour l'amour de Dieu!

...payé pour arpenter les meilleures terres du pays qui s'étendait entre Tintamarre et la mer. Sans mentir.

Ici le conteur de la lignée des Bélonie s'arrêta pour respirer et laisser le temps à ses compères radoteux de protester contre cette monstruosité... les meilleures terres du pays à Memramcook, allez donc! Mais personne ne protesta, juste pour embarrasser Bélonie et le forcer à se contredire lui-même. Car il était impensable qu'un Bélonie cède une seule aune de bonne terre à Memramcook... Ho, ho! vous connaissez mal Bélonie-le-Gicleux si vous croyez qu'il va se laisser prendre à ce petit jeu-là. Et dans une pirouette, il enjamba les marais de Memramcook et confia au géographe Des Barres d'arpenter les meilleures terres de tout le territoire appelé anciennement l'Acadie libre.

Et voilà comment une histoire se transmet, se gonfle et se ramifie, le long des côtes, sautant de vallée en pays, au gré des chroniqueurs qui se déplacent. Mais l'histoire de l'arpenteur, il était malaisé de la gonfler: dès l'origine, elle avait rempli la besace des plus bavards conteux.

...Il était Français, à la solde de l'ennemi, chargé de dessiner la carte du pays conquis par

31

l'Angleterre. Chargé de repérer chaque terre arable, et chaque terre en bois debout des déportés... ici l'emplacement des Gaudet, là, des Belliveau, des Landry, des LeBlanc... chargé de tracer, délimiter, arpenter pour le compte des nouveaux maîtres. Il avait bien fait son métier, personne n'avait rien à redire.

...Jusque-là, va.

Mais il y eut le retour. Le retour des charrettes qui venaient de remonter l'Amérique à pied...

— Charrettes à bœufs, pas à pied.

...le retour des déportés qui rentrent chez eux. Si le Des Barres les avait avertis — vos logis sont occupés, allez-vous-en ! — ils auraient été prévenus et seraient partis.

— Pas certain.

— Y en a qui sont restés.

...Point avertis. Pas un mot. Il a laissé tous ces miséreux retrouver leurs terres, les reprendre à deux mains, les déboiser à neuf, jusqu'à la dernière pierre et la dernière souche, en silence... et là, il s'est amené, ses cartes sous le bras : « Messieurs » qu'il leur a dit, « vos terres sont à moi, reçues en payement de service à Sa Glorieuse Majesté britannique. » Après un silence de vingt ans qu'il leur a dit ça.

Vingt ans ! beau salaud !

Bélonie prit le temps de se rallumer une pipe avant de poursuivre. Puis :

— Certains sont restés, ils avont payé leurs propres terres à l'arpenteur d'un autre vingt ans de défrichement.

Trois fois, eh ! oui, Marguerite à Loth, certains ont donc défriché leurs propres terres trois fois. Ils méritent bien, ceux-là, de les labourer aujourd'hui à la charrue.

— Comment! à la charrue! et les nôtres qui sont partis avec un seul cochon de quelque cent livres pour passer l'hiver, ils méritions de labourer au bâton à planter, je crois ben? Pourquoi c'est, pensez-vous, que les Landry, et les Maillet, et les LeBlanc aviont quitté la vallée de Memramcook?

— Pour pouvoir dire à Des Barres, avant de bâsir, d'aller manger de la marde.

Sûrement ça. C'est Louis-le-Drôle qui avait trouvé le mot juste. Leurs ancêtres s'étaient déplacés de vingt lieues, toujours plus au nord, coincés entre la mer et la forêt, pour pouvoir crier à Des Barres, du montain qui domine la vallée:

— De - la - marde!

Dans ce chœur-là, Jérôme unit sa voix à celle du Fond-de-la-Baie. On n'a pas tous les jours l'occasion de sortir ses plus beaux mots de ses coffres.

Mais le plus beau de tous, parce que le plus osé et le plus piquant, c'était le mot des grands jours du vieux Gabriel à Thomas, de la lignée des Pierre à Pierre à Pierrot, un mot qui était en fait toute une phrase et qui était la seule propriété du nonagénaire. Il le sortit sans aviser personne, avec le sourcil gauche légèrement dressé du côté de Jérôme:

— Le bon Dieu, ce jour-là, avait perdu l'entendement.

Et comme tout le Fond-de-la-Baie prétendrait que le vieux Gabriel avait lui aussi perdu le sien, il n'y eut pas d'offense au bon Dieu, tout le

33

monde pourrait communier sans confession au prochain premier vendredi du mois.

Ainsi on s'était vidé le cœur, les tripes et le gosier. Encore un coup. Chaque année, les grands ménages du printemps s'accompagnaient d'un semblable décrassage de la conscience et de la mémoire. Or en ce printemps 1880, on n'avait pas lavé son linge sale en famille, mais au vu et au su de Jérôme-le-Menteux, un étrange, le premier hors-les-côtes à l'entendre en cent ans.

Alors Jérôme comprit qu'il ne pouvait plus être en reste, que c'était l'heure ou jamais de larguer son plus solide morceau. Et sans demander la parole à la Gribouille, maîtresse de céans, sans laisser à la Marguerite à Loth le temps de reprendre sa dangereuse respiration, le plus grand menteux des pays chauds jeta au centre de la fourmilière :

— Il y a du nouveau sur la fortune des Le-Blanc.

2

AH! LE JÉRÔME! S'en venir comme ça, dès sa première apparition au Fond-de-la-Baie, jeter un pareil caillou à la mer! Un caillou qui fera des ronds durant tout le printemps, on connaît ça, et qui n'en finira plus d'agiter les courants que se disputeront les anses, les criques et les barachois. Parler de la fortune des LeBlanc dans le propre logis de Pélagie-la-Gribouille, au sortir de l'hiver, à des pays et payses qui ont perdu jusqu'à leurs charrues en cours de siècle!

Et ils accrochèrent leurs grands yeux avides au front de Jérôme, tous.

Tous?...

La Gribouille se rebiffa.

— Que j'en voie un seul qui a point ses deux quartiers de LeBlanc s'approcher de notre héritage...

Point née d'hier, cette Gribouille; et elle savait compter. Deux quartiers: voilà exactement sa part de LeBlanc héritée par les femmes dont une, sa propre mère, mariée par surcroît à un quasi-LeBlanc sorti du mauvais lit.

Tout le cercle se cura les dents de la langue; mais un seul hardi effronté laissa glisser entre ses chicots:

— Ce que je me demande, moi, c'est comment ça se fait qu'affublée d'une pareille ramée de LeBlanc dans son âbre, une personne porte aujourd'hui le nom de Poirier.

Louis-le-Drôle encore, et qui se pense bien malin. Puis le beau Dâvit à Gabriel qui s'en vient ajouter son grain de sel.

— Et ta mère Pélagie était point une Landry de par son père Charles-Auguste?

Encore Charles-Auguste! Pour un seul Charles-Auguste qui s'en était venu mêler son sang aux Pélagie, un siècle auparavant, toute la lignée devrait traîner du Landry dans les siècles à venir. Pire! la Gribouille qui aurait pu naître LeBlanc légitime et de plein droit, s'était vue affublée d'un quartier de Léger, sorti de nulle part, par nul autre que son propre engendreur Xavier qui avait lui-même raté son LeBlanc d'un seul lit.

— Si Firmin LeBlanc s'était point neyé l'année du grand dégel, mon père Xavier serait né natif LeBlanc du premier homme à sa mère.

— Si Firmin LeBlanc s'était point neyé l'année du grand dégel, ton père Xavier serait point né pantoute, et sa fille non plus, comme par adon.

— Ha, ha!

— Avec des si, je finirons par enfermer Paris dans une bouteille comme d'accoutume.

Mais on finit plutôt par choisir la bouteille et laisser tomber Paris qui, après deux siècles, ne tentait plus personne de toute façon.

Même la défricheteuse Crescence, du temps qu'elle défrichetait, n'aurait pas su démêler une telle broussaille sans s'égratigner les doigts. Une quasi-Léger, toute pétrie de LeBlanc qui, en justes noces, prend pour époux un Poirier sali de MacDonald dans une quelconque ligne latérale et sans aucune prétention de LeBlanc ni par les femmes ni par la branche mâle, cette Pélagie-la-Gribouille pouvait-elle encore, la tête haute et les yeux ouverts, réclamer plus que sa part d'héritage?

— Héritage, ho, ho!

Et l'héritier des Bélonie sortit sur son devant de porter cligner de l'œil à la Grande Ourse qui fit semblant de ne pas répondre.

— Si vous voulez en connaître plus long sus le sort de l'hairage des LeBlanc, allez le demander aux étoiles, qu'il fit.

Il pouvait parler, le vieux. Tout le monde savait, sans être défricheteux de parenté, que les Bélonie Maillet appartenaient à la seule famille dans tout le Fond-de-la-Baie qui n'aurait pas su, même en fouillant les deuxième ou troisième lits, dénicher dans sa lignée le moindre petit quartier de LeBlanc. Pour réussir ça, dans un pays où les LeBlanc sortent de terre comme les fraises au printemps...

— Fallit point être chanceux.

Le vieux Bélonie, quatrième du nom, ne regarda même pas la Gribouille. Il se retourna vers Marguerite à Loth — nulle autre que Marguerite à Loth, bavez-en tout votre saoul! — et lui dit comme si ses paroles s'adressaient aux seuls innocents de la terre;

— Fallit qu'une race seyit bien adroite pour jouer aux boules durant cent ans sans jamais en lancer une seule dans le mauvais trou.

Cette fois, la Grande Ourse donna le ton et tout le firmament éclata de rire.

* * *

La Gribouille promena les yeux sur la ramée de demi-LeBlanc, quasi-LeBlanc, trois-quarts LeBlanc, LeBlanc faibles, LeBlanc forts, et purs LeBlanc, tout ce que le Fond-de-la-Baie avait jeté de LeBlanc hors de ses bois ce printemps-là, et en voulut à Jaddus son homme d'être né Poirier. Pas assez qu'elle devait lutter contre les LeBlanc de la branche des Charlitte ou des Grelots, sortis des mâles, mais contre les Girouard, les Basque, les Collette, tous barbouillés de LeBlanc jusqu'au menton, et contre le beau Dâvit à Gabriel en personne qui se réclamait des LeBlanc par deux grands-mères et trois bisaïeules, le vaurien. Quant au petit Léon, rien à faire, la Gribouille ne tenterait même pas de lutter contre un pur-sang.

Une catastrophe, ce petit Léon. D'aussi loin qu'on se hasardait à débroussailler son arbre, on ne trouvait aucune trace d'ombre dans ses feuilles généalogiques. Pas une teinte de Cormier, de Bastarache, de Léger, de Girouard, de Caissie... rien que du LeBlanc de bord en bord. Fallait le faire! À croire qu'il y avait eu concertation chez les ancêtres. Pour qui se prenaient-ils, ceux-là, pour Napoléon?... Le pire, c'est que le petit Léon ne semblait pas du tout se rendre compte. Comme si sa longue lignée d'aïeux s'était donnée tout ce mal pour le plaisir, l'ingrat!

Jaddus, devinant la pensée de sa femme, surtout qu'elle avait fini par penser tout haut, gloussa à l'idée des aïeux se donnant tant de mal... pour le plaisir...

— Va point sottiser, Jaddus!

Un Poirier qui s'est entêté durant six générations à ne pas descendre de son arbre, hormis pour se frotter à de l'Arsenault et à une petite affaire de Gallant et de Richard, n'a pas le droit de venir mettre son mot le jour où la lignée légitime est sur le point, enfin! de déterrer son trésor.

Racontez, Jérôme.

S'il y a du nouveau, c'est qu'on se rapproche. On n'a pas attendu cent ans pour se faire dire à la fin que le coffre des LeBlanc ne renferme que du bran de scie. Jamais je croirai! Depuis Jean, fils de Pélagie, première du nom, qu'on se transmettait le trésor, d'âtre en maçoune en cheminée, gonflé, à chaque génération, des rêves de tout un peuple qui n'avait pas oublié... Un coffre plein à ras bords de gobelets, de cuillers, de chandeliers d'argent, de louis d'or, de bijoux de famille, de liasses, de papiers, de titres, et qui sait? de la clef de l'église de Grand-Pré. On trouve tout dans un coffre qui voyage par toute l'Amérique durant tout un siècle.

Raconte, Jérôme.

Par trois fois déjà on était venu tout près de le déterrer. Une première fois à Tintamarre, du temps de l'arpenteur, un soir qu'on avait de nouveau entendu chanter l'âme de la Catoune dans les marais. Douze hommes avaient creusé sur le coup de minuit, et au moins trois d'entre eux juraient par la suite avoir aperçu le couvercle d'un coffre qui s'était enfoncé au premier cri des épeurés.

On l'avait retracé trente ans plus tard, mais cette fois du côté d'Aboujagane et du Barachois. On était reparti, pic sur l'épaule, une nuit sans lune, en silence. Mais les gens d'Aboujagane qui, en ce temps-là, ne parlaient pas à ceux du Barachois, avaient profité de la nuit noire pour les engueuler, et le coffre du coup s'était enfoncé un peu plus loin.

La troisième fois, on l'avait presque saisi dans ses mains, Joseph à Joseph Goguen a pu faire serment qu'il y avait touché. C'était à la Barre-de-Cocagne, en 1867. Certains ont tenté de dire que le trésor de 1867 était échoué dans le giron des Anglais sous le nez même des Acadiens qui l'auraient à peine vu passer. Des racontars! Les témoins de Cocagne ont vu le coffre, dans le sable de la barre; et c'était le coffre au trésor des LeBlanc, sûr comme je suis là.

Si on a des yeux pour voir, ça se voit qu'il se déplace à intervalles réguliers vers le nord-nord-est, l'ange du bon Dieu! Tintamarre, Barachois, Cocagne... Jérôme a raison: après, ce sera le Fond-de-la-Baie.

— Point besoin du plus grand menteux des pays chauds pour nous instruire sur la géographie des côtes. Seulement un coffre, c'est point une botte de sept lieues, c'est pas certain que ça franchira vingt milles à chaque pas.

Dâvit à Gabriel venait à son insu de donner à Jérôme un nouvel argument, enveloppé dans du papier de soie. La botte de sept lieues! Une lieue... tout comme deux milles et demi, environ. Donc sept lieues entre Tintamarre et le Barachois, entre le Barachois et Cocagne, entre Cocagne et le Fond-de-la-Baie!

La Gribouille suffoque. Offrez à boire à Jérôme. Du cidre, Babée, du cidre, et lave les bols... La botte de sept lieues!

— Tu entends ça, le petit Léon?

Le petit Léon sourit et se passe la main dans le cou. Les seuls coffres capables d'intéresser le bossu, ce sont ceux qu'il taille lui-même au couteau de poche. Il est sculpteur, Léon, sculpteur dans le bois. À lui tout seul, et faisant omission de l'oncle Marc, il a plus abattu de troncs dans la forêt que tous les bûcherons des côtes. Il se passe la main dans le cou et sourit à la Gribouille en train de s'arracher l'âme à lui expliquer, dans son intérêt et pour son bien, la nouvelle tournure des événements.

...Il a ses seize quartiers, Léon LeBlanc, peut-être trente-deux, si on sait compter!

— Soixante-quatre.

Qu'est-ce qu'il lui prend au Jaddus? Qu'est-ce qu'il en sait? et pourquoi soixante-quatre?

— Si on sait compter, quatre fois seize, ça fait point trente-deux, mais soixante-quatre.

Tiens! v'là qu'il sait calculer asteur, l'ostineux, comme s'il avait été à l'école... Il a raison, ça fait soixante-quatre... Soixante-quatre quartiers de LeBlanc, c'est soixante-quatre parts du trésor au seul petit Léon. Et qui a tout l'air de vouloir s'installer dans sa vie de vieux garçon, en plus... Soixante-quatre parts, ça ferait un joli morceau d'héritage dans le coffre de cèdre d'une jeune promise, non?

Louis-le-Drôle arrache à ses mâchoires un bâillement qui fait bâiller à la ronde le cercle des conteurs. Il est grand temps de penser à d'autres trésors qu'à celui des LeBlanc. Il est du lignage des Bélonie, le drôle, et n'aime pas gaspiller une vie à souffler dans un bas de laine pour essayer d'agrandir sa fortune.

Un coffre à Cocagne, qu'il fait. Heh! il avait la forme d'un pissepot, votre coffre.

C'est alors que la Gribouille voit Borteloc approcher son banc du Menteux. Un LeBlanc encore, mais faible celui-là. Un seul quartier, qui lui vient de son père cependant, ce qui lui donne le droit, au vaurien, de le porter haut sur le front. La Gribouille a besoin de s'affiler les dents, le gâteau ne se tranchera pas comme du saindoux.

Il ne faut pas compter sur Jaddus qui lui a fait une ramée de garçons qui vont transmettre dans les siècles à venir le nom de Poirier, et une seule fille, une seule et unique fille...

— Jaddus! quoi c'est qui t'attire dehors quand je te parle?

Rien, mais rien du tout, il s'en va tout bonnement prendre l'air, pour rien, rien du tout.

Depuis toujours, il faisait tout pour rien, Jaddus, depuis qu'il était fils du capitaine Poirier, grand explorateur des mers atlantiques qui avalent chaque année des dunes entières et les rejettent au large pour en faire des îles. Les rives du golfe Saint-Laurent sont parsemées de ces îlots qui naissent et disparaissent tous les ans; et le capitaine Poirier, de l'Île Saint-Jean, s'amusait à les découvrir et à les inscrire dans son journal de bord. Une sorte d'arpenteur des mers, le capitaine Poirier, pour rien, pour le plaisir. Et Jaddus avait grandi au milieu des héros que lui ramenait son père de chacun de ses voyages : des pirates, des corsaires, des géants des îles, des dompteurs de phoques et chasseurs de baleines.

Les baleines! Trois générations de chasseurs de baleines, chez les Poirier de l'Île, pour l'aventure, pour le plaisir, pour rien. On ne tuait pas, ne capturait pas, on explorait leur univers. Des semaines durant, les Poirier pouvaient naviguer dans le sanctuaire des dauphins, des marsouins ou même des cachalots, sans ramener d'autres trophées que des histoires merveilleuses. Pour ces rescapés de l'arche — on les disait descendants du déluge par la branche d'olivier — la vie était perpétuellement au bord du naufrage : autant se tenir tranquille et ne pas faire chavirer la barque. Vivre, sans chercher à changer le monde ni inverser le temps; poursuivre les baleines pour la beauté et l'harmonie de la nature, pas pour la graisse. Telle était cette engeance de Poirier qui connaissaient mieux que les lignes de leurs propres mains chaque crique, anse, baie ou barachois qui dessinaient la côte est du pays.

Côte capricieuse s'il en fut. Chaque nouvel automne creusait des anses toutes neuves et déplaçait certaines rivières de sept ou huit pieds. Voilà qui donnait au capitaine et à ses fils de bonnes raisons pour reprendre leurs explorations.

...Et durant l'une de ces expéditions, trente ans plus tôt, la goélette des Poirier, qui avait perdu un mât dans un coup de tonnerre, était venue s'échouer sur la terre de Xavier à Jude Léger.

Il était aux champs à faucher le blé sauvage en compagnie de sa grande gaillarde de fille Pélagie, dite la Gribouille. Un homme privé de garçons doit bien se rabattre sur les filles. La Gribouille n'entendait pas ce genre de remarque, sûre que son père ne l'aurait pas échangée contre deux fils et trois neveux ad germains. La terre, c'était son lot et sa passion, à la Gribouille, une passion de femelle pour l'odeur de semence qui germe sous la croûte du sol. Elle déracinait à la hache, labourait à la bêche, grattait, retournait la terre de ses mains, avec l'œil sur chaque mouche à patate ou ver à chou qui se glissait dans ses sillons.

— J'ons laissé Grand-Pré aux Anglais et Memramcook à l'arpenteur Des Barres, j'abandonnerons point le Fond-de-la-Baie aux vers ni aux bêtes à bon Dieu. Bâsissez!

Et crouitch! entre ses doigts.

À vingt ans, c'était déjà une géante taillée dans la chair ferme et blanche, que cette Gribouille, avec des narines de dragon de mer, des pommettes hautes, comme toutes les Pélagie, et des yeux si profondément enfoncés dans le front que ça faisait jaser les commères:

— Elle peut bien voir ce qui se passe dans son dos!

Et des tendons en plus, et des nerfs... Jaddus, en l'apercevant, comprit qu'il saurait jouer du violon sur ces cordes-là. En la voyant se faufiler entre la porcherie et le hangar à bois pour ne pas se montrer en devanteau et en sabots crottés, Jaddus lui cria du pommier:

— Ça serait-i' qu'une fille de la terre ferme aurait peur d'un gars des îles?

Elle s'arrêta net.

— Une fille du Fond-de-la-Baie a peur des étranges ressoudus du large autant qu'un fanal d'une mouche à feu.

Puis elle disparut dans la basse-cour.

Le dimanche suivant, pendant que le capitaine Poirier distrayait Xavier à Jude avec des histoires de cachalots et de narvals... si fait, Xavier, des baleines à corne appelées aussi licornes de mer... Jaddus prenait sous la table la main gauche de la Gribouille et lui mesurait l'annulaire d'un bout de ficelle.

— Quoi c'est que t'entreprends de faire là?

— N'as-tu point dit qu'un houme qui connaît pas la grosseur de ta main saurait jamais te passer le jonc au doigt?

Et ainsi se fit la demande en mariage à la Gribouille qui trois semaines plus tard envoyait manger dans l'auge le fiancé de clôture que son père lui destinait.

Pour se justifier, la Gribouille argumenta que Jaddus était le seul homme paru dans son champ de vision qui la dépassait d'une tête.

— Je pouvais toujou' ben pas enfiler la grande allée de l'église avec le coude sus l'épaule de mon houme.

45

Dâvit à Gabriel ricana. Elle lui mettrait toute sa famille, et toute sa terre, et tout le Fond-de-la-Baie sur les épaules, à son homme. Plus un bâillon sur la bouche et des fers aux pieds.

Voire!...

Des fers au Jaddus? Les Poirier avaient le pied marin et savaient danser sur le câble des haubans comme sur le sable fin. Allez ligoter un homme qui passerait dans le chas d'une aiguille!

— Le chas d'une aiguille, asteur! c'est point un chameau, Jaddus.

Pas un chameau, oh! non. Ni un rouspéteur, ni un obstineux. Nul besoin de bâillonner Jaddus qui savait se taire avant même d'ouvrir la bouche.

— Et pis la Gribouille parlait pour deux.

— Pour huit.

— Pour la paroisse et le pays.

C'était en l'honneur de Jérôme qu'on raffinait sur la présentation des protagonistes. Avant de s'aventurer dans la quête du trésor, il fallait aiguiser ses outils, sa curiosité, ses appétits. Et Jérôme les laissait prendre tout leur temps, cédant de la corde un pouce à la fois, sans les perdre jamais de vue.

Mais voilà qu'on était prêt. Le plus grand menteux des pays chauds pouvait larguer son secret.

— Ça fait que le nouveau sur la fortune des LeBlanc, Jérôme?

— Oui, le nouveau?

Jérôme cette fois prend le temps d'ajuster sa casquette, de rallumer sa pipe... merci, Jaddus!... et d'approcher son banc de celui de Bélonie-le-Gicleux, quatrième du nom. La fortune des LeBlanc, voyez-vous... Il s'arrête. Silence. Personne ne bouge. Il peut continuer. La fortune des LeBlanc remontait à Jean, fils de Pélagie Première, à la fin du siècle précédent, du temps des charrettes.

Mais oui, mais oui, tout ça c'est bien connu. Mais le nouveau?

...Donc Jean LeBlanc, séparé de sa mère, écarté des charrettes, loin des siens, avait fait fortune.

Fallait bien qu'il fît fortune pour laisser un trésor. Rien de nouveau là-dedans.

...Ce Jean LeBlanc, fils de Jean de Grand-Pré, eut ou n'eut pas de descendants: c'est la grande question. D'aucuns sont portés à croire qu'il est trépassé en laissant une nombreuse progéniture, et ça c'est un grand nombre de LeBlanc; d'autres prétendent qu'il est mort vieux garçon, et laisserait du coup tous les LeBlanc pour héritiers.

Jérôme fait le tour des têtes et voit la Gribouille aviser Dâvit à Gabriel, aviser les LeBlanc dits Grelots, aviser Borteloc, aviser le petit Léon qui s'avise les pieds.

...Les LeBlanc durant cent ans n'ont jamais cessé de croire que cette fortune...

Marguerite à Loth vient de relever ses manches. Elle farfouille dans son tablier, la bouche ouverte, les yeux qui biclent, le nez qui tremble, grand Dieu! elle va parler, grouille-toi, Jérôme!

Et Jérôme, pour devancer la Carabosse sur le point de lui voler encore une fois son mot de la fin, lance dans un cri:

— Je suis en possession d'une mappe!

47

Et Marguerite à Loth, précédant tous les ah! et les oh! des autres, laisse échapper un formidable:

— Acachou!!!

Jérôme se donne un coup de pied aux fesses. Il vient de rendre toute son histoire d'un seul souffle pour un éternuement de la Marguerite à Loth. Sacredieu de sacredieu de Dieu!

Ne t'en fais pas, Jérôme, le coup a quand même porté. Regarde. Ils sont tous debout, gesticulant et crachant dans l'âtre, se tapant les cuisses, se frottant les mains... prends du tabac, Jérôme. Toute l'Acadie du Fond-de-la-Baie s'est dressée au seul mot de mappe, le front haut et l'œil à pic, les narines grandes ouvertes pour renifler la moindre odeur de piste menant au trésor des aïeux.

3

LE CIEL sera vide le 20 du mois, passez le mot!

Et l'on passa le mot, de Dâvit à Gabriel, à Clovis Collette, au rechigneux d'Amable, qui le passa en bougonnant à son frère Henri dit Grelot, qui fit dire à l'oncle Marc de dire à Jaddus d'envoyer son fils Thaddée à Jaddus prévenir les autres qu'en la nuit du 20 au 21 juin, la lune ne se lèverait point.

Une nuit par mois, c'est peu pour tenter sa chance et forcer le destin. Et pour mal faire, ce mois-là, la nuit noire tombait en plein solstice d'été.

— Fallit-i' à tout de reste choisir la nuit la plus courte de l'année?

— J'ons point choisi, le Rechigneux, je prenons la chance quand c'est qu'elle passe. Elle passera la nuit du 20 du mois.

Clovis Collette intervint:

— Tant qu'à ça, il en passera une autre le mois qui vient, et une autre au mois d'août.

— ...et une autre à Noël, tant qu'à ça. Mais veux-tu abandonner la piste à ceux-là du Barachois et de la Haute Aboujagane? Pourquoi pas à toute la vallée, tant qu'à faire le généreux!

Pour une fois que les gens du Fond-de-la-Baie héritaient du gâteau, est-ce qu'on allait le partager avec Memramcook et tous les lointains cousins qui labouraient leurs terres à la charrue en fer tirée par une paire de juments?

Une carte! une carte au trésor, pour eux tout seuls, transmise en mains propres par un menteux vagabond, échoué par hasard sur leurs côtes avec les premières hirondelles. Une carte tracée sur du papier cru, à l'encre d'Inde...

...de Chine.

...bon! de Chine... et qui avait dû traîner dans les ports, puis passer de hamac en besace en culotte de matelot avant d'atteindre les côtes du Fond-de-la-Baie. Effilochée et jaunie, striée de lignes courbes et de pointillés, elle exhibait deux lettres capitales et une date: T... L... et 189... le reste mangé par le sel.

— Qui ça, T.L.?

La Gribouille se renfrogna.

— Point un T, innocent; c'est un J qu'a la queue rongée par les rats.

Louis-le-Drôle s'attrapa les côtes.

— Pauvre Jean LeBlanc! avec sa queue rongée par les rats, faut-i' ben!

La Gribouille le toisa à le fusiller. Puis se ravisant, elle sourit pour le narguer. Pas de trésor pour les sans-LeBlanc.

...Peuh! trésor de marde!

On verrait bien: rirait mieux qui rirait le dernier.

...Ouf! il riait déjà.

C'est ça, riez les Bélonie, Maillet du nom, qui avez levé le nez sur les LeBlanc depuis Adam et Ève. Aujourd'hui, les LeBlanc vous ferment le coffre au nez.

…Coffre rempli de bouse de vache. Même avec cent septante-deux quartiers de LeBlanc, un Bélonie ne se mettrait pas en frais pour ce trésor-là.

— Je connais un renard, dit la Gribouille en contemplant la plus haute branche de son chêne, qui un jour a fait semblant qu'il en voulait point, lui, des raisins verts.

Louis à Bélonie alors accrocha ses yeux à la même branche et dit:

— Ça doit être le renard que j'ai connu, moi itou, et qui un autre jour riait d'un ours qu'avait la queue prise dans la glace par rapport qu'il avait essayé de pêcher avec.

Mais comme on était en été, l'image de l'ours pris dans la glace n'impressionna personne. Et l'on continua à s'affairer autour des pics, pelles, pioches, bêches, hachettes…

— Hachettes pour creuser dans le sable?

— Point pour creuser, nenni, pour ébrancher ton âbre généalogique.

Tiens! c'était rendu que le Jaddus parlait en grandeur. Au fond, il s'en moquait du coffre des LeBlanc, lui, le rejeton des Poirier de l'Île… Une carte, voyons donc! une carte à demi mangée par la mer et les ans, arrachée dans une rixe à un corsaire de la Nouvelle-Écosse ressoudu des Caraïbes ou des Canaries, on ne sait jamais, et qui aboutit entre les mains d'un menteux! Heh! Jaddus avait trop navigué dans sa jeunesse pour ne pas sourire des deux yeux devant les rêves chimériques de sa femme.

La Gribouille encaissa le sourire, puis le lui rendit. Croyant ou mécréant, son homme porterait les couleurs des LeBlanc de la branche Madeleine, dans la queste, au nom de Pélagie-la-Gribouille qui, pour la première fois de sa vie maudissait le sort qui l'avait fait naître fille. Faire porter son LeBlanc par un Poirier, t'as qu'à ouère! et un Poirier sceptique et incrédule.

Mais tandis que la Gribouille avalait sa rage contre la nature et le sort, les hommes continuaient à se passer le mot du fils de Jaddus à Simon Basque à Henri le Crochu:

— Henri! je croyais que ça prenait des houmes bien portants?

Allez trouver douze hommes dans le seul Fond-de-la-Baie, mâles et en âge, sans infirmité, tous leurs membres, toute leur tête, dotés d'au moins un quartier de LeBlanc, et sans péché! On avait passé les côtes au peigne fin. Jonas boitait, Albert le Basque avait laissé un œil dans les bois au bout de la corne d'un orignal, Bec-de-Lièvre... bec de lièvre! et le Fou à la veuve était un innocent. D'autres avaient dépassé l'âge, comme le vieux Gabriel, Bélonie-le-Gicleux et l'oncle Marc.

— Comment, l'oncle Marc, à peine dans la soixantaine! Si un houme est vieux à soixante ans, je ferions mieux de mettre nos enfants au monde au bout de six mois.

Et l'on recruta l'oncle Marc.

Quand à la marmaille de Pitre, Charles Jeannot, Philippe, Aimé, Étienne et Tit-Louis, ils étaient encore trop proches du tablier de leurs mères pour se risquer dans une aventure d'hommes.

Mais au bout de deux jours, à mesure qu'approchait la nuit sans lune, on commença à comprendre qu'il n'était pas permis de faire les difficiles sur les côtes, et qu'on devrait se rabattre sur Borteloc.

— Borteloc!

— Borteloc, asteur!

— Pourquoi pas ceux de la Pointe-à-Jacquot, du Lac-à-la-Mélasse et de la Butte-du-Moulin, tant qu'à faire!

Justement, c'était pour éviter d'étendre son secret jusqu'aux buttes et aux pointes qu'on fouillait les granges et les chacunières du Fond-de-la-Baie, dans l'espoir de dénicher douze chevaliers sans peur et sans reproche, dignes d'entreprendre la quête du trésor. Et l'on passait l'éponge sur la bouche édentée de Sylvain à Charlitte comme sur la bosse du Crochu. D'ailleurs ce qui fut bosse, avant l'apparition de Jérôme, ou échine croche, ou gueule de travers, se redressait par enchantement, s'aplanissait, se nivelait. Une bosse, Henri? Vous cherchez la bête noire. Et que l'édenté se ferme la goule.

Ils auraient tous à se la fermer, cette nuit-là. Quelle histoire! Partir douze mâles à la file indienne, une nuit sans lune, passe! Mais sans ouvrir la bouche? Et l'on dut éliminer deux réputés gueulards de chez les Allain qui n'auraient pas su se taire durant toute une nuit pour une terre à bois. On examina aussi le cas de Simon à Maxime, le pitre. Pourrait-il ou ne pourrait-il point?

— Je pourrai.

— Quelqu'un a-t-i' dénigé le petit Léon?

— Il veut point venir, Léon.

— Point venir?

— Point venir! reprit la Gribouille de la bouche de son homme. Il sait donc point, l'innocent, que trois quarts du coffre va 'i échouer dans le giron?

— Il dit qu'il vaut rien pour c'te genre de besogne, et pis qu'il a une bosse.

Encore une bosse! Mais tout le monde au pays avait plus ou moins une bosse quelque part. Léon l'avait dans le dos, c'est tout.

— Je m'en vas 'i parler, moi, au longi.

Et la Gribouille prit le sentier du bois en fauchant la fougère de ses deux bras.

C'est ainsi que le petit Léon joignit ses onze compères de fortune, tous désignés par le sort et les circonstances — surtout les circonstances — qui n'auraient pas su en dénicher un de plus entre les quatre points cardinaux du Fond-de-la-Baie, pour le trésor du capitaine Kidd.

* * *

Il était dix heures, on avait de l'avance. Mais on ne tenait plus en place. On s'était confessé, on avait communié le matin même, à la grande surprise du curé de la Pointe qui se grattait la tête en voyant ses douze plus rudes paroissiens enfiler la nef de son église un jeudi matin... sans péché, rester sans péché toute une journée. Même le pape pèche régulièrement sept fois par jour. Clovis Collette, pour ne pas tomber en ten-tation, n'avait pas regardé sa femme de la jour-née; Sylvain n'avait pas fumé; Amable à Char-litte pas juré; et Dâvit à Gabriel, pour mettre toutes les chances de son côté, se signait chaque fois qu'il déboutonnait sa braguette pour aller...

— Bêtise pas, Dâvit, ça serait ton premier péché de la journée.

La Gribouille, pour bien enfoncer le clou dans les têtes les plus dures, renchérit d'avertis-sements et de mises en garde devant les douze chevaliers accroupis sur sa galerie.

...Vous pourriez entendre croasser les cor-beaux, sentir le soufre de l'enfer, voir surgir le petit bonhomme gris décapité... on ne sait ja-mais... un homme averti en vaut deux. Dans le passé, certains effarés du sud avaient été té-moins d'une vraie bataille entre Satan et l'ar-change Gabriel... tais-toi, Dâvit!... ça s'était passé dans le bout de Cocagne, et ce que les anges et les démons ont fait pour Cocagne, ils pourraient le faire pour le Fond-de-la-Baie qu'est pas moins respectable. Faudrait se sur-prendre de rien.

Clovis Collette se surprit à se râcler la gorge pour y laisser passer une phrase, rien. Le verbe et le sujet restaient entortillés entre ses cordes vocales qui vibraient dans le vide. Subitement et complètement aphone, Clovis Collette.

— C'ti-là, au moins, je sons sûr qu'il parlera point le premier.

— Vous pourriez même entendre grouiller les chaînes, que continua la Gribouille.

Rendu là, Henri sentit une baleine grouiller dans son ventre et courut derrière la grange, suivi bientôt de dix autres de ses preux compagnons.

Point le Jaddus.

Jaddus réservait sa frayeur pour les vrais dangers, ceux de la mer et des bois ; ceux de la foudre qui fait flamber ta grange ou qui fend un chêne en deux ; ceux d'une attaque en règle de trois cachalots qui un jour surgissent du tréfonds de l'eau et entourent ta fragile embarcation, comme une armée rangée, puis qui sans avertir plongent tous ensemble, l'un à bâbord, l'autre à tribord, l'autre à la proue, comme dans un quadrille à trois, et s'en viennent ressortir à la poupe dans un grand jet de fontaine qui éclabousse le visage ahuri de Jaddus. La voilà la matière à de splendides épouvantes ! Point le soufre de l'enfer ni les rixes du diable et de l'archange.

Et Jaddus jeta du côté de la Gribouille son œil rieur et ardent qui jadis la mettait en rut, mais qui aujourd'hui...

— Tu me mets en dève ! qu'elle fit.

...Mais non, Marguerite à Loth, l'œil sombre de la Gribouille qui répondait à l'œil gai de son homme ne voulait rien dire du tout. On aimait son prochain comme soi-même, en ces années 1880, maris et femmes compris.

N'empêche... la Gribouille se tut. Après trente ans de mariage, elle arrivait à tout pardonner, hormis l'injustice de Dieu créant Adam et Ève. Non pas Ève chauffant le four, filant la laine, berçant le ber, pas même Ève enfantant dans la douleur ; mais Ève écartée de la queste du trésor qu'elle avait elle-même transmis à ses descendants par les femmes, durant des siècles.

— Jaddus, compte tes hommes une dernière fois.

Jaddus resta aussi surpris que les autres. Ses hommes? Ainsi la rusée prenait-elle la tête de l'expédition, par procuration. Un pur Poirier, sorti par surcroît de l'Île Saint-Jean dit du Prince-Édouard, était promu chef de clan des LeBlanc, chercheurs de trésors et pourfendeurs de moulins à vent. Et Jaddus, qui cette fois jette du côté de la Gribouille un œil sombre, voit celui de sa femme s'allumer.

— Dâvit à Gabriel Cormier...
— Présent!
— Clovis Collette...
— Présent!
— L'oncle Marc à Charles-Auguste Landry...
— Présent!
— Amable LeBlanc dit Grelot...
— Présent.
— Sylvain à Charlitte...
— Icitte!
— Borteloc à Martial dit Borteloc LeBlanc...
— ...
— Borteloc...
— Il s'a écarté.
— Pas déjà! ça commence ben.
— Allez le qu'ri'!
— Remplacez-le par Pierre Bleu.
— T'es pas fou!
— Le v'là.

Tout essoufflé, Borteloc bredouille qu'il est tombé sur un ours accroupi entre deux souches tout près de sa cabane et qu'il a dû l'en dénicher à coups de pic.

Louis-le-Drôle, du perron des Bélonie, s'esclaffe.

— Un pic qui peut tuer un ours au mois de juin, vous pouvez compter dessus pour déniger n'importe quel trésor caché dans la dune. Ho, ho, ho!

La Gribouille s'assombrit et toise le félon d'un œil mauvais. Ça ne lui suffit pas d'être en retard à l'appel, il lui faut inventer une histoire d'ours en plus?

On fait prendre les rangs au Borteloc et...

— Thaddée à Jaddus Poirier...

— Présent!

— Henri le Crochu LeBlanc...

Il le fait exprès, le Jaddus, d'insister sur le sang Poirier et sur la difformité du bossu, il le fait exprès pour disqualifier les chevaliers et discréditer la queste. Mais la Gribouille tiendra bon, tu perds ton temps, Jaddus.

— Présent!

— Simon à Maxime à Thomas...

— C'est moi!

— Gilbert Giroué...

— C'est moé!

— Léon à Léon LeBlanc...

— ...

— C'est toi ça, le petit Léon, réponds que t'es là.

— Je sus là.

Jaddus dresse l'oreille.

— Il manque un houme.

— Sacordjé!

— Es-tu sûr?

— J'en ai compté onze.

— Qui c'est qu'est l'enfant de chienne qui manque?

— Si y en a un icitte qui manque, qu'i' parle.

Silence.

— C'ti-là ici présent qui s'a point fait noumer, qu'il se noume.

— Recommence, Jaddus.

Le petit Léon ouvre la bouche, sa langue gigote, il veut parler.

— Je t'ons déjà compté, Léon, taise-toi.

Il a quand même quelque chose à dire.

— Quittez-le parler, sacordjé! Il est le seul icitte avec du LeBlanc de bord en bord.

— Quoi c'est que tu veux, Léon?

— C'est... c'est... le Jaddus.

Et le rire des douze chevaliers, uni à celui des vieillards, des Bélonie et des femmes, secoue les foins et les premiers trèfles du printemps.

Puis Jaddus lève son pic au-dessus de sa tête pour donner le signal du départ. S'il est le chef, il sera le chef. Il répète donc les dernières recommandations que les douze hommes ont entendues pour la dernière fois douze fois depuis le crépuscule, et qui se terminent par « le premier qui ouvre la goule aura affaire à moi ».

La Gribouille se rengorge: Jaddus est son homme et agit en son nom. Et quelle allure sous son casque de capitaine! Elle qui lui a toujours interdit sa casquette marine aux champs, lui préférant le chapeau de paille en signe de supériorité de la terre sur l'eau, ce soir elle se surprend à admirer le regard lointain de son homme, ombragé par la visière de son casque de matelot.

La Gribouille vivait l'un des plus grands moments de sa vie. Les derniers milles de cent ans d'espoir... Les fils de Jaddus rêvaient d'une goélette à trois mâts; Judique voulait un rouet; Marguerite à Loth, un châle à franges; les Girouard, une étable neuve pour abriter la jument et les bêtes à cornes; l'Arzélie des Allain, des bottines lacées pour aller à la messe le dimanche; Crescence désirait qu'on la laisse tranquille; et Froisine Cormier comptait faire bardotter sa couverture de maison en vrais bardeaux de cèdre fraîchement sciés au moulin.

— J'ons point de moulin.

— Rien nous empêchera de nous gréer itou d'un moulin à scie.

— Et d'un moulin à farine.

— Et d'un moulin à foulon.

— Et de trente-six moulins à vent!

Le Bélonie encore! Que voulez-vous! L'idée d'être exclu du partage vous rend grincheux.

— T'en fais pas, Louis-le-Drôle, si y a de l'or de reste, je te laisserons t'en faire une dent de sagesse. Apporte la mappe, Dâvit.

On la connaissait par cœur, la carte. Mais de la sentir sous ses doigts, même si on n'y voyait rien, c'était rassurant. Comme un fanal éteint.

— Vous creuserez doucement, en prenant ben garde de point défoncer le coffre.

60

— Pas de danger, le coffre sera assez creux, comme d'accoutume, que rendus au fond, j'entendrons parler chinois.

— Passe la montre, Henri, l'heure approche.

— Comptez-vous.

— Dâvit à Gabriel!

— Présent...

— Borteloc!

— Présent...

— Henri à Grelot!

— Présent...

— Chut! c'est l'heure de se taire.

— Y en a-t-i' un ici présent qu'a de quoi à dire ou à demander pour la dernière fois?

Chacun pensa à sa dernière heure et ne trouva rien à dire. Sauf le petit Léon qui leva le doigt pour demander la parole.

— Je peux-t-i' aller pisser?

Et ce fut le dernier mot avant minuit sorti des rangs des douze chevaliers du Fond-de-la-Baie qui partaient à la quête du trésor des Le-Blanc.

* * *

Pélagie-la-Gribouille a les yeux sur la grande aiguille de l'horloge. On entendrait voler une mouche. Si l'horloge ne ment pas... et l'horloge ne ment pas, l'oncle Marc l'a lui-même ajustée pas plus tard qu'hier, démontée et remontée pour être sûr, on ne pouvait tout de même pas courir le risque de rater son destin pour un ressort d'horloge. Si l'horloge ne ment pas...

Le ciel est noir comme une vérité qu'on ne comprend pas mais qu'on doit croire parce que c'est Dieu qui l'a révélée. Pas une brise, pas un souffle, pas le moindre oiseau de nuit pour distraire le cercle de la Gribouille de cette aiguille qui ferait damner le diable si ce n'était déjà fait.

Le compte à rebours est commencé. Le vieux Gabriel, Crescence, Froisine, Arzélie, Marguerite à Loth, les femmes et les enfants, les vieux, les éclopés, tous réunis dans la grande pièce de chez Jaddus, se taisent avec respect au pied de l'horloge de la Gribouille. Un siècle, ce n'est rien, ça se supporte, on a l'habitude; c'est le dernier quart d'heure qui est long. Le bout de la dernière heure s'étire à ne plus finir. Prendre le temps à deux mains, le comprimer, le boulanger, le pétrir, puis l'avaler dans une goulée... Du calme, la Gribouille, dans trois minutes la pendule sonnera et les dés seront jetés, c'est le dernier pied du dernier mille le plus long... du calme, la Gribouille.

...Adélaïde, la demi-sœur du troisième lit, qu'est-ce qu'elle fait là? Elle a dû passer par la cave, on ne l'a point vue entrer, comme d'accoutume. Une LeBlanc de par son père, celle-là. Une forlaque, et qui fait jaser. Pourtant une descendante de Pélagie comme sa sœur, mais avec un quartier de LeBlanc en plus, du côté paternel... Vingt ans de différence d'âge entre les demi-sœurs. Quasiment scandaleux. Quand on pense que sa mère a pu mettre un homme en terre, en prendre un autre, et mettre au monde une fille, en moins de deux ans!... Tiens! elle a les yeux sur la pendule, l'Adélaïde, en train de rêver à l'héritage, je crois ben, avec ses trois quartiers... c'est ben la première fois qu'elle s'intéresse tant à la famille. La forlaque! Elle serait capable de faire des plans pour déshériter les propres rejetons de sa sœur aînée... aînée de vingt ans. Une honte. Son vrai père! Coureuse, hardie, fardée, frisée, une hanche à droite, une hanche à gauche...

Dong!

La Gribouille sursaute et tout le Fond-de-la-Baie rebondit.

Minuit.

Le sort était jeté.

L'on pouvait respirer. À l'heure présente, là-bas sur la dune, on avait commencé à creuser. Pourvu que l'écervelé de Simon à Maxime retienne sa langue. Et le rechigneux d'Amable. Et le Borteloc.

Passe le thé, Babée.

Soudain le vieux Gabriel saute au milieu du plancher et attrape Adélaïde au vol. Il virevolte et accorde du pied. Arrêtez-le, il va se faire crever, le vieux fou. Faut-i' ben! Et Louis-le-Drôle empoigne Froisine, et Bélonie la Judique aux Giroué, et... aïe, largue-moi, effaré! C'est pire que Noël et le premier de l'an.

Ainsi jusqu'au petit jour.

Mais au petit jour, les chevaliers n'étaient pas rentrés; et la Gribouille fronça la paupière du côté de la dune.

* * *

63

Quand le soleil leva la tête au-dessus de la mer, un peu avant quatre heures, il fut étonné du spectacle qu'il vit: douze hommes affalés dans le sable, au centre de la dune, chemise ouverte et cheveux en broussaille, ruisselant de sueur et de vin blanc. Saouls, tous les douze. Et gais à en pleurer. Tous ivres, hormis le Borteloc qui se tenait à l'écart et rangeait les pics, les pelles et les pioches. Et voilà le détail du tableau qui devait réveiller les soupçons de la Gribouille plus tard. Mais pour l'instant, elle avait trop à faire à digérer sa colère et sa honte, et à chercher à comprendre.

Tout s'était pourtant déroulé comme prévu, dès le début: en file indienne jusqu'à l'emplacement exact de la croix indiquée sur la carte; silence noir et religieux; premier coup de pic sur le premier coup de minuit; pas un souffle en creusant, ni à l'apparition du coffre à moins de six pieds dans le sable... un coffre en bois... un bois encore vert, selon toute apparence... rond comme un baril... un baril... qu'on réussit à sortir du trou sans dire un mot... sous les yeux menaçants de Jaddus qui roulait ses *premier qui ouvre la goule...* On avait remonté le coffre du trou sans l'abîmer, aux bruits infernaux de chaînes ballottées au vent et qui semblaient venir des foins de la dune... dépêchez-vous!... Clovis Collette allait se sentir mal, Simon et Sylvain durent le soutenir... mais en silence et sans ouvrir la bouche. Puis on avait roulé le baril à en faire le tour... aucune ouverture, aucune poignée, aucune penture... jusqu'au moment où

64

Dâvit à Gabriel, n'en pouvant plus, donnait un grand coup de pic dans le coffre qui fit gicler une fontaine du meilleur vin blanc qu'il fut donné à l'Acadie de sentir couler dans son gosier.

Et l'Acadie à jeun et sans péché, qui était venue creuser dans la dune pour retrouver le trésor de la lignée et qui s'abreuvait goulûment à la source jaillie des veines ancestrales, crut entendre frissonner les foins sous le rire du Lac-à-la-Mélasse, des Pointes et de la Butte-du-Moulin.

Bélonie-le-Gicleux, plié en deux, n'arrivait plus à reprendre son souffle. Le trésor, frotté, fourbi et arrondi, transmis de père en fils depuis l'arche de Noé, un baril de vin blanc! et il suffoquait de nouveau. Tandis que son fils Louis-le-Drôle se tapait les cuisses en répétant à la Gribouille qu'il regretterait toute sa vie de n'avoir pas une toute petite goutte de LeBlanc dans les veines pour cette seule nuit-là!

La Gribouille avalait mots sur mots, et se taisait. Un jour, quelqu'un allait payer. En attendant, elle ruminait, préparait son enquête et rassemblait ses forces.

...durant que les chevaliers, alléchés par le trésor, et confiants dans les vertus inépuisables de la lignée, retournaient chaque nuit faire des trous dans la dune.

* * *

C'était une dune de sable blanc, sortie de la mer des milliers d'années auparavant, bien avant l'arrivée des Anglais, des Français et même des Basques venus y chasser le morse pour l'ivoire. Mais chaque année, les gens des côtes la voyaient se prolonger de quelques pieds en pleine mer, s'allonger et s'affiner pour finir par pointer vers l'océan comme le doigt d'un géant. Longue de sept milles, mais large d'à peine soixante brasses, elle avait façonné la plus aimable et la plus capricieuse baie des côtes où s'était niché, un siècle plus tôt, un peuple errant rentré d'exil.

Ainsi était né le Fond-de-la-Baie.

Mais ceux du Fond-de-la-Baie, qui n'auraient pas échangé leur dune contre une ville fortifiée, se lamentaient pourtant chaque matin de pêche d'avoir à la contourner pour atteindre l'océan. Et un jour, sans penser à mal, Dâvit à Gabriel s'était regimbé en présence de son père.

— Faudrait la couper en deux, c'te dune.

Le vieux Gabriel avait dû parler à Bélonie-le-Gicleux qui, le soir même, traînait son banc sous le pommier et commençait à conter.

Un jour sur son lit de mort.
Un houme fit mander ses garçons.

Tous écoutèrent la fable du vieux Bélonie jusqu'à la morale où les trois fils du paysan, ayant labouré leurs champs durant dix ans sans trouver l'ombre d'un trésor, furent tout surpris de découvrir qu'ils avaient hérité des terres les plus riches du pays.

66

Jaddus fut le premier à se lever et à jeter un œil à l'horizon, du côté de la mer.

— Un canal à travers la dune joindrait la baie à l'océan, qu'il dit.

Et il cligna de l'œil au vieux Bélonie qui ne sourit même pas.

* * *

Quand les fouineux des pointes et des buttes revinrent lever le nez sur la dune, vers la Sainte-Anne, ils la trouvèrent quasiment coupée en deux. Et avant que les maraudeurs n'eurent le temps de se jeter à plat ventre dans les foins salés, ils virent approcher tout ce que le Fond-de-la-Baie comptait d'hommes forts et vaillants, pic et pelle sur l'épaule.

Simon à Maxime avait eu le temps de repérer les curieux:

— J'ons besoin de bras pour nous aïder à percer un canal, qu'il leur cria; pis j'irons à la voile bailler la main à ceux-là de l'Île du Prince-Édouard.

...L'Île du Prince-Édouard, que rumina la Gribouille. Un baril de vin à la place du coffre au trésor... et asteur un canal dans la dune pour rapprocher son peuple de ceux de l'Île. Qu'est-ce qu'elle avait fait au bon Dieu!

4

JADDUS et la Gribouille ne mirent au monde qu'une fille, mais un plein grenier de garçons. C'est coutume en Acadie de suivre ainsi les récoltes. Même Marguerite à Loth, qui pourtant n'avait pas accroché les pattes aux mouches, aurait pu sur ses doigts vous citer les années à pommes, et les années à betteraves ou à choux. C'est selon le besoin. Et la terre a l'habitude de régler elle-même ces problèmes-là. C'est pourquoi Jaddus et la Gribouille n'eurent qu'une fille.

— C'est pourtant point la guerre, qu'avait osé insinuer l'un des Bélonie.

Mais les Bélonie, depuis l'ancêtre sorti du vieux pays de France, n'ayant jamais vu passer entre les cuisses de leurs femmes plus d'une fille par génération, et encore mort-nées pour la plupart, avaient bien mauvaise grâce de lever le nez sur les garçons de la Gribouille... Neuf garçons, tous Poirier jusqu'aux ongles, grands, élancés, fringants, changeant de couleur avec les saisons, mangeant leur blé en herbe et se mouchant à leurs manches, se concertant pour battre la campagne, la mesure et le fer quand il est chaud... de vrais Poirier! que répétait la Gribouille; mais avec chacun un petit grain de Léger ou de Landry enfoui au fond de l'œil.

Quant au LeBlanc, la Gribouille l'avait transmis dans un seul jet à sa fille. Oui, une transfusion directe, intégrale, sans mélange. Il ne lui manquait que le nom à Babée pour se réveiller toute LeBlanc, mais ça pouvait s'arranger.

...Ça ne pouvait pas s'arranger? qu'elle interrogea son homme de son œil des grands jours.

Jaddus leva la tête, tout en continuant à limer la pointe de son pic. Une seule fille, ce n'était pas beaucoup pour laver les chaussettes et les chemises d'une pareille ramée de garçons; et pour porter la soupe aux champs; et pour saler les cosses et le cochon pour l'hiver. Mais Babée y mettait du cœur et quatre mains droites. Frotte, brasse, fourbit, bat le chanvre et le lin, secoue les couvertures au vent, une Le-Blanc, Babée, comme sa lignée d'aïeules qui se passaient le nom dans les veines, faute de pouvoir se le léguer dans l'eau bénite et le je te baptise au nom du Père...

Ému, Jaddus donna une petite tape sur les fesses de son unique fille, sous les yeux de la Gribouille qui ne calouetta même pas de l'œil gauche, comme si elle se ramollissait, ou qu'elle avait son idée ailleurs.

...À quel moment au juste avait-on constaté la disparition de Jérôme-le-Menteux? Avait-il bâsi la veille ou le lendemain de la fameuse nuit? Il avait laissé au Fond-de-la-Baie sa carte au trésor, dans un grand geste enveloppé de tant de cérémonies que les bénéficiaires en avaient perdu le donateur de vue. Une carte qui devait se lire le nord pointant au nord, à la lumière d'une lampe à paraffine. Allez trouver de la paraffine sur les côtes en cette saison, et trouver le franc nord, assis en rond autour d'une table! Tout à fait comme lui, ça, le Jérôme, de compliquer les affaires pour brouiller les esprits et distraire le monde et...

— Il aurait pas pris par la Haute Aboujagane, toujou' ben, ou par le Barachois?

Comment expliquer que, dès le lendemain, les renards de la Barre de Cocagne se faufilaient entre les dunes pour s'en venir fouiner dans les allées et venues du Fond-de-la-Baie? Du Lac-à-la-Mélasse, et des Pointes, et de la Butte-du-Moulin, des côtes du sud et du haut des terres, on dévalait sur la dune, ricanant et criant des noms au monde. Où se cachait le Jérôme durant ce temps-là?

— Tu le sais, toi, Borteloc, où c'est qu'était passé le Menteux?

Borteloc ne savait rien, pas plus que Dâvit à Gabriel, pas plus que le Jaddus. Quant aux Bélonie... les Bélonie n'avaient rien à voir làdedans. C'est pourquoi le Drôle se permit:

— Il a pourtant point fondu dans la brume, le Jérôme; un houme a beau être menteux, il est point fait de saindoux.

La Gribouille referma les quatre coins de son mouchoir et l'enfouit au creux de son tablier. Elle trouverait, soyez tranquilles.

Quelqu'un avait trahi. Quelqu'un des leurs. Pareille félonie ne s'était pas vue depuis le Des Barres. Ç'allait donc recommencer?

71

— J'en avions point eu assez?

Elle s'entendit penser. Jaddus aussi l'entendit. Et il enchaîna. Aucun des douze n'était de taille à monter une pareille plaisanterie. Jaddus ne connaissait pas un chrétien sur les côtes, LeBlanc ou pas, assez généreux ou assez fou pour abandonner un baril de vin blanc à des chercheurs de trésor. Le baril devait venir de loin, d'un navire de pirates ou de contrebandiers.

...Mais alors la carte?

Un pur adon.

...Et les voisins des buttes et des pointes, couchés sur le ventre dans les herbes de dunes et qui attendaient que les héros des LeBlanc dénichent le baril exactement au bon endroit?

Une tradition chez les gens de l'arrière-pays de fouiner dans les affaires des côtes dès qu'ils sentent le pot sur le feu.

...Et le Jérôme, qui se dit menteux et qui bâsit sans laisser de traces? Et le Borteloc, hein? le Borteloc?

— Quoi le Borteloc?

— Garde un œil ouvert du bord de sa cabane à épelans.

...?

— Et que je te repogne plus jamais à taper les fesses de ta fille. C'est point comme ça que j'élevons nos enfants dans c'te maison-citte.

Jaddus comprit que sa femme retrouvait petit à petit son entrain et que son ramollissement de tout à l'heure ressemblait plutôt à une distraction. Et sifflant son chien, il partit vers la dune.

* * *

Le chien des Poirier n'était pas seul de son espèce dans le voisinage; et pourtant, on continuait de l'appeler le Chien. Ce qui enrageait Arzélie, Amable ou les Cormier qui trouvaient leur Prince, Noiraud ou Pomme-cuite tout aussi chiens que le chien des Poirier. De plus, le Chien sortait de quatre générations de chiens du même nom.

— Ils pavanont leur chien comme leur Le-Blanc, en se figurant qu'ils sont plusse LeBlanc ou plusse chiens que les autres.

Thaddée à Jaddus était venu à un cheveu ce jour-là de siler son chien après la commère d'Arzélie pour lui démontrer la supériorité du chien des Poirier sur les autres bêtes de son espèce. Mais Jaddus avait sitôt ramené le Chien au logis et son fils à de meilleurs sentiments.

...Une forte tête, le Chien, mais courageux et capable de flairer un danger à cent pieds.

Il examine la bête, de la queue au museau, un museau énorme. Et soudain il se souvient qu'un jour de mai, ou d'avril, le Chien avait suivi Borteloc à la pêche aux palourdes de dune.

— C'te bête-là reniflerait l'or caché sous terre, qu'avait dit Borteloc en rentrant.

Ces paroles dansaient aujourd'hui dans la tête de Jaddus. Et il bifurqua du côté de la cabane à éperlans.

Borteloc rabotait ses rames. Jaddus le prit de biais.

— J'ai dans mon idée de dresser le Chien pour la chasse, qu'il fît sans lever les yeux des rames.

— Chasse à quoi?

— Aux petits-noirs et aux poules d'eau. Je l'emmène à la dune.

Les plans de Jaddus sont inhabituels, Borteloc n'est pas rassuré.

— Les canards volent trop haut pour un chien.

— Pour un chien ordinaire, mais pas pour le Chien.

— Tu veux dire, Jaddus...

— ...qu'une bête qui dénige l'or caché sous terre peut attraper un oiseau au vol.

Borteloc ferme la bouche lentement, pour ne pas laisser voir à Jaddus qu'elle était restée ouverte sous le coup. Puis il se hâte d'ajouter:

— Ben comme qui dirait, c'était point tout à fait de l'or que j'ons trouvé l'autre nuit dans la dune.

— L'autre nuit, non, mais quoi c'est que j'en sais si mon chien a point trouvé mieux quelques nuits auparavant?

— Tu vas trop loin, Jaddus.

* * *

Les deux hommes marchent vers la dune, le chien batifolant entre leurs jambes.

— Comme ça c'est le Chien qu'a déterré en premier le baril, fait Jaddus.

74

...

— Explique-moi ouère ce qu'est venu faire Jérôme là-dedans.

— Le Menteux?

— Si fait, le Menteux, avec une carte qui donnait l'emplacement exact du baril.

Borteloc ralentit et prend son souffle. Jaddus dépose son pic à ses pieds. Il lève les yeux sur son compagnon, mais au même instant, un bourdonnement s'arrache du trou de la dune, autour duquel gesticule une demi-douzaine de ses compères et voisins... Pas un autre baril, jamais je croirai! Et Jaddus s'efforce de courir dans le sable qui se moque de ses chevilles et coule dans ses bottes.

— Jaddus! dépêche-toi!

C'était la voix de Clovis Collette, l'éternel épeuré. Puis lui parvient celle de Jonas. S'il crie, lui, ce n'est pas pour un coffre ou un baril, il a dû voir le diable.

Le diable... quasiment. Aussi noir et encorné. Non, pas encorné, mais crépu, et souriant, souriant de deux rangées de dents blanches à faire peur, les yeux ronds comme des billes qui visent chacun des hommes au front.

— Viens ouère, Jaddus! faisez du chemin à Jaddus!

Il voit, poussez pas, ne voit que trop, comment faire autrement! Il voit dans le trou un nègre déterré en plein cœur de la dune, par accident. Après un baril de vin blanc, un cadavre de nègre. Quelqu'un a jeté un sort à la dune. Et Jaddus ne peut s'empêcher de jeter un œil de travers à Borteloc.

Clovis a envie de vomir. Alors il parle pour distraire son estomac.

— Je pourrions pas demander au prêtre de venir avec son goupillon garrocher une petite affaire d'eau bénite sus la dune pour chasser les mauvais esprits ?

Dâvit à Gabriel éclate de rire.

— Si que t'appelles ça un esprit, toi, c'est que t'as jamais voyagé.

— Le prêtre pourrait au moins le réenterrer dans les sacrements.

— Je counaissons point sa religion, nos sacrements sont peut-être point bons pour les nègres.

Sacrement ou pas, il était urgent de l'enterrer, le cadavre, il sentait déjà terriblement. Et puis il leur riait en pleine face. Pour de mauvaise augure, c'était de mauvaise augure.

Mais non, mais non. C'était rien que le cadavre d'un pauvre naufragé des mers abouti là par le hasard des marées et des courants, et enseveli par les vents de sable. Fallait prévenir la parenté.

...La parenté ?

— Que c'ti'-là icitte qu'a de la parenté avec les nègres lève la main.

Et dans le rire général, Dâvit à Gabriel leva le pic bien haut au-dessus de sa tête.

— Cimetiére pour cimetiére, la dune en vaut un autre. Et si jamais ceuses de la Pointe ou de la Butte-du-Moulin s'en venont chercher des trésors sus nos terres...

— J'allons leur faire envoyer une mappe.

Ainsi le nègre fut remis en terre par les hommes du Fond-de-la-Baie qui avaient entrepris de couper la dune en deux...

Sicut in cœlo
Et in terra,
Si tu te déterres, salaud,
On te réenterrera.

...Et l'on rentra au logis avant la fin du jour, anxieux de raconter cette nouvelle trouvaille aux vieux, aux femmes et aux éclopés.

La vieille Crescence se la fit raconter trois fois, l'histoire du nègre, puis finit par accrocher ses yeux aux poutres du plafond.

— Pourquoi c'est que vous cherchez tant à couper la dune ?

On expliqua le canal à Crescence.

— Vos aïeux, qu'étiont point des faignants, qu'elle répondit, aviont accoutume, zeux, d'en faire le tour, point de passer à travers.

On expliqua à Crescence comment les aïeux n'avaient pas eu le choix, que dans leur temps, on manquait d'outils et de main-d'œuvre, mais qu'aujourd'hui, en coupant la dune, on s'épargnerait sept milles de rames.

— Heh !

Et Crescence ne dit plus rien.

Mais le lendemain, au petit jour, comme on reprenait le chemin de la dune, on trouva le nègre flambant déterré, la face en l'air, et qui souriait de ses trente-deux dents.

C'était le nordet. Il avait soufflé toute la nuit à écorner les bœufs. Hélas ! en déterrant le nègre, le vent avait rempli le canal de sable, le mécréant. Tout était à recommencer, ou quasiment. Un mois de creusage aboli en une nuit. Satané nègre!

— Jure pas, Jaddus. Si les houmes du pays savont point enterrer un chrétien, je nous en chargerons, nous autres.

Et la Gribouille jeta un œil du côté de Froisine et Judique qui acquiescèrent du menton.

— Rien certifie que c'est un chrétien, ce chenapan-là.

— Raison de plusse pour y creuser un trou assez creux que l'effronté sera point tenté d'en sortir par le boute d'en haut.

Et les hommes de la Baie creusèrent au nègre, le lendemain, une fosse à faire tourner dans sa tombe Napoléon.

— Je plains le cadavre qui osera s'aveindre de ça, que fit Dâvit à Gabriel en jetant la dernière pelletée de sable dans le trou.

Le cadavre se le tint pour dit.

Durant huit jours.

Mais vers la fin juillet, à la pleine lune, la mer fit rage durant toute une nuit, soulevant des vagues de plus de trente pieds qu'elle garrochait dans le canal de la dune. La girouette virait du plein nord au nordet, au suète, suroît, noroît, franc nord, engouffrant des tourbillons de sable qu'elle crachait sur la côte.

La garce!

Et le nègre sortit de sa tombe comme Lazarre, un beau matin, bandelettes au vent.

— Sil pouvait au moins arrêter de grincher.

Hé oui, il ricanait en plus, gueule fendue, toutes dents dehors. Il avait l'air de prendre plaisir à ses multiples enterrements.

Sicut in cœlo
Et in terra...

Et Crescence joignit son ricanement à celui du nègre.

— Vous creuserez point la dune à la pioche.

Mais alors, à quoi? Sans même une charrue en fer pour labourer ses champs, avec une seule jument pour tout un pays, et tentés certains jours d'atteler au chariot ses cochons, vous voudriez qu'on coupe la dune comment?

— C'est le péché, que fit Crescence sans aviser personne.

La Gribouille laissa la phrase traverser toutes les peaux tannées et coriaces et pénétrer jusqu'aux consciences. Le mot de Crescence irriguerait lentement le cœur de ces chevaliers de la queste qui s'imaginaient trouver le Graal sans passer par le feu de la purification. Ils n'étaient pas purs, ces hommes, le mal logeait en eux puisque l'un d'entre eux avait trahi. Mais lequel?...

Marguerite à Loth vient de se lever. Quelque chose a bougé sous le chêne d'en avant. Il aurait fallu abattre cet arbre comme tous les autres, Dâvit à Gabriel l'a toujours dit. Un bosquet, ou même de la broussaille trop près des maisons, ça les attire. Leur laisser aucune chance d'approcher... Tu divagues, Dâvit, personne a vu le nez d'un Anglais s'en venir espionner autour des côtes depuis une génération... Ah! non? Dâvit et son vieux père Gabriel de la lignée des Cormier se sont réveillés plus d'une fois pour trouver leur grange en feu et leur bétail saisi ou mas-

79

sacré... L'incendie, c'était le tonnerre; et la disparition du bétail, les lutins... Ouche! les lutins! Abattre les arbres, que je vous dis, les abattre tous, sauf quelques pommiers et cerisiers pour les fruits: c'est la seule façon de voir venir les Anglais qui rôdent la nuit autour des nids d'Acadiens qui avaient cru pourtant s'enfoncer assez creux dans les bois.

...On n'est jamais assez loin de ses ennemis et de son passé. Jusque sous le chêne, le passé, jusque sur le devant de porte. Les années d'exil n'avaient donc pas fini de traîner leurs mauvais souvenirs et leurs mauvais esprits? Pourtant, la Gribouille s'obstinait sur ce chêne, ce seul chêne qui les avait vues naître, elle et sa mère. Comment regrimper chez les aïeux sinon par les arbres?

— Grouille pas, Babée, quitte faire les houmes.

...Armez-vous de mailloches et de hachettes, sortez pas tout seuls... par en arrière, par la cave... point toi, Tit-Louis, les hommes en premier. Des hommes pas toujours braves devant le diable et des cadavres de nègres; mais devant un Anglais, dix Anglais, faites du chemin aux gaillards du pays.

Et l'on sortit, armé de pioches et de mailloches, par toutes les portes en même temps.

Marguerite à Loth se rassit. Pas les Anglais. Et Marguerite à Loth était incapable d'imaginer autre chose que les Anglais ou les siens sur le devant de porte de la maison. En dehors d'un Anglais, il ne pouvait grouiller sous le chêne qu'un Giroué, un Cormier, un Poirier ou un nouveau Jérôme venu du sud.

Le vieux Gabriel se caressait nerveusement la barbe. L'histoire du nègre avait brassé bien des souvenirs au fond de ses reins. L'arpenteur-géographe Des Barres non plus n'était pas un Anglais et pourtant... Il savait, Gabriel à Thomas, parce qu'il était nonagénaire et parce qu'il avait dû fuir la vallée de Memramcook, enfant, en emportant tout son bien dans ses quatre poches, il savait que la canaille se cache partout et porte tous les noms.

— Ça fait que méfiez-vous des étranges qui rentront chez vous par la porte d'en avant en oubliant de s'essuyer les deux pieds sus la marche.

L'étranger qui entra chez Jaddus, ce soir-là, n'aurait pas pu s'essuyer les deux pieds même pour faire semblant, mais ça ne prouvait rien, Gabriel à Thomas.

— Quoi c'est que j'aperçois?

— Ce que tu crois apercevoir, Froisine: un houme avec une jambe coupée en haut du genou.

Un amputé, voilà ce qu'on ramenait du chêne chez la Gribouille, en le soutenant sous les bras; un véritable authentique amputé comme les côtes n'en avaient pas vu depuis le défunt Athanase qui avait laissé une jambe dans les glaces de janvier, l'année de la gangrène. Même que c'est lui, le Thanase, qui avait donné son nom à l'Année de la gangrène.

Et le nouveau venu, était-ce aussi la gangrène, ou de naissance?

— Si vous voulez mon dire, ni l'un ni l'autre, que fit Judique la guérisseuse en palpant le moignon encore frais du malheureux.

Et toutes les têtes se penchèrent. ahuries.

On lui a coupé la jambe, deux ou trois jours auparavant, bien et proprement coupé. Ça se voit. Puis les têtes se relevèrent, lentement, mesurant la taille respectable de cet étranger d'âge mûr et de belle allure. Peau tannée, œil vif, front sévère, lèvres closes, fermées au cadenas. Lui avait-on coupé aussi la langue? L'esclave du bon Dieu n'a pas murmuré un son depuis qu'il est entré dans leur vie, pas ouvert la bouche.

— Et si c'était un Anglais malgré tout?

Comment un Anglais? Depuis quand coupait-on les jambes et la langue aux Anglais au pays?

— Plutôt un Grec ou un Portugais. Si c'était un Anglais, je comprendrions au moins ce qu'i' dit.

— Ce qu'i' dit! mais i' a pas encore dit un mot.

On tournait autour du survenant, le tâtait, le pressait de questions: d'où sortait-il? avait-il de la famille, un pays? comment s'était-il rendu sous le chêne, esclopé comme ça?

...Mais taisez-vous! Vous voyez donc pas qu'il peut pas répondre, l'esclave, et qu'il est blessé et estropié? qu'il a peut-être faim?... Mon Dieu! s'il était à jeun en plus! Babée, ajoute du jus dans la soupe.

Le rituel de la soupe fut interrompu par l'arrivée en coup de vent de Philippe à Jaddus, jeune lièvre qui avait couru jusqu'à la côte, à tout hasard. C'était bien ce qu'il avait imaginé: une goélette disparaissait déjà à l'horizon. L'étranger sortait de la mer, d'une goélette à trois

82

mâts qui avait dû accoster sur la terre des Poirier.

— Voulez-vous dire que ces salauds-là avont abandonné un pauvre estropié sus la côte, tout fin seul, et sans pain ni eau?

Si fait, on lui avait laissé du pain et de l'eau, Philippe en rapportait les restes. Preuve que le malheureux s'était traîné jusqu'au chêne, sur ses mains et son moignon de cuisse. Quelle compassion!

Et toute la maisonnée de la Gribouille, gonflée de la parenté et des voisins qui sortaient de chaque logis, réfléchit sur le sens des choses et les caprices du destin. Puis Bélonie-le-Gicleux s'arracha le premier au silence:

— Pour finir sa vie de pareille façon, ça valait point la peine de tant voyager et de brasser tant d'affaires.

Il parlait pour tous, le vieux Bélonie, chacun soupçonnant que des corsaires ou rôdeurs des mers ne coupent pas des jambes pour une paire de jarretières. Il fallait qu'il fût victime d'une bien sale histoire, l'amputé, et peut-être qu'il eût lui-même trempé dans ce qu'on pourrait appeler...

— Suffit, Borteloc! Le passé est passé. Aujourd'hui il a la jambe coupée, suffit.

Et Borteloc, sous le regard ferme et clair de Jaddus, comprit qu'il ne devait pas fouiller davantage le passé mystérieux de l'étranger que la fatalité avait jeté sur les côtes du Fond-de-la-Baie et que le Fond-de-la-Baie, en silence et spontanément, venait d'adopter sans conditions.

* * *

L'apparition de l'étranger à la jambe coupée fit encore plus de bruit que le déterrement du nègre. Et l'été 80 vit déverser sur la dune les curieux fouineurs, chercheurs de trésors et chevaliers d'industrie, arrachés à dix lieues à la ronde. Ça déferlait des buttes, des montains, ça surgissait des anses et des marais, ça envahissait, ça s'infiltrait, ça se répandait, ça empestait les côtes et chavirait la Gribouille qui hurlait à Jaddus que ça n'avait point valu la peine de tant préparer sa sortie du bois pour s'en venir après cent ans tomber dans la dent creuse de Cocagne et de la Butte-du-Moulin.

Ceux de la Butte et de Cocagne, durant ce temps-là, faisaient suivre la nouvelle jusqu'à Grand'Digue et Acadieville que le Fond-de-la-Baie dénichait des nègres et des jambes de bois dans la dune, faute de trésors, et que bientôt les côtes se verraient forcées d'ouvrir un hospice. Le mot hospice fut repris par Marguerite à Loth, qui n'y voyait aucun mal, sans se soucier de l'effet qu'il pût produire sur l'étranger.

C'est le vieux Bélonie qui s'en soucia.

Avait-il vu réagir l'amputé? ou soupçonnait-il le sourd-muet d'entendre et de parler la langue du pays? Mine de rien, il se mit à marmonner entre ses dents, Bélonie, comme s'il pensait tout haut, mais toujours dans la direction du survenant. Il commentait, devisait, bavardait, lui qui n'était pas bagueuleux de nature. Et à chaque mot, l'étranger tendait l'oreille. Même un matin, Bélonie le surprit en flagrant sourire devant l'une des prodigieuses saillies de la Marguerite à Loth. Le sourd-muet était-il tout à fait sourd et réellement muet? Il en aurait le cœur net, Bélonie. Et il attendit. Vint le moment où les deux hommes se trouvèrent seuls dans la grande pièce. Alors le vieux se leva, traîna ses savates jusqu'à la chaise du nouveau venu, trébucha et s'en vint s'écraser sur l'unique genou de l'amputé... qui sursauta mais ne laissa pas échapper un son.

À malin, malin et demi.

Il finit pourtant par se trahir, le sourd-muet, ou par céder; ou, au dire de l'oncle Marc, par comprendre que les côtes l'avaient reçu comme l'un des leurs et qu'il ne risquait plus rien.

Ça se passa dans les premiers jours d'août, alors que le beau Dâvit à Gabriel laissait entendre à qui avait des oreilles qu'on n'allait tout de même pas renoncer à couper la dune pour la simple raison qu'un étranger avait mis les pieds... un pied... sur les côtes, et qu'il était grand temps de ramasser pics et pioches, si on avait du cœur au ventre, et de reprendre le chemin du canal.

...Un canal d'à peine soixante aunes, ce n'était pas la fin du monde, et profond de vingt pieds, un seul petit canal et les pêcheurs déboucheraient à la grand-mer sans ramer toute la baie.

— Quoi c'est qui vous retient de vous gréer d'une voile au bout d'un mât comme ceux-là de l'Île Saint-Jean?

...Île du Prince-Édouard, Crescence. Et puis facile à dire, une voile au bout d'un mât. Mais un pêcheur ou un navigueux sait qu'on ne plante pas un mât dans la coque d'une doré; que depuis la tourmente de vent qui a emporté trois bâtiments en une seule nuit et qui a craché ensuite les voiles sur la grève, deux jours plus tard, avec un suroît et une vareuse entortillés dans les câbles, un navigueux sait qu'on ne jette pas au-delà de la dune une frêle barque mâtée qui se prend pour un bâtiment.

Il était urgent d'achever le canal de la dune si les pêcheurs voulaient profiter des lambeaux d'été qui flottaient dans le firmament des côtes. Pic sur l'épaule, les hommes. Et n'oublie pas ta hache et ton égoïne, Sylvain; et ta brouette, Jonas; et les Cormier, vos planches de bois franc; et Babée, les paniers à provisions: on piochera jour et nuit.

...On n'atteignit même pas la première nuit. Le nègre, encore le maudit nègre qui sortait de son trou, cou-cou! de moins en moins nègre, de plus en plus nu sur ses os. Et le sable ensorcelé qui s'arrachait à la fosse retombait dans le canal et fermait la dune encore un coup.

Dâvit à Gabriel était au bord de renoncer. Les Allain aussi. Quant au grand Amable, le rechigneux, il y a beau temps que c'était déjà fait. On s'assit sur les planches et les poutres, maugréant contre la Martinique qui leur avait fait cadeau d'un fils de pute, et sorcier par surcroît. Les Anglais puis le Des Barres, ce n'était pas assez? Il leur fallait un naufragé d'Afrique, en plus, échoué sur leurs dunes, leur unique dune, en pleine saison de pêche? Cent ans de misère au fond des bois, à pleurer sur leurs oignons d'Égypte...

86

Rendu à l'Égypte, le Rechigneux avait si bien fait pleurer sa voix grêle, que l'amputé n'y tint plus et éclata de rire. Et toute la maisonnée en resta ébaubie. Non seulement il riait, le sourd-muet, mais il riait d'un rire sonore, en dégringolant toute la gamme. Ha!

ha!

ha!

ha! Il riait, comme l'on parle, avec des sons dans les joues. Un peu plus et on lui tâtait le moignon pour voir si sa jambe n'allait pas repousser.

— Il parle! il parle, le sourd-muet!

Marguerite à Loth en perdit la voix et tout le Fond-de-la-Baie s'engotta.

Il parla. Dans leur langue en plus. Ou à peu près. Une sorte de français qui venait d'ailleurs, qui ne roulait point les rrr... et n'appuyait pas sur la première syllabe des mots, comme dans le bon vieux français de pays; mais du français tout de même.

— Il parle gras, que trancha la Marguerite.

Et tous acquiescèrent, avant d'avoir eu le temps de se rendre compte qu'on acquiesçait à une sentence de Marguerite à Loth.

L'oncle Marc voulut réparer l'outrage et engager une aimable conversation avec le cousin retrouvé.

— Comme ça vous parlez français, qu'il dit pour enfoncer le clou dans la tête de tous les sceptiques. Ça serait-i' que vous ersoudriez de France?

Le Français fit le tour des têtes, scruta l'horizon, puis choisit de venir de France.

— Tout droit de France, qu'il dit.

L'aveu fut accueilli par un tel ahhh! que le survenant, fût-il né en Guadeloupe, en Grèce ou en Polynésie, à partir de ce jour-là était sorti de France et devait rester Français le reste de sa vie.

— Français de France! t'as qu'à ouère!

Et Froisine, pour mieux souhaiter la bienvenue au cousin du vieux pays, voulut grasseyer son: *Faites comme chez vous!...* mais s'aperçut qu'elle avait mal choisi ses consonnes. Alors elle se rabattit sur un: *Prenez garde à vous autres!...* qui fit croire à tout le voisinage qu'elle avait avalé sa glotte.

L'oncle Marc se risqua de nouveau:

— Et comment c'est que vous vous noumez?

Nouvelle hésitation chez l'étranger qui avait l'air de peser chacune de ses phrases comme si elles pouvaient lui constituer un dossier. Il finit pourtant par se décider:

— Renaud.

Un seul nom. Prénom? surnom? patronyme? Trop beau pour être un sobriquet, trop français pour être faux.

— Bien, que trancha Crescence du fond de son fauteuil doublé.

Et il resta Renaud, sans nom de famille, sans lignage, et sans passé. Car l'oncle Marc se défendit de fouiller plus loin dans la vie de celui qui dans l'avenir pourrait se dire Acadien, au même titre que tous les autres.

Pour payer sa bienvenue au peuple qui l'accueillait, Renaud, dans un geste chevaleresque, acheva à lui seul le canal de la dune.

...?

Hé oui, le survenant, l'éclopé, le sans-patrie, celui que le Fond-de-la-Baie avait reçu dans toutes les maisons à la fois, se le passant de table en table et de logis en logis au nom de la charité et pour l'amour de Jésus-Christ, le Renaud qui allait changer quasiment la couleur du temps cette année-là, fit signe à l'oncle Marc d'approcher et lui parla au creux de l'oreille. Puis l'oncle Marc parla à Jaddus qui parla à Dâvit à Gabriel qui s'adressa avec éclat à tout le monde :

— Je réenterrons le nègre.

Bah! encore le nègre! Depuis la Saint-Jean qu'on le réenterrait, le revenant. On ne pouvait pas trouver mieux? Il n'y avait donc vraiment aucun moyen de...

— Je réenterrons le nègre, que reprit le Dâvit à Gabriel avec une telle emphase que même le rechigneux d'Amable se tut.

Puis Dâvit prit un grand souffle et fit :

— Je le réenterrons la face en bas.

* * *

C'était pourtant si simple. Il fallait y penser. Comme l'œuf de Colomb. Renaud, lui, y avait pensé. Du coup, il grandit de trois pouces au-dessus de tout le Fond-de-la-Baie. Et pour dépasser d'une tête le Jaddus... Esclopé, le Renaud? Allons donc! Marguerite à Loth était prête à se faire couper une jambe en haut du genou pour sauter à cloche-pied au pas du Français de France; et Judique commandait déjà au petit Léon une jambe de bois franc pour l'amputé, on verrait bien si on n'allait pas en faire un homme comme les autres; et la Gribouille... oui, même la Gribouille qui, pourtant... sacré Dâvit à Gabriel encore!... même la Gribouille sourit, triomphante, en secouant son tablier à la mer: on l'avait eue, la garce, la terre l'emportait sur l'eau.

...La Gribouille défiait n'importe quel mort, fût-ce un naufragé des mers, enterré la face en bas, de retrouver la fente dans la croûte du sol par où revenir faire enrager les vivants. N'est pas sorcier qui veut. Il faut aussi le don et beaucoup d'astuce.

Et c'est ainsi que dans un gigantesque pied de nez à la Butte-du-Moulin, à Cocagne et même à Memramcook, la plus longue dune des côtes eut son canal pour ouvrir au Fond-de-la-Baie une porte sur la mer et sur le monde.

Mais en débouchant sur l'océan à la brunante, les piocheurs de la dune virent s'allumer à l'horizon les voiles blanches d'une goélette qui fonçait droit sur eux.

— Seigneur Jésus! s'écria Clovis Collette, le bâtiment des pirates coupeux de jambes!

Nenni, peureux de Clovis, pas les pirates ni les coupeurs de jambes; mais un aventureux de l'Île d'en face venu fêter avec la parenté l'ouverture du premier canal des côtes de l'est.

5

DE BON MATIN, le dernier jour d'août, Babée courut jusqu'à l'embouchure du canal, avec tous les autres, ses frères et la parenté, pour voir partir la goélette. Un vrai trois-mâts gréé pour des noces. Le capitaine Poirier, son grand-père, retournait à son île avec sa jeune épouse dans les haubans. Et Babée entendait bourdonner autour:

— Quand je pense que ça pourrait être sa fille!

— Et la belle-sœur de son garçon par-dessus le marché.

— La demi-belle-sœur, du troisième lit.

De la parenté tout de même, et puis d'une telle différence d'âge! Sur la différence d'âge, tout le monde s'accordait, à peu près. Quant à la parenté, fallait avoir l'esprit tordu pour voir du mal dans une pure parenté par alliance, une parenté de côté, sortie de la hanche, plutôt de lait que de sang.

— Une parenté d'eau de mer, pas plusse.

Les Cormier et les Bélonie prenaient un plaisir sadique à commenter, mais pas trop près de la maison de la Gribouille, par égard pour Jaddus. Pure gaspille, cette discrétion; car pour le Jaddus, les commentaires sur le mariage de son père avec sa demi-belle-sœur Adélaïde... de l'eau sur le dos d'un canard!

— Mais il a septante ans, ton père, et sa jeune femme à peine trente.

Raison de plus pour se taire: à septante ans, un homme est en âge de choisir sa femme.

— Passé l'âge, que fit la Gribouille.

Ce n'est pas au capitaine Poirier, son beau-père, qu'elle en voulait, la Gribouille, mais à sa sœur Adélaïde, sa cadette de vingt ans, une bougresse. Fallait qu'elle l'eût ensorcelé, le vieux. Depuis quand prend-on pour épouse, au pays, la sœur puînée de la femme de son garçon? Il avait trop bourlingué, le capitaine, et peut-être aussi trop... Mais l'Adélaïde, elle, n'avait pas d'excuse. Elle était née de Pélagie, comme la Gribouille, sur une terre défrichée, et elle connaissait les mœurs du pays. Que raconterait-on aux descendants?

...Les descendants! mon doux séminte! On n'y avait pas pensé. S'il fallait en plus que le capitaine mêle encore un coup du sang de Poirier aux LeBlanc des côtes!

— Hé, hé!

Il peut rire, le vieux Bélonie! Il passe quatre-vingts, lui. Son sang, il y a beau temps qu'il en a tari la source. Mais le capitaine Poirier, hardi et gaillard comme on le connaît, il pourrait se mettre en tête de recommencer une famille et... blasphème pas, Jaddus!

Jaddus n'a rien dit, il a souri d'une seule lèvre; mais la Gribouille sait lire les sourires de son homme, s'il fallait, après trente ans!... et peut vous dicter mot pour mot la pensée qui se cache derrière son front.

Oh! non, pas toujours.

La pensée de Jaddus, en ce jour de noce, plongeait dans un passé que ne pouvait atteindre sa Gribouille de femme. Il s'isolait dans son enfance, du temps des histoires de licornes de mer que lui rapportait son père. Et Jaddus ajoutait ce conte-là aux autres, dans le coffre aux trésors des Poirier de l'Île. Un vrai trésor, celui-là, point un rêve enfoui dans le sable et envoûté par les mauvais esprits, mais un coffre solide, palpable, enrichi d'anecdotes et d'aventures, tout imbibé de la mémoire d'une époque que représentait à lui seul ce hardi conquérant des mers. Il avait bien le droit, le capitaine, de s'en venir sur ses vieux jours quérir un peu de bonheur sur les côtes et de ramener une femme dans ses voiles de goélette.

...La sœur cadette de sa bru, et puis après! Elle n'était pas moins blanche et moins ronde pour ça, la belle Adélaïde. Pas moins ragoûtante et enjouée. Tout le contraire de sa sœur aînée. Et puis, totalement désintéressée, personne n'avait à redire. Même le trésor des LeBlanc lui avait à peine fait lever un œil du côté de la dune, toute LeBlanc qu'elle fût aux trois quarts. Que pouvait-on reprocher à la belle Adélaïde?

— Mais alors ce mariage avec un houme de passé deux fois son âge? Quoi c'est qui l'y a poussée?

Et si c'était l'amour?

Jaddus n'osa pas jeter ce mot-là en plein cœur des dunes les plus pudibondes de tout l'est du pays. On avait connu assez d'émotions comme ça depuis le printemps. D'abord le Jérôme qui, à coups de menteries, avait si bien remué les sables et les mers, qu'il en avait fait surgir un revenant de nègre et un Français de France à une jambe, un Français qui avait vaincu le nègre, en plus, et désensorcelé la dune qu'on avait enfin réussi à couper en deux. Après ça, comment les côtes pouvaient-elles encore se surprendre de la rencontre prédestinée de deux êtres que la vie s'était acharnée à éloigner l'un de l'autre? Vingt milles de mer et quarante ans d'âge les séparaient, plus des liens de parenté établis en dehors d'eux, mais qui donnaient à l'œil du vieux capitaine se posant sur Adélaïde un regard quasi incestueux.

Un seul regard et le sort en avait été jeté. Il n'avait plus de temps à perdre, le capitaine Poirier: septuagénaire, c'est l'âge ou jamais. Quant à Adélaïde, elle n'avait pas vu les soixante-dix du capitaine: pas vu le léger tremblement des doigts qui tenaient la pipe au coin des lèvres; pas vu la paupière lourde qui fermait à demi l'œil droit; pas vu les reins se cambrer à la moindre brise, ni la paume entourer l'oreille au moindre son.

Au dernier coup de pioche des hommes du Fond-de-la-Baie pour percer la dune, la clameur arrachée à tous les gosiers avait rebondi comme un caillou sur la surface de l'eau et atteint la goélette du capitaine Poirier en plein flanc. Et les témoins purent décrire après coup la flambée de huées qui dansaient entre la mer et la terre comme une chanson à répondre.

Adélaïde se trouvait au nombre des témoins.

— Quoi c'est ben qui avait pu l'attirer à la dune ce jour-là? que s'enquit la Judique des Girouard.

Quoi c'est ben!...

Et la Gribouille ne répondit pas aux yeux inquisiteurs de sa fille Babée qui, le jour des noces, cherchait tant à comprendre. Sa tante Adélaïde était de toutes les femmes des côtes la seule qui se donnait la peine de parfumer son traversin à l'anis séché; et de fleurir son corsage de marguerites au printemps; et de laver son abondante chevelure à l'eau de pluie recueillie tout exprès dans un tonneau en lattes de frêne. Elle levait le petit doigt, Adélaïde, et même l'effarouché de Léon lui arrondissait un tonneau en lattes sciées à la main. Allez vous étonner après ça qu'un capitaine aveindu de ses îles...

Adélaïde n'avait pas vu la main tremblante ni la paupière lourde du capitaine Poirier, mais sa taille de géant, et son œil mauve, et son rire qui dégringolait comme une corde de bois. Elle l'avait vu mettre le pied le premier sur la dune en prenant dans ses mains les épaules de son fils Jaddus qui souriait à son père comme du temps qu'il était petit garçon. Et son père traînait ses yeux sur la dune et le canal, l'air de dire à la nature: c'est mon garçon qui t'a eue!

...Ah! bon? que la nature lui fit; eh ben, vengeons-nous sur le père.

Et elle lui garrocha la belle Adélaïde en pleins yeux.

Il ne faut pas chercher ailleurs la raison de cette alliance de la main gauche. Trop de bras avaient brassé dans la terre en ce printemps et cet été 1880. Ces audaces-là se payent à la longue. Et c'est le capitaine Poirier qui payait.

Le vieux Gabriel ne riait pas souvent; mais là, il éclata de toutes ses rides. Si telle était la vengeance de la nature, lui, Gabriel à Thomas, était tout prêt à passer le restant de l'automne à creuser des rigoles et des canaux dans chaque dune du pays. Et il en ria un bon coup, le vieux Gabriel.

— Ne prêtez point attention aux folleries du radoteux, que lança la Gribouille à la ronde. C'est le dernier pet d'un âne agonisant.

Et cette fois, c'est toute la baie qui unit son rire à celui de Gabriel à Thomas.

Le capitaine, au dire de Borteloc, avait examiné longuement le canal de la dune; mais d'un œil seulement, l'autre étant pour Adélaïde.

Quoi c'est ben qu'avait pu attirer la forlaque à la dune? que répéta Judique Girouard.

— Et les pressentiments, quoi c'est que t'en fais?

C'est Louis à Bélonie qui avait lancé le débat sur cette pente dangereuse. N'importe quoi pour irriter les oreilles et activer les langues, ce Louis-le-Drôle. Plutôt que de laisser un beau conte mourir dans l'œuf, il était capable un lundi matin d'annoncer la mort du pape. Au rythme où vont les choses, qu'il se disait, un pape doit mourir tôt ou tard, et les derniers à l'apprendre seraient encore les gens des côtes. Autant prendre de l'avance et annoncer tout de suite la mort du prochain pape.

C'est ainsi qu'il parla de pressentiments.

Aussitôt Henri-le-Grelot se souvint que la veille du débarquement du capitaine, Adélaïde avait commandé un coffre de cèdre au petit Léon, il l'avait de ses oreilles entendu. Et Borteloc l'avait vue cueillir du jonc dans les marais pour se faire des têtes de matelas. Et Froisine jurait que les aiguilles de l'Adélaïde, depuis quelque temps, ne tricotaient plus des chaussettes et des châles, mais des bonnets d'enfants, elle pouvait faire serment. Et Marguerite à Loth...

— Assez de placotage sur autrui, changez de discours, que trancha la Gribouille qui n'allait tout de même pas laisser l'innocente des côtes ajouter son grain de sel à ce potage-là.

La Gribouille cherchait moins à défendre sa vaurienne de demi-sœur, qu'à reprendre le dessus et empêcher ses commères de voisines de s'emparer d'un débat qui ne concernait que la stricte famille Poirier. Poirier de nom, mais en réalité Léger-Landry-LeBlanc. Car l'Adélaïde après tout était quasiment pure LeBlanc. Avec un grain de Landry du côté Charles-Auguste. Mais toutes ces subtilités passaient loin au-dessus de la tête de la Marguerite à qui la Gribouille cloua le bec dans un: suffit! qui fit trembler toutes les mauvaises langues.

Et Adélaïde fut sauvée.

Mais elle s'en soucia comme de son premier jupon. Car la future avait d'autres sentiments au cœur que de la gratitude pour sa sœur ou du mépris pour Judique ou Marguerite à Loth. À l'heure où tout le Fond-de-la-Baie grattait dans son passé et grignotait son avenir, l'élue du capitaine dévorait le présent à belles dents. Jour et nuit, la baie voyait les amoureux arpenter la dune, les marais, les sentiers qui mènent à la forêt. Personne pour empêcher ça?... Ils allaient sans rougir, sans regarder autour, sans entendre les pommes tomber des arbres sur leur passage comme si la nature lançait des avertissements. Ce seul couple avait envahi les côtes du Fond-de-la-Baie, croyez-le ou pas!

— Ah! je vous crois. Comment faire autrement?

Même que le beau capitaine venait de raser ses moustaches et d'emprunter la meilleure jument du pays pour se rendre chez le prêtre.

— Nous autres, je nous rendons à l'église à pied.

Vous autres, si fait, Marguerite à Loth. Mais un capitaine sorti de l'île d'en face et qui s'en vient prendre femme sur les côtes dans la propre maison de son garçon, sur ses vieux jours...

— Ses vieux jours? Regardez-lui la mine, au chenapan!

...un capitaine comme ça, donc, va point se rendre à l'église à pied.

— Et sa goélette, elle sert à quoi?

— Elle servira à emporter son épousée au bout du monde. En attendant...

En attendant, il enfourchait la jument des Giroué et se rendait chez le prêtre. À soixante-dix ans, pensez donc, enfourcher un cheval! Les hommes du pays n'avaient pas vu enfourcher une bête depuis la semaine des trois jeudis. Sur les côtes, si on avait le bonheur de posséder une jument, on attelait. Mais pas le capitaine Poirier, qui flattait tendrement la nuque de l'animal comme la barre de sa goélette.

Quand le prêtre le vit approcher de la Pointe-à-Jacquot, il ajusta sa barrette et s'appuya sur le manche de son râteau à foin. Il était au champ, le curé de la Baie, à râcler les derniers brins de paille. Si fait, il faisait ses foins lui-même, prêtre ou pas, dans ce pays de mission! Mais barrette sur la tête, pour le prestige et l'autorité.

Les deux hommes se mesurèrent durant dix bonnes secondes avant d'ouvrir la bouche, chacun admirant la taille de l'autre qui étaient l'une et l'autre démesurées. Deux hommes en âge aussi et qui avaient vu du pays.

Et c'est le curé qui ouvre le feu.

— De l'Île Saint-Jean, que j'entends dire?

— Aujourd'hui appelée Île du Prince-Édouard, que répond le capitaine.

— Et quel bon vent de l'île peut bien amener un capitaine sur nos côtes?

— Un vent d'est-nordet, mon père.

Le curé avale le coup et reprend:

— Les vents de nord-est sont pas toujours les plus doux ni les plus complaisants; un homme doit apprendre à s'en méfier.

— Ma goélette aura le suroît en poupe au retour, et c'est rien que le retour qui compte en voyage.

Ah! bon. Faut donc le prendre de face, le capitaine, qui n'est point le genre à se laisser prendre de biais.

— Ça voudrait donc dire qu'un capitaine aurait l'intention d'attendre le suroît pour reprendre la mer?

— Point l'attendre, nenni, le guetter. Un suroît se fait jamais attendre, il vous timbe sus

99

l'échine à l'heure que vous l'espèrez plus. Un houme de la mer counaît ça.

Et le prêtre venu de Québec prêcher l'Évangile aux chrétiens abandonnés sur les côtes comprend qu'il vaut mieux pour lui choisir ses analogies sur la terre que sur l'eau.

— Le temps des foins, qu'il fait, comme qui dirait le temps des moissons. Ça serait pas pour moissonner qu'on viendrait de si loin...?

— L'île est juste en face, comme qui dirait à une petite journée. Un houme qui a point une petite journée à bailler à sa vie...

Le curé voit poindre sa chance.

— Une journée, c'est plus qu'il en faut en effet pour décider de toute une vie.

Le jeu commence à amuser le capitaine qui trouverait dommage de le terminer si vite. Alors il rebrasse les dés et...

— En effet, comme vous dites. Prenez rien que mon cas à moi: c'est un seul jour qu'a décidé de toute ma vie.

Le curé s'appuie des deux coudes sur son râteau... on approche, le bonhomme va se déclarer.

— Un seul jour, hein?

— Si fait, que fait le capitaine, le jour où c'est que ma mère m'a mis au monde.

— Sacredieu!

Trop tard, le prêtre venait de jurer. Et le capitaine laissa filtrer par les fentes de ses joues son petit gloussement des grands jours. Maintenant il pouvait parler. Un curé qui a dit sacredieu devant l'un de ses fidèles n'oserait pas, l'instant suivant, lui faire la morale sur les mœurs du pays.

Et quand enfin le missionnaire de Québec, en empruntant la formule de son pays d'adoption, demanda au capitaine :

— Quelque chose que je peux faire pour vous ?

...le capitaine aspira l'odeur de foin de ses grandes narines habituées aux vents salins. Il venait demander au prêtre de publier les bans, le prochain dimanche, avec Adélaïde LeBlanc, fille majeure de feu Adélin LeBlanc, d'une part, descendant de Jacques, et de Pélagie Landry, d'autre part, née en légitime mariage de Madeleine et Charles-Auguste.

— ...la demi-sœur de la femme de Jaddus, votre garçon, que se hâta d'ajouter le curé pour rétablir son autorité qui en avait pris un rude coup dans le sacredieu !

Mais le capitaine l'attendait, celle-là, la guettait comme il savait guetter le suroît, et la prit en poupe.

— De la parenté, comme vous diriez ; c'est pour ça qu'il sera point nécessaire de publier les bans trois fois comme c'est l'usage. À mon âge, et avec les liens de famille, toute la Baie me connaît.

...Bien au contraire, capitaine. Dans un pays où c'est courant d'épouser en secondes noces la cousine issue de germain du frère du mari de sa première femme, il est indispensable de proclamer bien haut les bans durant trois prônes consécutifs... Et si vous voyez des empêchements à ce mariage, mes bien chers frères...

Les bien chers frères se garderaient bien d'empêcher un mariage pour si peu. De la parenté, tout le monde en a. Hormis de s'en aller prendre femme à Beaumont ou dans les marais de Tintamarre.

— J'allons-t-i' à l'avenir loucher du bord de Memramcook pour ramener une Belliveau ou une Gaudet dans nos lits?

Surtout que la Gaudet ou la Belliveau pouvait se révéler une Landry par sa mère et tomber en plein dans la parenté. Ils n'étaient ni lettrés ni savants, les gens des côtes, ni versés en encyclopédie. Mais en défrichage généalogique, attention! Même Marguerite à Loth connaissait comme ses prières l'histoire de sa lignée, de Loth à Barbe, ses père et mère, jusqu'aux premiers Caissie que certains prétendaient sortis d'Irlande.

— D'Irlande, asteur! Comme si ça suffisait point de sortir du Fond-de-la-Baie!

Et Louis-le-Drôle en eut le hoquet encore un coup.

...

Le curé fit répéter au capitaine les noms de ses propres père et mère et ancêtres jusqu'aux bisaïeux, pour se remettre d'aplomb et pour renflouer sa chronique, car à l'instar de tous les curés de l'époque, il nourrissait des prétentions d'historien. Il défrichait la parenté pour son propre compte, le prêtre sorti de Québec, et non pour les registres paroissiaux qui, même reliés en cuir, ne pouvaient contenir toutes les ramifications à cinquante-six branches de chaque patronyme de la paroisse.

Et il grava au couteau de poche sur le manche de son râteau les lignées des Poirier de l'Île, d'une part, et d'autre part, des LeBlanc du Fond-de-la-Baie.

— V'là un râteau, prédit le vieux Bélonie le même soir, qui achèvera point ses jours dans un champ de foin.

La noce dura trois jours et rassembla tout le pays. La Barre-de-Cocagne, et le Lac-à-la-Mélasse, et la Butte-du-Moulin, qui s'étaient cachés au creux des dunes, la nuit, pour espionner et persifler les chercheurs de trésors, se montrèrent en plein jour aux noces d'Adélaïde et de son capitaine. Il était bon compagnon, le capitaine de l'île, et...

— Il a sa cale pleine de coffres au trésor qu'il a point dénigés dans la dune, lui.

Oh! non, point dans la dune, mais en mer, au large du large, qu'il contait, à même les flibustiers venus du sud et qui continuaient à rôder autour des îles perdues du nord, tout au long du XIXe siècle.

— Il aurait-i' piraté lui-même les pirates? que s'enquit un jeune Basque alléché par l'odeur enivrante qui flottait sur toute la baie ce jour-là.

La Gribouille ne répondit pas à Simon Basque; ni au Basque, ni à Marguerite à Loth déjà en transes, ni à personne.

Elle a les mains à la pâte, la maîtresse de maison... sa sœur a beau sortir du troisième lit de sa mère, une noce c'est une noce qu'on ne laisse pas au hasard des bonnes volontés des commères sorties du bois pour la circonstance et qui ont tout l'air, les effrontées, de vouloir se mêler de ce qui ne les regarde pas... vous les voyez se trémousser?... Elle a les mains dans la pâte jusqu'aux coudes, la Gribouille, et ne peut, par conséquent, fournir honnêtement une réponse aux curieux qui ce jour-là voudraient connaître tant de choses.

— Je peux pas en même temps boulanger la pâte et instruire le monde, qu'elle fait.

Et le monde, qui préfère malgré tout manger du pain de blé d'Inde tout à l'heure, se résigne.

* * *

Crescence sourit dans son coin. Elle va sur ses cent ans, Crescence, et peut donc sans complexe s'amuser à fouiner dans le cœur de ses compères et voisins. La pâte que brasse la Gribouille, le matin des noces de sa sœur, ne contient pas que de la seule farine de blé. Ni de blé ni de maïs.

Hi, hi!

La vieille Crescence et la Gribouille se toisent, l'une par en-dessous, l'autre en pleine face.

...Quoi c'est que tu brasses dans ta pâte, la femme?

...De la farine, de l'eau et de la levure, la vieille.

...De la levure, tiens, tiens!

...Et une pincée de sel pour le goût.

...Pour le goût. Mets-en assez pour empêcher les mariés de goûter le restant.

La Gribouille se ressaisit. Tu vas trop loin, Crescence. C'est pas permis même à une centenaire d'accuser une personne de chercher à em-

poisonner le monde. Et le cœur de la Gribouille bat en étranges secousses.

— Quoi c'est que tu veux dire, la vieille?

Hi, hi!

Une vraie sorcière, cette Crescence. C'est
rendu qu'elle lit dans les reins et les cœurs,
comme c'est rapporté dans la Bible. Mais pour
une fois, elle lit de travers. La Gribouille a point
eu l'intention de brasser autre chose que de la
farine et de l'eau pour en faire de la pâte.

— Brasser des idées, que fait la vieille.

Ah! mais là, si une femme n'a plus le droit
de jongler à ses affaires durant qu'elle boulan-
ge... Et puis les idées de la Gribouille ne lè-
sent personne, ça s'adonne, et ne concernent
que les siens... Sa sœur se marie en dehors de
ses terres, fort bien, on passe l'éponge, ça fait
scandale, ça fait jaser, mais on passe l'éponge,
et personne n'a cherché des empêchements à
ce mariage. Adélaïde a seule décidé de sa vie.
Mais qu'elle ne s'en vienne pas l'an prochain
à la même date, par exemple, se plaindre de son
vieux à la Gribouille. Elle a fait elle-même son
choix, personne ne s'en mêlera. Quant au reste
de la famille...

Crescence tend l'oreille: c'est le reste de la
famille qui l'intéresse.

— J'aurai bien le droit l'un de ces jours de
songer à l'avenir de ma propre fille qui va sus
ses seize ans, que lâche la Gribouille dans un
souffle.

Le voilà le levain dans la pâte: la Babée que
sa mère brasse depuis l'aube avec la farine de
blé.

Les noces du capitaine et d'Adélaïde avaient mis tout le Fond-de-la-Baie en rut en ces derniers jours d'août. Jusqu'aux pommiers qui s'émoustillaient et semaient leurs pommes dans tous les paniers. Ça fait que la Babée à Jaddus...

La Gribouille en avait profité pour élaborer des projets tout neufs. Adélaïde partie, il restait la Babée. Et la part de LeBlanc que l'écervelée de demi-sœur s'en allait éparpiller au loin, dans les îles, sa nièce saurait sûrement en recueillir les morceaux et s'en remplir un joli coffre de cèdre.

...Un coffre taillé dans le bois franc et sculpté au couteau, le couteau du petit Léon. Il bégayait, le vieux garçon, et traînait sa bosse comme un péché, mais n'en était pas moins doux comme un agneau et honnête comme... comme personne. Et doué dans le travail du bois, en plus, au point d'entreprendre de décorer à lui seul tous les chapiteaux de l'église. Sans compter que le petit Léon avait du LeBlanc à se le sortir par les oreilles.

Hi, hi !

— C'est ben, Crescence, si vous avez faim, passez à table ; y en a pour les rusés et pour les fous.

* * *

Trois tables bout à bout sous le chêne, garnies des fruits et légumes de saison. Des légumes surtout, car les fruits, en dehors des pom-

106

mes, des framboises, des gadelles et des groseilles... c'était point le Pérou, qu'aimait à répéter l'oncle Marc. Mais de la volaille, du lièvre et de la morue fraîche.

Le prêtre s'efforçait de tenir tête au Français de France, à la grande joie des Bélonie qui les avaient adroitement poussés l'un vers l'autre. Car ce Renaud, premier non pratiquant à mettre les pieds sur les côtes, osait affronter le curé sur son terrain exclusif, la théologie. Et les deux hommes, échauffés par les cruches que continuait à déverser le capitaine, se renvoyaient leur Immaculée Conception et leurs trois personnes en Dieu au-dessus des têtes des convives ahuris.

Et pour ne pas céder au péché contre l'Esprit, tout le monde cherchait à se distraire dans le fricot, les poutines à trou et le vin du capitaine. Un grand homme, le capitaine, trop grand pour faire les choses en petit. Et point regardant. Ça coûtera ce que ça coûtera.

— Un homme qui ragorne trop pour ses vieux jours risque de mourir jeune, qu'il gloussa.

— Si vous vouliez mourir jeune, fallit y penser avant.

— Ça itou ça raccourcit la vie, penser.

— Hormis de penser aux femmes.

Le prêtre fait : tut, tut, tut !... pour rappeler la présence de l'Église, et l'on passe des femmes au nègre, au canal, au trésor de la dune, à Jérôme-le-Menteux.

— Personne en a eu de nouvelles, du Jérôme ?

107

Si fait. Quelqu'un a vu quelqu'un qui a vu quelqu'un qui l'a aperçu dans le nord, apparence. Dans le bout de Tracadie et de Caraquet.

— Au bout du monde.

— Nenni, le fin bout, c'est l'île Miscou. Ils l'appellont l'île du bout du monde.

— J'ons-t-i' de la parenté par là?

— De la parenté dans toutes les îles, et toutes les anses, et sur toutes les dunes qui encadront le pays.

— C'est curieux, que fait Dâvit à Gabriel, que je formions le cadre, nous autres, et que ça seye les autres qui seyont encadrés. Vous trouvez point ça curieux?

Louis-le-Drôle s'entoure le cou de ses mains.

— Je plains le col qu'a une pareille corde autour... couic!

On rit jaune, mais sans s'effaroucher. Le seul cou qu'on eût jamais réussi à tordre, le long des côtes, fut celui de la poule au pot. Et encore pour la Noël et le jour des Rois.

— Et pour les noces de la belle Adélaïde.

> Un jour me promenant
> Le long de la rivière,
> Sur mon chemin rencontre
> L'plus belle fille du village...

chante le beau Louis en jouant des cuillers sur ses cuisses, tandis que toutes les femmes scandent des:

> Tam ti di lam ti di lam...

qui ont l'air de sortir de leurs corsages.

> J'la conduis par sa main blanche,
> J'la conduis à l'ombrage,
> M'a dit : « Si tu voulais
> Tu m'aurais en mariage. »

Ho, ho, ho! et :

> Tam ti di lam ti di lam...
>
> Si je m' marie pas bientôt,
> Je ferai bien du carnage.

Et tout le chœur des femmes enchaîne dans les carnages... Elles mettront le feu au village, et feront passer la chatte à travers le champ de patates... le bélier à travers le râtelier... le loup à travers le vert bocage...

> Je ferai passer l' p'tit bœu'
> Dans tout le jardinage.
>
> Tam ti di lam ti di lam...

— Ta bombarde, Henri Grelot, aveinds ta bombarde!

...Et l'oncle Marc, ton épinette.

...Amable-le-Rechigneux, fais-toi point prêcher comme d'accoutume, sors ton accordéon.

Amable se laisse prier, puis finit par pomper son instrument vieux de trois générations et qui a fait toutes les noces du Fond-de-la-Baie, depuis la mort du cochon de cinq cents livres. Amable pompe avec l'air si renfrogné et courroucé que le Français de France, qui en est à sa première noce au pays, reste bouche bée devant la douceur des sons qui s'arrachent de son accordéon. À croire que le Rechigneux, par la musique, se consolait d'être au monde.

Mais Renaud n'a pas le temps d'analyser plus loin l'âme d'Amable : Simon le Basque vient de se jucher sur une table, violon en main, et entonne le reel de la Boiteuse.

— Le reel à Célina, que s'écrie Froisine qui tient sa science de sa belle-famille Cormier.

Et toute la noce se lance dans un quadrille où l'on tourne et tape du pied et s'échange la compagnie.

> Lance ta bottine
> Dans le fond de la boîte à bois !
>
> Lance-la pas trop fort
> Tu 'i feras mal dans le corps !

Les messieurs, comme ci...
Les madames, comme ça...

Sous les tables, durant ce temps-là, les enfants s'empiffrent des dernières miettes et lèchent les goulots des cruches vides. Depuis le matin qu'ils courent d'un logis à l'autre, abandonnés par des mères englouties dans la pâte et le bouillon de fricot. Et quand le chat est sorti, les souris dansent... Les souris ont dansé *C'est un beau château* et *Marianne s'en va-t-au moulin* du matin au soir; et grimpé sur les tables couvertes de lin, d'étain et de fleurs des champs; et lancé la chatte entre les chaudrons de fonte qui lui déversent du jus sur la queue... au grand éclat des Bélonie, de Crescence et de Renaud. Quelle journée! Voilà des moussaillons qui n'oublieront pas de sitôt le mariage d'Adélaïde et de son capitaine. Ils n'avaient jamais imaginé qu'une seule journée pouvait renfermer tant de bonheur!

Un rire saccadé circule entre les pattes de chaises: un petit Girouard vient d'attacher la queue du Chien à l'unique jambe du Français de France. Une fillette s'énerve et pousse un cri de souris, ce qui réveille Crescence juste au-dessus qui, remuant sa chaise berceuse, se berce sur les doigts de l'enfant qui cette fois hurle comme un corbeau. Aussitôt le Français veut rendre la fillette à sa mère, mais se sent au même instant emporté par le Chien qui, sautant dans le quadrille, achève de démanteler la promenade.

... À leur insu, tous ont changé de compagnie.

— Danse, Léon, fais pas le dédaigneux.

Et la Gribouille pousse sa fille dans les bras du bossu. Le petit Léon n'a jamais dansé de quadrille de sa vie, ni jamais entouré la taille d'une femme; il bredouille, et trébuche, et s'enfarge dans les pieds de tout le monde. Babée sent le désarroi de son partenaire et prend les devants. Elle pose sa main sur son épaule, sans effleurer sa bosse de bossu, et l'entraîne au milieu des danseurs emportés dans un tourbillon. Toutes les côtes battent des mains, et tapent du pied, et turlutent des lèvres, au rythme des bombardes, des ruine-babines, d'une épinette, d'un violon, de l'accordéon du Rechigneux, et des cuillers de Louis-le-Drôle qui n'ont cessé depuis le début de la noce de donner la mesure.

... Tiens! quoi c'est qui s'en vient là-bas? Pas Dieu possible! c'est Moustachette en personne, nulle autre que la vieille Moustachette qui doit son sobriquet à l'ombre qui lui orne la lèvre

111

supérieure, sortie du bois pour marier Adélaïde au capitaine Poirier. Simon l'a dénichée de son chemin du Portage et l'amène aux noces manger du fricot à la poule et chanter sa complainte. Une complainte nouvelle à chaque noce, comme à chaque baptême et chaque enterrement. Elle veut bien la chanter sur le même air, mais pas dans les mêmes mots, tout de même. Sauf pour l'introduction qui ne varie jamais de son...

> Écoutez tous, petits et grands...

et la fin qui invite l'auditoire à se souvenir de la même façon du nouveau-né, de l'épousée, ou du disparu.

Mais cette fois, à l'ébahissement de tous, Moustachette commence par la fin. Elle entonne dès l'*incipit* :

> Vous vous souviendrez d'elle et de lui,
> Vous tous qui furent leurs amis...

...et confond la complainte du mariage et celle des funérailles... Elle en perd, Moustachette, elle vieillit... Faut pas la laisser chanter une chanson de deuil un jour de noce, arrêtez-la... Qu'est-ce qui lui a pris?

Un simple étoudissement, elle s'est mélangée, excusez-la, la mémoire lui revient, restez assis. Et la Gribouille fait signe à Marguerite à Loth de se taire. Mais Marguerite n'a rien dit... alors pourquoi se taire?... Pourquoi se taire, la Gribouille? D'un geste du bras, la Gribouille la menace de la jeter dehors et cette fois Marguerite à Loth comprend. Froisine est énervée et trébuche sur les pieds de Crescence qui re-

112

gimbe... Y a pas quelqu'un pour remettre les enfants à leur place? Le petit des Allain, encore, qui a le sabot dans la marmite de soupe!

Petit à petit, le calme revient, Moustachette a retrouvé ses mots et mène sur l'air, et accorde de la tête et des pieds. La noce respire. On n'a perdu que trois couplets sur seize.

Tout à coup les têtes se tournent du côté du Français de France: il écrit. Il transcrit sur de l'écorce de bouleau, au vol, notes et paroles comprises, la complainte de Moustachette. Non seulement il parle comme un avocat, parsemant ses phrases de *désormais* et de *nonobstant*, mais il sait lire et écrire, et transcrire la musique d'oreille.

Un vrai prêtre!

Mais le seul vrai prêtre, celui qui chante la messe à la paroisse et bénit les mariages, fronce les sourcils devant cet étranger qui risque d'infiltrer dans les mœurs pures et ancestrales de ses ouailles des nouveautés pas très catholiques. Et il se dérouille bruyamment le gosier.

C'est sur ce dérouillement sacerdotal que s'acheva la noce d'une LeBlanc des côtes, d'une part, et d'un Poirier de l'Île connu sous le nom de capitaine, d'autre part. Tous deux majeurs... taisez-vous, Bélonie!... unis en légitime mariage par le curé de la Baie en l'église sise à la Pointe-à-Jacquot, en ce trentième jour d'août 1880.

* * *

Le lendemain, de bon matin, Babée courut avec toute la parenté sur la dune, voir partir la goélette gréée pour les noces. Et c'est elle qui la première aperçut au large la flotte des pêcheurs de l'Île qui venait à la rencontre du cortège.

— Regardez! qu'elle cria en pointant au loin.

Et tout le Fond-de-la-Baie fixa un point de l'horizon où flottaient une dizaine de barques portant pavillons aux couleurs des pêcheurs de l'Île Saint-Jean.

Le capitaine dit sacordjé! puis éclata de son grand rire du large. Ses pays et compagnons de mer s'en venaient au-devant de lui pour l'escorter jusqu'à son Île. Sacrés gaillards de pêcheurs! Ils ne perdaient jamais le nord, ceux-là, ni jamais une occasion de jeter les rames à l'eau ou hisser une voile au mât.

— Vieux bourlingueux! que fit le capitaine en pinçant le bras de sa femme. Je gage que c'est le bel Alphée à Antoine Bernard qu'est derrière ça.

Pas derrière, non!, devant, à la tête de la flotte qui fit cercle autour de la goélette nuptiale en chantant des grivoiseries et jouant du tambour sur des casseroles. Un charivari pour le veut qui osait sur ses vieux jours s'en aller prendre femme loin de son clocher et sans le consentement de ses pairs.

— Faut qu'il nous baille à boire, le nouveau marié, que cria un fier-à-bras en sautant sur la dune.

114

— Alphée encore! que fit le capitaine en happant dans ses bras sa jeune femme pour tenter de filer entre les pattes du charivari.

Aaaah! ça prenait un capitaine de septante ans pour avoir gardé de si belles manières! Sa femme dans ses bras! Et toute la dune en frémit. Elle passerait de beaux jours, Adélaïde, de beaux jours et de belles nuits. Mais Adélaïde dans sa surprise a laissé tomber son bouquet de roses sauvages qu'elle devait lancer tout à l'heure à qui l'attrape, au milieu du cercle des jeunes filles. Et c'est un gaillard de l'île qui le reçut à ses pieds en débarquant.

Les filles du Fond-de-la-Baie ont fait ah! et ont posé ensemble les yeux sur le bouquet, puis sur les mains qui venaient de le ramasser. Et Pierre à Antoine Bernard resta confus et embarrassé, le menton dans ses roses sauvages. Et sans doute aurait-il fini par les manger si son frère Alphée n'était venu à sa rescousse.

— Tu veux dire que tu sais point faire ton choix? qu'il lui dit à coup de coude dans les côtes.

Alors Pierre Bernard sortit le menton des épines et regarda droit devant lui.

Et droit devant lui se tenait Babée, fille de Jaddus et de la Gribouille.

6

TIENS, c'est curieux c'te nuage gris qui salit la mer à la barre d'horizon! Le temps était pourtant clair à matin.

Plus tard on se souvint des paroles de Judique. Mais sur le coup, on avait trop à faire de pousser la chaloupe au large vers la goélette, et d'agiter les bras, et de crier: Prenez garde à vous!

Babée grimpa même sur une épave pour essayer de distinguer l'île au loin. Pas si loin, par temps clair on l'apercevait très bien. Quelques heures de bonne brise de suroît et son grand-père débarquerait sa jeune femme comme il l'avait embarquée: dans ses bras. Il fallait sortir d'une île pour avoir conservé des temps anciens de si belles manières, de si tendres sentiments.

— Nenni, que fit l'oncle Marc grimpé lui aussi sur l'épave; faut se noumer le capitaine Poirier. Ton grand-père, c'est point tout à fait un houme du coumun.

Et l'oncle Marc se mit à conter. Il avait quitté la dune et s'aventurait dans le bois, la scie

117

au creux du coude, qu'il contait encore. L'oncle Marc pouvait conter pour les oiseaux et les écureuils, pour les arbres plusieurs fois centenaires, pour lui tout seul. Aujourd'hui il contait pour Babée qui l'avait suivi. C'était jour de noces et sa mère l'avait libérée de la lessive et du rouet, comme elle avait libéré les garçons des champs. Un jour de noces qui avaient duré trois jours et trois nuits. On a tout son temps quand on est insulaire.

— Nenni, quand on se noume le capitaine Poirier, que reprit l'oncle Marc.

Il était l'oncle de Babée par la grand-mère Pélagie, deuxième du nom, un Landry issu de Charles-Auguste et de Madeleine sur leurs vieux jours. Tellement vieux, qu'on s'était longtemps demandé au pays si Marc n'était pas né d'un mystérieux malentendu de la nature.

— Graine oubliée en terre, que ricanait le vieux Bélonie.

Ce qui incitait l'oncle Marc à fouiller de plus en plus le sol pour y chercher de la parenté, qu'il contait. À fouiller la forêt, surtout, où se lisait la vie des siens depuis des siècles. Et l'oncle Marc fit asseoir la jeune Babée, même pas seize ans encore, sur le tronc couché du plus vieux chêne de ses bois qu'il avait abattu la veille.

— Pour un coffre à l'Adélaïde.

Babée songea que le petit Léon avait déjà offert un coffre de cèdre à sa tante qui d'ailleurs prenait maison meublée; mais elle ne voulut pas interrompre l'oncle Marc qui caressait l'écorce du tronc comme d'autres le poil de leurs chiens.

— Un chêne qui a fêté avant de mouri' ses deux cent cinquante ans, regarde !

Et il prit dans ses mains les doigts de Babée et les fit courir dans l'âge du bois : chaque cerne blanc, un été ; chaque cerne noir, un hiver. Des cernes sombres, serrés, tordus, vers le mitan du XVIIIe siècle, ça se voyait à l'œil nu. Un siècle de lutte, de misère et de grands dérangements. Les derniers cent ans de l'arbre, au contraire, élargissaient leurs cernes de plus en plus, comme si le chêne s'ouvrait à la vie, en dépit des années de famine, de grands froids et d'épidémies.

— J'ons connu la misère, tu sais. Ben je pourrions être à la veille de nous en sortir.

Si quelqu'un le savait, c'était l'oncle Marc. Un conteux est toujours un brin visionnaire et liseur d'avenir. Pas le proche avenir qu'on voit dans les cercles de la lune ou dans le poil des bêtes sauvages, non, ça c'est du butin pour les almanachs ou pour la Judique aux Giroué ; le lointain avenir, le destin, la courbe de l'histoire que seuls aperçoivent les prophètes comme l'oncle Marc. Et l'oncle Marc en voyant s'élargir l'âge du bois dans le tronc avait compris que des temps meilleurs commençaient à poindre à l'horizon.

— Ben auparavant, qu'il dit, le pays connaîtra encore ses grands marées qui dévoront les côtes et nous garrochont leurs déchets salés. La terre va encore un coup se déchirer les entrailles avant de mettre bas.

Babée s'attrapa le ventre.

Au même instant, un éclair venu de nulle part fit tressaillir l'oncle Marc. Il examina le temps, caressa le chêne coupé et se lissa le front qui s'était embroussaillé.

— Si seulement les branches pouviont sortir de l'âbre sans lui éventrer le tronc! qu'il fit.

* * *

On a dit plus tard sur les côtes que le vieux Marc avait tout compris tout de suite. Pourtant, aucune autre parole n'était sortie de sa bouche ce jour-là, c'est Babée qui en a témoigné. Il avait parlé du tronc des arbres, puis saisi la main de la jeune fille pour la rentrer d'urgence au logis. Non, pas un mot de plus de l'oncle Marc.

Et le même soir, il tombait du haut mal encore une fois.

— C'était point assez pour tout deviner?

Sûrement, sûrement assez. Et quand Borteloc le lendemain vint porter la nouvelle, on l'attendait.

C'est après, entendu, qu'on l'attendait. Les pressentiments, on les pressent toujours après coup. Surtout quand la tragédie est punitive.

Jaddus se mordit les lèvres puis éclata. Et ce fut la première vraie colère de sa vie... Punition, hein? et pour qui? et pourquoi? Pourquoi la sanction de Dieu contre son père, l'homme le plus juste, le plus courageux et le plus loyal que les côtes eussent connu? Et ça, malgré ses voyages par vents et marées, et ses connivences avec les contrebandiers et les corsaires des îles, malgré son dernier mariage au mitan de ses vieux jours! Oui, en dépit de sa vie pas comme les autres, le capitaine Poirier serait regretté par tout le monde, même par la Haute Aboujagane, la Barre-de-Cocagne et Memramcook... même par ceux du Fond-de-la-Baie qui encore hier voyaient d'un mauvais œil son alliance de la mauvaise main. Regretté et loué par tout le monde. Et par son fils Jaddus qui ne comprendrait jamais, jamais!

La Gribouille pour la première fois en trente ans baisse le ton pour parler à son homme :

— Tâche de te faire une raison, Jaddus. C'est la faute ni au bon Dieu ni à personne. C'est la faute à la mer.

La mer! De quoi elle se mêlait, celle-là! Ils en avaient pas assez de lutter avec la terre et le ciel? Il fallait que la mer aussi se rebiffe, la garce?... Doucement, Jaddus... Il leur fallait les orages et les tempêtes, asteur? Et les naufrages? Un naufrage en plein voyage de noces, un beau jour de fin d'août, dans une goélette flambant neuve, sortie des mains elles-mêmes du capitaine, chavirée en un seul coup de vent et un seul éclair! Et c'est la faute à qui, ça?

— Jaddus!

Il avait toujours eu un faible pour Adélaïde aussi, Jaddus, la belle-sœur du troisième lit. Il était heureux qu'elle aboutisse dans les bras de son père puisqu'elle lui était interdite à lui. Enjouée, Adélaïde, et drôle, et pleine de fantaisie. Et elle ne criait pas sur la plus haute note, elle.

...Tu vas trop loin, Jaddus.

Les côtes qui la veille froissaient le menton sur le mariage de la main gauche du capitaine et d'Adélaïde eurent une crampe au ventre en recevant la nouvelle de la bouche de Borteloc. Et le pays prit beaucoup de temps à s'en remettre. Beaucoup de temps à comprendre.

...Comment se faisait-il que seule la goélette avait sombré et point les barques des pêcheurs qui lui faisaient escorte?

...Par rapport que la goélette du capitaine Poirier n'allait pas se laisser escorter par une flottille de pêche pleine de mauvaises intentions. Les bateaux des pêcheurs avaient leurs ponts montés pour le plus splendide charivari, et ce n'est pas un vieux loup de mer de capitaine qui donnerait dans ce piège-là. Et sans choisir, il donna dans le nordet qui s'amenait en tourmente, des côtes de Terre-Neuve.

— Ils avont-i' trouvé les corps?

— Où c'est que va se faire la cérémonie?

La cérémonie se fit partout en même temps, précisément parce qu'on n'avait pas trouvé les corps. On chanta des messes tout le long des côtes, sur la terre ferme. Mais les croix, on les planta là-bas, sur la terre ancestrale des Poirier, dans l'antique Île Saint-Jean.

* * *

L'Île Saint-Jean dite Île du Prince-Édouard se trouvait, à cause de la mer, le premier voisin du Fond-de-la-Baie, si on ne compte pas Cocagne ou Grand'Digue, quasiment de la famille. Les autres paroisses se classaient voisines de terre. Mais ça ne vaut pas un voisin d'eau dans un pays et un siècle où une goélette est plus abordable qu'une paire de bœufs. Voilà, selon Bélonie, la réponse à Caraquet et à Tracadie qui se demandaient, du haut de leurs buttereaux du nord, pourquoi le sud les avait oubliés. Pas oubliés, nenni ; pas encore dénichés, c'est tout. Avant les routes, comment vouliez-vous voyager !

Donc le nord et le sud ne se fréquentaient pas. Quant à l'ouest...

— Parce qu'y a du monde établi à l'ouest, en plusse ?

Le vieux Gabriel expliqua à Judique et Arzélie que l'Ouest, c'était un pays et non pas le haut du champ, que c'est là où se tenaient les Anglais et les gros, mais qu'on n'a rien à craindre de ce côté-là puisque le diable se cache toujours à l'est, comme le veut le dicton. Autant en croire Gabriel à Thomas qui aurait pu, lui, connaître Napoléon.

— L'Antéchrist !...

Ça c'était l'opinion de la Gibrouille qui cachait entre ses quartiers de LeBlanc une peur ancestrale des suppôts de Satan. Et parmi ceux-là, Napoléon. On avait toujours su qu'un jour l'Antéchrist passerait sur le chemin du roi et ravagerait bêtes et récoltes sur sa route. Séduirait les chrétiens, même, et les éloignerait de Dieu. Et quand les ébats de Napoléon dans les vieux pays parvinrent aux oreilles des Acadiens, ceux-ci crièrent à l'Antéchrist. Et c'est ainsi que des villages entiers établis le long de certaines baies s'enfoncèrent dans les bois.

Au dire des vieux.

D'autres auraient pris la mer et échoué sur les côtes de l'Île Saint-Jean, devenue par la suite celle du Prince-Édouard.

Jaddus fit heh! et personne n'insista. Racontars de Bélonie, encore! Les habitants de l'Île Saint-Jean, comme leurs cousins de la terre ferme, étaient tout bonnement rentrés d'exil, un siècle plus tôt. Les goélettes anglaises n'avaient épargné personne en 1755...

— 1758, pour ce qui se rapporte à l'Île.

Bien, Bélonie, 1758. De toute façon, l'Île avait connu la déportation, comme ceux de Grand-Pré et de Beauséjour, et les Poirier se trouvaient du voyage.

— Et c'est là, fit Jaddus en souriant, qu'ils avont appris à naviguer. Ils racontont qu'un certain Poirier de mes aïeux avait usé sous lui autant de goélettes que Barbe Bleue de chevals. Quand un bâtiment des Poirier était abandonné sus ses vieux jours dans un havre, c'te havre-là devenait aussitôt un musée.

Et les Bélonie, comme les fils Poirier, gardèrent silence en hommage à la dernière goélette perdue en mer.

* * *

L'oncle Marc partit sur l'Île avec la moitié du Fond-de-la-Baie pour venir enterrer la mémoire de son compère le capitaine et de sa nièce Adélaïde, la jeune mariée qui n'ouvrirait point son coffre au soir de ses noces.

124

— Ni coffre de mariée ni cercueil, dit le prêchant, mais Dieu saura bien trouver ses enfants au fond de la mer et les ressusciter avec les autres au jour du Jugement dernier.

Le Jugement dernier, songea le vieil oncle Marc, c'était à peu près le seul espoir qui restait aux rescapés du Grand Dérangement. Au commencement. Mais à mesure que progressait le siècle et que des apprentis s'accrochaient aux corps de logis, et que des enfants remplissaient la grande pièce et le grenier, on s'était mis à lever la tête pour compter les feuilles à la cime des arbres... Peut-être que la récolte de l'automne qui vient dépasserait celle de l'automne passé. Peut-être. Et peut-être que le nouveau-né du printemps réchapperait. Jaddus et Pélagie, en tout cas, à eux seuls, avaient réussi neuf garçons, en dehors de leur fille Babée.

Allez en faire autant dans un nid de fourmis entre un naufrage et une déportation!

Babée aussi s'en fut à l'Île pour les funérailles. Avec la parenté. C'était son premier grand deuil, à la jeune Babée, et son chagrin lui courait sur la peau. Elle s'efforçait de le contenir et s'essuyait les joues à mesure. Mais à quinze ans, on n'arrive pas à se lisser les mains et les seins qui tremblent. C'était un chagrin si beau et si émouvant, que toute l'île n'avait d'yeux que pour Babée ce jour-là. On en négligea jusqu'aux pleureuses et jusqu'à la complainte des naufragés que chanta la vieille Lamant aux deux seules notes. En terre ferme, cette besogne revenait à Moustachette qui avait composé au-delà de quarante complaintes sur le seul thème des naufrages. Les complaintes de charivari et de mi-carême, c'était le fief du vieux Bélonie. Mais ni Bélonie, ni Moustachette, ni Crescence ne firent le voyage à l'Île Saint-Jean cette fois.

— Y a assez de morts comme ça, qu'avait dit la quasi-centenaire en arrêtant les deux aiguilles de l'horloge.

Elle n'allait pas à l'Île, mais elle arrêtait le temps durant trois jours. Manière de dire aux morts qu'on n'est pas dupe chez les vivants et qu'on connaît les règles. Crescence en tout cas se prévalait de sa familiarité avec les défunts qu'elle traitait en amis et voisins. Après tout, si quelqu'un voisinait la mort... Au point que la nuit, parfois, on l'entendait à plus de trois maisons engueuler les trépassés et sommer feu sa sœur de lui lâcher les orteils. Mais la défunte Arthémise qui avait toujours eu le dernier mot avec sa sœur de son vivant n'allait pas renoncer à ses prérogatives uniquement pour être passée de l'autre bord. On est l'aînée ou on ne l'est pas. Arthémise l'était de naissance. Sa mort ne changerait rien à ça. Et Crescence le savait.

Quant à Moustachette, ce n'était pas ce qu'on pourrait appeler une vieille dans un pays où le curé en a plein les bras d'aller confesser chaque mois les centenaires à domicile. Les septuagénaires ne sont pas vieux le long des côtes. Le sel de la mer, ça conserve.

— Ben ça rhumatise itou.

Et Moustachette, même pas octogénaire, était déjà toute crochue. Ça fait qu'elle resta sur la terre ferme au jour de l'enterrement des naufragés, avec les vieux.

— L'enterrement! quoi c'est qu'il leur reste à enterrer?

Une vie, une vie qu'on mettait en terre là-bas dans l'île, peu importe où flottaient les corps. Les fantômes du capitaine et d'Adélaïde ne sortiraient plus de leur île, ça le vieux le savait.

Crescence fit sa petite moue de centenaire pour avertir Bélonie de ne pas se hasarder sur un terrain réservé. La mort restait son fief. Et pour le défendre, elle était capable d'arracher à leurs limbes les revenants encore chauds et engager sur l'heure la conversation avec le capitaine et sa petite forlaque. Juste de quoi répondre à cet effronté qui nourrissait des prétentions.

Des prétentions, lui? Heh! si quelqu'un avait connu le capitaine Poirier, c'était bien Bélonie-le-Gicleux... Un marin qui avait pris la mer comme un homme prend femme, qui l'avait chevauchée, caressée, domptée, qui s'était battu avec les lames qui se referment sur toi comme une coquille et t'entraînent au fond de l'eau avant même la fin de ton acte de contrition. Au fond de la mer et de ses mystères cachés.

...Tiens! le v'là rendu dans les mystères, asteur!

...Si fait, les mystères, la mort c'est un mystère, qu'il faut croire parce que c'est Dieu qui l'a révélé.

...Même si Dieu s'était tu, la mort saurait bien parler toute seule.

...Blasphème!

Blasphème? C'est à elle, Crescence, qu'il osait dire ça? Un mot de plus du chenapan et elle en appellerait aux défunts eux-mêmes, témoins à charge. Le capitaine Poirier ne pouvait pas être bien loin, il avait tant voyagé dans sa vie... il devait avoir grande envie de se reposer. Et son repos éternel, Crescence était sûre qu'il le prendrait juste au ras, au ras de la terre, avec sa jeune femme.

Et telle fut l'oraison funèbre au capitaine Poirier et à Adélaïde LeBlanc, prononcée en terre ferme.

Dans l'île, durant ce temps-là, il se passait d'étranges choses. On a raconté cette histoire tant de fois au Fond-de-la-Baie que plus personne ne se souvient des faits. C'est malaisé de retrouver toute nue une vérité dont la légende s'est emparée. La légende ou la complainte. Car à peine la vieille Lamant de l'Île avait-elle aperçu l'épave de la goélette qui rentrait seule au port, que déjà sa gorge s'était mise à gargouiller à gros bouillons et sa voix à trembler des rimes sur deux seules notes... Le capitaine et son épouse... ne r'viendraient plus en terre rouge... car loin au large la mer jalouse... a fait son œuvre, étrange chouse! Étrange chouse, *bis*. Les naufragés, les naufragés... dans le malheur entrelacés... quittent l'épave fracassée... et rentrent dans l'éternité. Éternité! La goélette flotte seule en mer... guettant le port, cherchant la terre... pis vient échouer au ras l'cimetière... au pied des croix plantées en terre... en terre! C'est la mer grise qui se venge... qui s'embroussaille et se mélange... mais offre le ciel en

échange... ô chouse étrange, chouse étrange.
Bis.

— Ça veut-i' dire... ?

Il fallut raconter à Moustachette la grande
émotion de l'Île qui retrouve vide l'épave d'un
trois-mâts le jour même de son Requiem.

Moustachette calouetta puis fixa l'oncle
Marc.

— C'est toutte?

C'est tout! Mais qu'est-ce qu'il lui fallait
encore? Un bâtiment garroche en mer un capitaine le jour de ses noces, puis s'en vient le jour
de ses funérailles échouer au pied de la croix,
comme pour le narguer, et c'est tout?

— Point pour le narguer, quoi c'est que tu
vas chercher! Pour rendre ses derniers respects,
comme les autres. Un cheval s'en va bien crever sur la fosse de son maître.

C'est vrai. Alors pourquoi pas un bâtiment?

Mais Moustachette sentit que toute cette
histoire de cheval était une diversion et qu'on
lui cachait quelque chose.

— C'est au sujet de Babée...

— Quoi, Babée?

* * *

Le tout avait commencé avec la Gribouille
qui s'était mise à aviser Jaddus qui avisait les
deux croix de bois qu'on enfonçait à coups de
masse dans la terre rouge de l'Île. De fluettes
croix de bois mou pour un capitaine et sa fem-

129

me... l'Île ne s'était pas fendue en quatre, on avait beau dire. Mais la descendante en ligne droite de Pélagie n'allait pas commencer une chicane un jour pareil et... et elle se contenta de se dérouiller la gorge. Un dérouillement sonore toutefois et qui fit tourner la tête de la parenté, côté Poirier. Pas la tête de Jaddus qui connaissait par cœur le gosier de sa femme. Alors sa femme renchérit et son second dérouillement fit l'effet d'une provocation. Un peuple qui ne sait pas lire a l'oreille fine et ne se trompe jamais sur les sons. Ni sur les sons ni sur les intentions. Et le sourire rentré de la Gribouille n'échappa point non plus à la parenté par alliance. Des alliances qui commençaient à frétiller et à se passer le mot.

Pourtant la Gribouille n'avait encore rien dit.

Mais pour une qui n'avait rien dit, elle était en train d'allumer un joli feu de braise, la Gribouille, entre l'île et la terre ferme. Tout ça pour une croix de bois. Et tout ça un jour de funérailles et de naufrage. Mais les naufrages et les enterrements sont, avec les noces, les seules occasions de débarquer tout le pays chez la parenté, et, partant, les seuls ferments de confrontations. Et comment s'affronter sans confrontation ? Comment mesurer notre grand Cyrus avec votre gros Jean ? Et comment vider de temps en temps son fond de fiel qui pourrit dans l'estomac depuis que l'ancêtre LeBlanc a laissé à sa descendance directe et latérale un trésor si bien caché dans les broussailles généalogiques qu'on n'en a pas encore déniché au bout d'un siècle un seul louis d'or !

— Louis d'or! ouche!

Ça recommence. Parce qu'ils sont les seuls rejetons d'exil sans une goutte de LeBlanc entre la peau et les os, et par conséquent sans espoir d'héritage au jour du grand partage, les Poirier...

Sans partage, vraiment! Sans partage aux Poirier? Si vous pensez que l'Île allait prendre ça! On n'est peut-être pas ad germain de Le-Blanc, dans l'Île, mais on n'est pas pour autant ad germain de rien. Parce que les Poirier, ça s'adoune...

— Ah oui?...

Le pauvre Jaddus s'était trouvé sans l'avoir cherché entre l'écorce et le tronc de toute cette broussaille, lui qui n'avait de sa vie fouillé son arbre plus haut que la branche paternelle. Aucun trésor de LeBlanc, ni de Poirier encore plus improbable, ne l'avait poussé à ajouter sa pierre au gigantesque château que depuis plus d'un siècle l'on construisait en Espagne. Ou en Louisiane. Ou sur les côtes du paradis. Peu importe où elle se cachait, voilà une fortune qui avait causé assez de malheur, au dire de Jaddus, et il était grand temps d'en finir.

Allez dire ça à d'autres!

— Ben quoi, la Babée?

Moustachette remuait dans sa chaise et trouvait qu'on prenait bien du temps à lui répondre, bien des détours.

L'oncle Marc cette fois attaque de front.

...On était donc en pleine discussion généalogique entre l'Île et le continent, quand la Fanie des Poirier, sœur du capitaine, avait eu un frisson. Et sans ouvrir la bouche, sans avancer d'un pas, d'un seul geste du bras elle indiquait

131

à la foule ébaubie une épave flottante à trois cents pieds au large, traînée par la marée : une goélette vide fendue en son milieu.

Et les deux branches des déportés, devant ce cercueil à la dérive, s'étaient réconciliées, le temps de la complainte...

> La goélette flotte, seule en mer,
> Guettant le port, cherchant la terre,
> Pis vient échouer au ras l'cimetière,
> Au pied des croix plantées en terre.
> > Plantées en terre.

...Et Babée ?

Babée pleurait sa tante et son grand-père, doucement, sans hoquet ni reniflement, s'essuyant les joues de ses paumes et de ses coudes. La complainte de la vieille Lamant semblait tomber dans les seules oreilles de Babée qui la berçait dans sa tête...

> Le capitaine et son épouse
> Ne r'viendront plus en terre rouge
> Car loin au large la mer jalouse...

Soudain la Gribouille attrape le bras de Jaddus. Elle crie. Et Jaddus s'affole. Tout le Fond-de-la-Baie s'émeut, et toute l'Île s'ébranle. Babée vient de se jeter à l'eau, tout habillée. Elle s'avance dans la mer, patauge, cherche à atteindre l'épave. Enfin la Gribouille réussit à s'arracher un cri :

— Elle sait point nager !

L'Île comprend enfin, et le Fond-de-la-Baie. Jaddus et ses fils arrachent leurs bottes. Trois pêcheurs poussent une barque à l'eau. Fanie et Froisine retiennent la Gribouille qui veut s'élancer. La terre cède sous ses pieds. Puis elle entend un jeune homme à ses côtés hucher le nom de Pierre... Qui est Pierre?... Il nage, plonge, fait surface et nage encore... Pierre... Pierre Bernard de l'Île... filleul du capitaine... il se débat tout près de l'épave... Où est Babée?... Pierre la ramène... tout habillée... les jupes et le corsage collés au corps, les cheveux dégoulinants...

— Babée!!

Et la Gribouille arrache sa fille des bras de son sauveteur qui lui essuie tendrement le visage.

Moustachette fit: Ah bon! comme ça ils l'avont sauvée... Et Bélonie: Hé ben! Seule Marguerite à Loth ouvrit encore la bouche, mais son jargon fut noyé dans la fin de la complainte qui passa toute ronde dans la chronique des côtes.

> C'est la mer grise qui se venge,
> Qui s'embroussaille et se mélange,
> Mais offre le ciel en échange.
> Étrange chouse, chouse étrange!
> Chouse étrange!

— J'ai comme une idée, que commença Crescence...

Mais comme si Crescence avait oublié son idée avant même de lui donner forme, elle laissa sa tête s'enfoncer doucement dans sa gorge et s'assoupit.

7

LES VIEUX racontent qu'au pays l'été venge l'hiver et que l'automne prépare le printemps suivant. Mais les vieux racontent ce qu'ils veulent, toujours sûrs de trouver dans leur longue vie au moins un exemple sur lequel appuyer leurs dires.

Les vieux Gabriel et Bélonie-le-Gicleux fondaient leurs prétentions sur un exemple récent, l'été 1880, qui avait si bien vengé l'hiver précédent, que toutes les côtes avaient pu achever leur sortie du bois sans se marcher sur les pieds et sans perdre la tête.

Peut-être point perdu la tête, mais perdu un capitaine et la plus belle fille du pays. Mais ça, même Crescence l'admit, n'était la faute ni de l'été ni de l'hiver.

— C'est la faute à la destinée, qu'elle fit.

On n'allait quand même pas blâmer les saisons, la nature ou la mer, chaque fois qu'un accident survenait le long des côtes. Car au-dessus de la tornade de trente pieds, Crescence reconnaissait le visage grimaçant de la destinée. Et comment se venger de celle-là ? comment lui échapper? Le capitaine Poirier aurait pu abandonner sa goélette aux pêcheurs qui offraient de l'escorter tranquillement jusqu'à son île, et ne pas s'en aller se jeter corps et biens dans la gueule de la sorcière de vent. Il aurait pu. Mais jouer à cache-cache avec le destin, repousser sa dernière heure d'une avant-dernière, pourquoi? Le capitaine lui-même devait savoir qu'entre la vie et la mort, une seule goutte d'eau suffit; et que l'eau, ce n'est pas ce qui manque au pays. Un marin peut éviter une tempête, un récif, une gelée subite qui fige la mer et givre les voitures, mais les éviter tous?

— Nenni, que fit Crescence, il faut faire porter le blâme à rien ni à personne, hormis à la destinée. Le jour que tu vois le jour, elle a déjà la tête penchée au-dessus de ton ber. Fais-lui bonne mine, c'est ta seule chance.

On s'est longtemps demandé, dans l'entourage de Crescence, quelle sorte de clin d'œil elle avait fait au destin, la vieille, pour qu'il l'épargne durant tout un siècle. Et le plus long siècle, par surcroît, celui qui avait enfermé un peuple au creux du silence, dans un nid de fourmis, à l'abri du monde et de l'Histoire.

— Bien en quoi, que fit le Bélonie, si vous restez tranquilles, à l'abric, ils vous oublieront.

— Ils, oui, mais point la Mort.

— Je pouvons pourtant point nous plaindre sus les côtes; hormis les uns qui mourront jeunes, les autres mourront vieux.

Mais les uns et les autres meurent, et c'est ça qui donne raison à la Faucheuse.

— M'est avis que la chipie a dû en avaler de travers en gobant dans une seule gorgée Adélaïde et le capitaine, au jour de leurs noces.

Mais pour toutes les femmes du Fond-de-la-Baie, et des villages des côtes, et de l'Île, la Faucheuse avalait de travers chaque fois qu'elle emportait un de leurs hommes en mer ou un enfant en bas âge. La Mort a beau se faire aussi familière que la plus proche parenté, c'est là seule parenté avec qui on ne familiarise pas. L'ombre qu'elle a jetée sur un fauteuil, dans un berceau, entre les plis de la vague, reste une ombre à jamais. Et personne n'oublie.

Ainsi l'on se souvint d'Adélaïde et du capitaine Poirier le long des côtes.

* * *

Jérôme n'avait pas surgi au Fond-de-la-Baie lors des événements de la fin août, ni aux noces, ni aux funérailles. Et chacun pensa qu'il avait fondu dans la brume. Sauf la Gribouille.

— Un houme, c'est point du suif, qu'elle dit, surtout point un menteux des pays chauds. Par rapport que dans ces pays-là, le soleil fond les mous aux premiers rayons ; les survivants, soyez sûrs qu'ils auront la couenne dure toute leur vie.

Marguerite à Loth se tâta la peau et dévisagea le soleil avec défi. Qu'il ose !

Jérôme s'était abstenu de paraître aux mariages, baptêmes, charivaris ou enterrements, des

137

jours pareils pouvant fort bien se passer de ses grains de sel. Les menteux et colporteurs de nouvelles, c'est connu, ne surgissent qu'aux saisons mortes ou creuses.

Ainsi s'amena Jérôme, un matin de septembre, roulant sa bosse de petit bossu jusque sous les pommiers de la Gribouille.

— Qu'est-ce que je vous disais! qu'elle fit, les poings tout prêts à gigoter dans l'air du temps. Le revenant est revenu.

Il arrivait sans prévenir, comme c'est coutume chez les vagabonds, et en sifflotant un air ancien, air de dire que rien n'a changé, rien n'est nouveau sous le soleil.

…Rien de nouveau?

Hormis les menteries fraîchement sorties de son cerveau et qui, encore un coup, allaient ébranler les côtes. Pourtant, les côtes étaient prévenues cette fois. Et chat échaudé…

— Ça serait-i' que quelqu'un icitte craignit l'eau frette?

Le Menteux comprit qu'il lui faudrait corriger son tir, faute d'avoir corrigé à temps sa carte au trésor, au printemps. Mais la meilleure façon de rayer le passé est d'enluminer l'avenir. Trop d'événements naissent chaque jour de par le monde pour qu'un colporteur du calibre de Jérôme s'amuse à raccommoder les pièces usées.

— Je croyais qu'y avait point de nouveau?

Point du nouveau, ce qu'on appelle du nouveau; rien qu'un nouvel éclairage sur de l'ancien.

La Gribouille fait entrer Jérôme… mieux vaut parler entre nous… mais ne réussit pas à fermer la porte sur le pied de Dâvit à Gabriel qui a entendu l'allusion à l'éclairage nouveau. Un éclairage peut faire toute la différence dans un pays sis au nord du quarante-sixième parallèle.

— Les nuits sont longues à partir de la fin de septembre.

On était justement fin septembre. Fallut allumer. Et la Gribouille lui poussa sous le nez la lampe à paraffine qui avait éclairé la carte au trésor, trois mois plus tôt, pour le pigouiller, lui mettre sous les yeux son méfait et l'obliger à s'expliquer. Il n'allait pas sortir de sa veste une autre carte revue et corrigée, le Menteux, il n'allait pas se figurer que les gens des côtes marcheraient deux fois dans le même sillon menant au même piège, toujou' ben!

Dâvit à Gabriel, lui, était tout prêt à refaire la quête, dans le même ordre, pour aboutir au même résultat dans le même baril. Et pour cette quête-là, il était sûr de pouvoir mobiliser en un clin d'œil ses onze preux compagnons.

— Dix. Point Jaddus.

— Pourquoi point Jaddus?

— Par rapport qu'une recherche au trésor, c'est point une saoulerie; et pis que le Jaddus, il porte le deuil de son père jusqu'à l'été qui vient.

…Tu exagères, la Gribouille. Le deuil, on le porte au bras dans un brassard noir, chaque dimanche, durant un an; on arrête aussi l'horloge durant trois jours; et on ferme l'harmonium, si on a la chance de posséder un harmonium, mais personne au Fond-de-la-Baie n'a entendu le son d'un clavier autre que d'un ruine-babines qui porte le nom d'harmonica et non pas d'harmonium. Ça fait que le deuil du capitaine, Jaddus y a largement satisfait, et Dâvit à Gabriel ne comprend pas qu'on veuille en plus lui interdire la dune.

Jaddus entra sur ces entrefaites. Henri lui avait fait dire par Clovis Collette qu'un bossu autre que le petit Léon avait bougé sous ses pommiers. Or, outre le petit Léon et Henri lui-même, Jaddus ne connaissait de bosse qu'au seul Jérôme. Hormis qu'un nouveau menteux eût surgi au pays à l'improviste. Et Jaddus s'était empressé de venir faire les honneurs de sa maison au survenant.

— V'là l'homme qui est en âge de décider si oui ou non il a envie, lui, de recommencer à piocher dans la dune.

C'était sa façon, au Dâvit à Gabriel, de plonger la Gribouille dans l'huile bouillante. Mais le Dâvit aurait dû savoir, après toutes ces années, que l'huile ne bout qu'à la condition de frémir d'abord, et que par conséquent...

— Un houme doit point baratter dans la baratte du voisin, ça pourrait faire cailler le lait.

Jérôme laissa la pie et le jars se becqueter encore quelques instants puis, repu, il largua sa nouvelle au-dessus de leurs voix :

— J'ai rencontré dans le nord une maîtresse d'école qui me dit qu'elle a bien connu la sœur du père à Borteloc.

Ah! pour une nouvelle, c'était une nouvelle. De la pâture pour tous les goûts : les défricheteux de parenté plongèrent dans la phrase et s'emparèrent de « la sœur du père » ; les amateurs d'histoires s'arrêtèrent sur la rencontre dans le nord d'une maîtresse d'école; et la Gribouille, comme un vautour, fondit sur le Borteloc.

— Le Borteloc! quoi c'est que je vous disais! Je vous avais avertis, je vous avais assez avertis!

Seul Jaddus garda son sang-froid.

Averti de quoi? Mais qu'avait-il encore fait, le Borteloc? Ce n'est donc plus permis d'avoir une sœur de son père dans le nord?

— C'est point permis de cacher des secrets au monde, que fit Marguerite à Loth en dénichant la phrase toute faite au fond de sa mémoire collective.

Pour une fois, la phrase tombait juste. Elle traduisait exactement la pensée de la Gribouille, de Froisine, de Jonas et de tous les voisins qui étaient accourus chez Jaddus en entendant dire que le Jérôme avait ressoudu. Il fallait éclairer le mystère une fois pour toutes. Non pas du baril de vin, on n'en était pas encore au baril de vin, mais du traître qui les avait vendus à la Butte-du-Moulin et au Lac-à-la-Mélasse.

— Et à la Barre-de-Cocagne.

— Cocagne sait tout le temps toutte, sans que personne y ayit rien dit. Pas besoin d'espion pour mettre Cocagne au courant.

Puis on revint à la sœur du père de Borteloc. Quelle était cette histoire? Depuis quand Borteloc avait-il de la parenté, lui, l'enfant quasiment trouvé, qui avait hérité de son père Martial pour toute famille, qui pouvait ne pas être son père, d'ailleurs, puisque le susdit Martial n'avait jamais pu expliquer au Fond-de-la-Baie les circonstances de la naissance de son susdit de fils. Tout cela sentait fort le faux-semblant et l'on était mieux de demander des comptes à Borteloc, vu que le défunt Martial était trépassé.

Borteloc avait peut-être des comptes à rendre au Fond-de-la-Baie sur sa vie, mais pas sur sa naissance; et il envoya promener tous ses voisins au fond des bois.

Pas sur sa naissance, qu'il dit? Mais alors, le partage? Comment réclamer sa part de trésor si l'on ne peut prouver ses quartiers de LeBlanc?

Borteloc dressa un sourcil et fronça l'autre. Dès son premier jour, il avait dû apprendre à tricher avec la vie, l'orphelin. Une vie qui ne l'avait pas ménagé durant trente-six ans. Pourtant le Fond-de-la-Baie l'avait accueilli comme l'un des siens, comme un enfant du pays tout autant que les Cormier, les Giroué, les Poirier et les autres. Il fronça un sourcil et leva l'autre sur Jaddus. Et Jaddus fit taire tout le monde.

— Chacun a droit aux parents que le bon Dieu 'i a baillé. Et si un beau jour, le bon Dieu 'i baille en plusse de la parenté, hé ben tant mieux pour lui! Ça fait que fermez-vous.

Mais la Gribouille, en se fermant, enferma dans sa mémoire le regard trouble de Borteloc qui avait semblé vouloir camoufler un péché ancestral tout à l'heure. Ça serait-i' que le vieux Martial, sur son lit de mort, eût révélé à son fils des choses qu'il eût cachées au Fond-de-la-Baie durant toute une vie?

Ça cogne à la porte, faites entrer.

Mais non, ça ne cognait pas, ça marchait... sur une jambe de bois! Et Judique Girouard entra la première pour faire du chemin à l'unijambiste devenu, par la grâce du petit Léon et de la guérisseuse, bipède comme tout le monde.

Une jambe de bois! Une véritable, authentique jambe taillée dans le chêne par un sculpteur de métier et attachée au moignon de Renaud par les bons soins de Judique. L'émoi général sauva Borteloc qui se défila entre les pattes du Français qui marchait, sans mentir! Il marchait, l'éclopé, s'appuyant sur un seul bâton en forme de rondin qui avait servi de canne à quatre générations de Bélonie.

— Les Bélonie sont les seuls qui vivent assez vieux pour se passer de père en fi' leur bâton de vieillesse.

Et Louis-le-Drôle aida Renaud à franchir le seuil du logis de la Gribouille sans trébucher sur les pieds de Jérôme.

Plus tard, certains ont prétendu que les pieds de Jérôme ne s'étaient pas trouvés là par mégarde, que le Menteux avait fait exprès d'allonger la jambe, comme s'il avait pressenti, au premier coup d'œil, que Renaud et lui se trouvaient, comme qui dirait, deux bouts d'un même bâton et qu'ils devraient lutter durant toute une année pour savoir lequel, du savant et du conteux, en serait le gros bout.

Mais ce premier soir, les choses en restèrent là.

* * *

Le lendemain matin, la Gribouille se rendit de bonne heure sur la grève. Le cadet de ses fils, un petit morveux de huit ans qu'elle n'arrivait pas à moucher alors autant lui tirer les vers du nez, avait marmonné des âneries sur l'étrange comportement de sa sœur Babée. Depuis les événements douloureux de l'Île du Prince-Édouard, Babée se rendait chaque jour à la mer, les paumes arrondies au-dessus des yeux, cherchant à mesurer la distance qui séparait l'île de la terre ferme. Ses frères aînés, les grands lingards de Jacques, Philippe et Tit-Louis, lui avaient fait accroire que l'île, amarrée au fond de l'eau, ne tenait qu'à de frêles et fragiles algues que l'un de ces jours...

— ...la mer va décrocher.

— Vauriens! que lança la Gribouille à l'endroit de ses fabulards de fils.

Pour la forme et le principe, car en réalité, elle se flattait secrètement de cet appui inattendu du bord Poirier dans cette escarmouche qu'elle sentait venir longue et ardue au sein de la famille. On avait des deux côtés, c'est-à-dire de Jaddus et de la Gribouille, évité de gratter le sujet Babée durant tout un mois... Malaisé de faire mieux. Le jour approchait où le clan Poirier se verrait forcé de vider la cause de leur fille et de faire face à l'évidence.

L'évidence, c'est que la Babée continuait de fixer de tous ses yeux et de toute son âme cette île amarrée par de fluettes algues de mer et que chaque méchant noroît menaçait d'emporter aux confins du monde. Emporter du coup l'âme de Babée qui s'envolerait loin au large.

— Quoi c'est que j'ai fait au bon Dieu! que se contenta de soupirer la Gribouille.

Mais au creux du soupir gargouillait à gros bouillons une sourde révolte mélangée d'inavouables projets. Inavouables même à Jaddus, surtout à Jaddus qui déjà prenait parti pour l'Île, comment faire autrement! Pourtant, il aurait dû comprendre, son homme, que l'Île n'avait pas porté bonheur à la demi-sœur Adélaïde, et qu'elle risquait de se révéler aussi néfaste à Babée. Que savait-on de ce jeune effaré tout juste bon pour les charivaris et les...

— Il est fils à Antoine à Antoine à Pierre Bernard du Village-des-Abrams, sur les bords de la baie Egmont, descendant direct du premier Abraham qu'a donné son nom au village. Et puis, il s'a garroché à l'eau tout habillé pour sauver ta fille, au pèri' de sa vie.

Ça n'en restait pas moins du Bernard, tout ça, et la Gribouille sentait grouiller sous sa peau assez de sang mélangé sans y ajouter du Bernard en plus. Babée, la plus belle et la plus fraîche rejetonne des aïeux, avait droit à d'autres visées. Tous les partis en âge du Fond-de-la-Baie cogneraient bientôt à la porte de Jaddus, vous allez voir, et ce n'est point la Babée qui verrait sa jeunesse s'effilocher les soirs d'hiver en effilochures de tapis.

...Justement, la Babée n'avait rien à craindre. La preuve. Pierre à Antoine Bernard, de l'Île, cognait déjà.

...Cognait avant l'heure. La Babée était un butin trop rare et trop précieux pour l'abandonner au premier venu.

— Espèrons que le temps fit son œuvre et...

...Le temps? Mais l'œuvre du temps, c'est la mort, tout le monde le sait, et la seule façon de la combattre, c'est d'aller au devant. Babée s'en allait déjà sur ses seize ans, l'âge où les filles bien portantes au pays voient leurs hanches s'élargir et leur poitrine se gonfler...

— Jaddus! pas devant les enfants.

Les enfants, c'était le petit morveux d'Eugène encore qui avait la tête coincée entre deux marches de l'escalier de bois qui reliait le grenier à la grande pièce où la Gribouille et son homme, ce soir-là, essayaient, chacun de son côté, de bâtir un avenir à Babée.

À bout de souffle, Jaddus soupira :

— Quoi c'est que tu lui reproches tant à Pierre Bernard? quoi c'est qu'il t'a fait?

La Gribouille ne répondit qu'en haussant les épaules. Il n'avait rien fait. Pas plus que Jaddus lui-même quant à ça. Les Poirier et les Bernard n'étaient pas en faute. La faute se cachait dans le tronc dont ils étaient les branches.

— Faudra greffer les pommiers encore c'te année, qu'elle dit à Jaddus en s'imaginant changer le cours de son discours, alors qu'elle voyait dans ce greffon nulle autre que Babée, seule capable d'infuser dans le tronc Poirier une nouvelle sève de LeBlanc.

Et Jaddus ne prit pas la peine de répondre sur les pommiers.

* * *

La découverte d'une branche de LeBlanc rattachée au Borteloc dans le nord avait relancé le sud sur la piste du trésor ancestral. Et Jérôme

146

sentit qu'il n'échapperait à l'inquisition, à la suite de l'audacieux coup du baril de vin, que par une audace plus grande.

Et il plongea.

— Apparence que la maîtresse d'école aurait eu poussé les LeBlanc de par là à fonder un comité...

Un comité !

...un comité pour la défense et la récupération de la fortune.

— Quoi c'est qu'i' dit ?

...Par rapport que les gens du nord ont compris que l'union fait la force, qu'aide-toi, le ciel t'aidera, et que...

— ...y a point de fumée sans feu.

— Et quoi c'est que le feu qui a pris dans le nord ?

Jérôme jette un œil du côté du Français de France, puis s'allonge les deux jambes au-dessus de la boîte à bois.

— Les avocats, qu'il dit.

Des avocats, asteur ! Voilà que ça ne suffit pas de pavoiser son pays de maîtresses d'école, on nourrit des avocats en plusse.

— Nourrit, c'est point le mot ; on les engraisse.

La maçoune pétille. Jérôme est en train de reprendre le dessus, il ne doit pas perdre l'avantage. Le seul mot d'avocat a jeté de l'huile sur la braise. Il peut continuer. Alors il raconte comment des hommes de loi, en bottines fines et chapeau dur, les uns plus gras que les autres, ont surgi au printemps dernier comme des pissenlits et ont pris le chemin de Caraquet, Lamèque et Miscou.

— Lamèque et Miscou, c'est point des îles ?
...Ils ont pris le bac.

— Et quoi c'est qu'ils leur voulont aux gens des îles, les avocats ?

Ils veulent de l'argent, moyennant quoi ils s'engagent à déblayer, déboiser et défricher le lignage des LeBlanc du nord jusqu'à retrouver, intact et somptueux, le domaine ancestral endormi sous les broussailles.

— Domaine ancestral ? Mais je croyais que la fortune des LeBlanc logeait dans un coffre ? que fait l'un des LeBlanc-Grelots, déconfit.

— Au dire des avocats venus de Montréal...

La Gribouille coupe le Menteux avant qu'il ne s'enfonce davantage.

— Les avocats aveindus de Montréal en counaissont autant sus l'héritage de Jean LeBlanc que moi, Pélagie, sus la guerre de cent ans. Et à la place des gens du nord, je me méfierais d'un étrange qui ramande de l'argent pour défricheter une parenté, et je larguerais les comités.

Jaddus et les autres sont tout surpris du calme et de la sagesse de la Gribouille. Pour garder une telle maîtrise devant une pareille découverte, elle devait sentir la poudre. Ou préparer sa stratégie. Ou chercher à gagner du temps.

— Et à votre place, je me reposerais une petite affaire et je laisserais itou reposer les vieux. Le trésor a causé assez de dégât comme ça.

Elle renonce...! Jaddus n'en revient pas d'entendre ses propres pensées formulées aussi clairement dans la bouche de sa femme... sa femme qui est en train de renoncer.

148

Renoncer? Voyons, Jaddus! Après trente ans, c'est mal connaître la Gribouille. Elle a compris dès les premiers aveux de Jérôme que le Menteux semait ses cartes et ses nouvelles par tout le pays; que bientôt tout le pays creuserait; qu'à force de creuser, quelqu'un finirait par trouver; que ce quelqu'un-là pouvait aussi bien sortir du nord que du sud; et que, par conséquent, il était grand temps de faire silence et d'enterrer la nouvelle si l'on voulait un jour courir une chance de déterrer le trésor. Et à l'étonnement général, elle relance Jérôme sur une tout autre piste.

— Et la maîtresse d'école, elle a-t-i' un diplôme de première ou de deuxième classe?

Jérôme ne perd pas de temps :

— Troisième classe, mes amis. Et si la quatrième avait existé, il paraît qu'elle l'aurait eue.

Et tout le cercle garde à l'endroit de l'institutrice de troisième classe un silence admiratif.

Renaud seul sourit, d'un sourire qui n'échappe point à Jérôme. Et le Menteux encaisse... Il ne perd rien pour attendre, le Français de France, le beau parleur qui s'y connaît en troisième et quatrième classe. Ça commence par montrer que ça sait lire et écrire, puis que ça connaît la musique, puis que ç'a des diplômes, puis bientôt ça entreprendra d'instruire les autres!

Il a pensé trop fort, le Menteux, le Français a saisi. Preuve, il a enchaîné :

— Vous voulez dire que vous n'avez pas d'école au Fond-de-la-Baie?

Silence.

149

— Vous voulez dire que les institutrices du nord ne se rendent pas jusque chez vous?

Jérôme va répondre du tic au tac que le Fond-de-la-Baie n'est pas assez gueux pour demander au nord ses restes... quand il est coupé par la Gribouille.

— C'est chacun son tour, qu'elle fait; et je crois ben qu'avant que notre tour vienne...

Renaud voit tous les yeux des femmes plantés dans les siens. Puis ceux de Jaddus qui se détournent.

— J'allons avoir un couvent, qu'il dit, le prêtre l'a promis.

Renaud sursaute. Puis entre les dents :

— Le prêtre! Mais c'est un maître d'école qu'il vous faut.

Et il laisse errer sa vue sur les deux douzaines de têtes blondes, châtaigne ou noiraudes qui ont l'air d'autant de petits lièvres ou biches arrachés des bois : les Marie, les Tit-Louis, les Jeanne, les Jeannot, les Mélanie, les François, les Pitre, les frères Poirier et Babée... Babée qui le dévore de ses prunelles bleues. Si elle savait écrire, Babée, si seulement elle savait graver dans l'écorce des arbres les mots qui lui gargouillent dans l'âme!

Renaud regarde la Gribouille, l'air de lui dire que c'est peut-être enfin le tour du Fond-de-la-Baie.

Jérôme est le premier à comprendre. Il comprend surtout que le rejeton des vieux pays a surgi sur leurs côtes pour y semer le progrès, les idées neuves et la discorde. Qu'est-ce qu'un peuple qui sait conter et réciter a besoin de savoir lire! Les gens du pays se souviennent de chaque histoire et chaque chanson apprises sur les genoux de leurs mères ou reçues de bouche à oreille des aïeux. Les livres contiennent-ils plus que la mémoire?

Et le colporteur de contes, de rêves et de nouvelles toise la jambe de bois du savant des vieux pays.

— Ça serait-i' parce qu'une histoire viendrait de loin qu'elle serait plusse drôle ou plusse belle, asteur? ou parce qu'elle serait écrite dans les livres qu'elle serait plusse vraie? Si c'est ça, je pourrions p't-être ben, nous autres, partir dans vos pays raconter aux genses de par là que je mangeons notre fricot au poulet à la cuillère, et notre pâté à la râpure à la fourchette; et que je nous tisserons du drap de culottes l'année qui vient dans les défaisures de vestes de l'an passé; et que je marions point les filles des sauvages ni des Anglais mais de nos quatrièmes cousins sortis comme nous du pays de France; et que je sons restés deux générations sans ouère la barrette d'un prêtre, et trois sans ouère un maître d'école, et que je sons pas moins rusés pour ça... par rapport que j'ons point oublié, personne, les contes et les chansons que nous passiont nos vieux, de père en fi', et qui commenciont par...

Mariançon, dame joli...e...

Renaud écoute jusqu'au bout la chanson de *Mariançon*, sans bouger la jambe ni cligner des yeux. Et il se dit qu'un peuple comme ça a bien mérité son école.

8

BÉLONIE-LE-GICLEUX aimait à répéter qu'on avait eu le temps d'apprendre bien des choses dans la forêt vierge durant cent ans. Cent ans, ce n'est pas une longue histoire pour la Chine, peut-être, ou pour les Hébreux de la Bible; mais pour un peuple qui n'est jamais sorti de la parenté, et qui est resté blotti entre la mer et les bois... blotti, faut le dire vite: blotti debout. Ce peuple-là, en 1880, avait du souffle à revendre et du temps à rattraper.

Le souffle et le temps, c'est à peu près ce qui lui restait de valeurs sûres à l'époque. Il s'en amasse, et s'en entasse, et s'en empile du temps durant cent ans dans les bois. Surtout le long des côtes. Au Fond-de-la-Baie, par exemple, et sur la terre de la seule Gribouille, le temps avait déjà inscrit l'histoire du pays dans les arbres.

Et c'est l'oncle Marc, avec le petit Léon, qui connaissait le mieux la forêt.

Le petit Léon avait demandé du chêne, du frêne et de l'érable rouge à l'oncle Marc. Pas du bois à résine gluante et âcre comme le pin, nenni ; du bois franc, dur, et pourtant doux et malléable à la varlope et au couteau de poche. Le petit Léon était un artiste et sculptait des chapiteaux à la paroisse. Et Marc lui fournissait le chêne, le frêne et l'érable rouge. C'était pour l'église, et le petit Léon était un compère, et voisin, quasiment de la famille. D'ailleurs les bois appartenaient à tout le monde. Le sculpteur pouvait tailler et varloper tout son saoul, il ne serait jamais à court de bois, l'oncle Marc l'avait juré.

— Un houme qui sait se servir d'une hache sera jamais à court de rien, que dit la Gribouille en levant le menton du côté de son oncle qui rentrait dans la forêt.

Elle dit ça aux oies sauvages qui descendaient vers le sud. Mais Jaddus esquissa sa petite grinche habituelle, parce qu'il connaissait les sous-entendus de ce discours qui ne s'adressait ni à Marc ni aux oies sauvages, mais à lui, son homme.

L'oncle Marc, ce jour-là, irait bûcher de l'érable, peut-être du chêne, le petit Léon avait parlé en effet d'entreprendre avant longtemps la sainte table.

Dâvit à Gabriel rebondit :

— La sainte table, asteur ! pourquoi pas le tabernacle, tant qu'à faire !

Pourquoi pas ?

Et la Gribouille fusilla de ses yeux aigus les joues gonflées de Dâvit à Gabriel qui osait douter des dons du petit Léon.

…Le tabernacle, si fait, le tabernacle. Toute la côte pouvait se le mettre tout de suite dans la caboche. Le petit Léon était peut-être légère-

154

ment bossu d'un côté et vaguement trapu de l'autre, mais il savait sculpter au couteau de poche mieux que n'importe quel charpentier ou menuisier ou bâtisseur du pays, bon Dieu oui! Mieux que le curé en personne qui de toute façon avait rangé son couteau avec sa carabine et ses cartouches le jour de son ordination. À lui seul, le petit Léon était capable de vous la sortir de terre, votre église, et vous l'équarrir, et vous la parer, et lui faire chanter les vêpres et la messe haute du dimanche.

— Faire crier miséricorde itou au prochain chenapan qui manque à la charité et ose s'attaquer au petit Léon.

Personne ne s'était attaqué à personne, on avait haussé les épaules sur la sainte table et le tabernacle, c'est tout. Comme d'ailleurs sur le couvent. Car c'était rendu que le prêtre sorti de Québec parlait en plus de construire un couvent, Jaddus avait raison.

— Apparence que Memramcook s'est gréé d'un collège?

On avait besoin de ne pas tailler le couvent de la Pointe-à-Jacquot dans le bois mou. Du chêne, du frêne et de l'érable rouge pour le couvent, comme pour l'église. Le prêtre de la Baie n'était pas moins sorti de Québec que le curé de Memramcook. Les Acadiens qui allongeaient le cou hors de leurs logis pour renifler le temps, à la fin du siècle, avaient besoin de se tenir à deux mains à la charpente de leurs paroisses : on allait faire surgir de terre des églises, et des couvents, et des collèges qui feraient pleurer d'émotion la postérité. L'Église catholique romaine n'était pas venue de si loin, pas venue de Rome et du bas du fleuve Saint-Laurent, pour abandonner ses ouailles au péché, à l'ignorance et aux Anglais.

Les ouailles qui entendaient parler ainsi leur curé venu de loin renchérissaient de dévotion et de coups de marteau. Et les églises sortaient des dunes et des marais comme des roseaux, le long des côtes.

Et partout on réclamait le petit Léon pour la finition.

— Je comprends qu'avec tant de tabernacles et de saintes tables sur les bras, il ait point eu le temps de se trouver une femme, que ricana Louis-le-Drôle.

La vieille Crescence se racla la gorge. Si le petit Léon n'y prenait pas garde, quelqu'un s'en chargerait pour lui, beau temps, mauvais temps, et le bossu se réveillerait un matin avec une couvée dans son nid. Mais personne ne fit attention à Crescence et le petit Léon put continuer à tailler ses chapiteaux en paix.

* * *

Pas pour longtemps. Car au début d'octobre, l'oncle Marc aborda Jaddus.

— J'ons de plus en plus de petits mousses qui nous couront entre les jambes, qu'il fit. Nos femmes avont tout l'air d'être jalouses de la terre qui nous a donné de fortes récoltes depuis que le temps des vaches maigres est passé.

156

Jaddus attendit. Il connaissait l'oncle Marc et lisait à travers ce genre d'introduction. Il se tut et le laissa venir.

— Je suis paré à équarrir des billots et le petit Léon est paré à les assembler.

Ah! bon. C'était donc ça. Renaud consentait à faire la classe aux enfants du pays, moyennant quatre murs où accrocher ses cartes géographiques et son tableau.

Jaddus se renfrogna.

— J'ons besoin des gars en mer et aux champs, et des filles aux logis.

L'oncle Marc expliqua qu'on commencerait par les plus jeunes.

— Même les jeunes, je les envoyons aux patates à l'automne et je mettons les filles aux métiers à tisser.

L'oncle Marc dit que Renaud était prêt à s'accommoder et à enseigner les soirs et le dimanche.

— Le dimanche c'est le jour du Seigneur; ça me surprendrait que le prêtre permît ça.

Il enseignerait à lire dans l'*Histoire du Peuple de Dieu* et dans la *Vie des saints*.

Jaddus s'obstina:

— J'ons point les moyens de le payer. Je sons plus pauvres que des rats d'église.

L'oncle Marc baissa la tête et se frotta les pieds. Jaddus devait bien savoir que si le Français de France consentait à faire la classe, ce serait pour le gîte et le couvert, rien de plus, que le Fond-de-la-Baie lui avait offert spontanément pour une seule jambe coupée.

Et Jaddus céda.

— Tâche de gagner les autres. C'est point sûr que Jonas et Clovis Collette allont consentir à se priver des bras de leurs garçons.

L'oncle Marc ne laissa pas à Jaddus le temps de changer d'idée et partit en trottinant chez les Girouard, les Collette et les Bastarache.

Il n'était pas éloquent, l'oncle Marc, laissant à peine filtrer un filet de voix entre ses lèvres, mais il arrivait chaque fois à faire valoir son point. Comme un bœuf qui fonce toujours sur le même pieu. C'est ainsi qu'il gagna les Basque, les Girouard, Froisine Cormier... pas son mari Dâvit qui se doutait que la Gribouille était derrière. Point les Bélonie, non plus, qui savaient lire de père en fils et prétendaient, par conséquent, pouvoir se passer de maître d'école.

Comment les Bélonie avaient-ils appris à lire et à écrire au fond des bois durant ce siècle obscur où les femmes récitaient par cœur le catéchisme et l'histoire sainte afin d'en assurer la transmission à leurs enfants ? Comment telle lignée était-elle lettrée et l'autre analphabète dans un pays où dans toutes les maisons l'on mangeait la même morue fraîche en été, et en hiver la même morue salée, sèche ou fumée ?

Le vieux gicleux de Bélonie, quatrième du nom, laissa le soleil chatouiller le coin de ses lèvres et allumer les gouttelettes de salive qui parsemaient sa barbe de rosée ; puis il plissa les yeux comme s'il allait chercher la réponse chez les anciens de la Mésopotamie.

— Un livre, qu'il dit, c'est un bien de famille. Et une famille qui hérite d'un livre apprend à lire, elle a point le choix. Je sons trop pauvres au pays pour nous adonner au gaspille.

Puis son fils Louis vint ajouter, pour bien enfoncer le clou dans les têtes les plus dures :

— Un houme qu'a une charrue pour tout bien aurait tort de point labourer.

L'argument des Bélonie contre l'instituteur pesa plus lourd en faveur de l'école que la dialectique réunie de la Gribouille, de Froisine ou de l'oncle Marc. Personne ne consentait à laisser les Bélonie jouir tout seuls des livres et de l'instruction. Des passe-droits encore !

Mais l'argument décisif et qui fit plier les plus farouches adversaires du maître, sortit de la bouche des enfants. Un argument tout en cris et lamentations : Maman, je veux aller à l'école... je veux apprendre à lire... maman... maman, laisse-moi aller à la classe... faut saouère lire... j'apprendrai vite, tu vas ouère... maman !

Allez résister à ça !

Et le même automne, le Fond-de-la-Baie eut son école.

Une école en bois, pièce sur pièce, chauffée aux hariottes et aux rondins. Point de livres, point de cahiers ni crayons, mais des ardoises et de la craie. Et de l'ardeur, et de la ferveur, et de la ténacité. Et comme si ces écoliers de 1880 qui sortaient du bois n'avaient pas été privés d'école pendant trois ou quatre générations, ils retrouvèrent dès le premier jour le vieux fonds frondeur et espiègle de la plus solide tradition escholière. Et les mères furent tout étonnées d'accueillir à la sortie de l'école leurs brebis candides transformées en lièvres, en pies, en renards ou en loups.

Ce qui fit hocher la tête à la vieille Crescence au fond de son fauteuil.

— J'ai tout le temps dit, moi, que l'instruction, ça dégourdit la langue et les jarrets.

* * *

On avançait à pas de géant vers la Toussaint... regardez-moi les branches dégarnies... la Toussaint coincée entre le jour des Tours et le jour des Morts. Les morts de l'année suivraient la coutume, pour ne pas être en reste, et tenteraient sûrement de régler, à la mode du pays, leurs comptes avec les vivants.

Marguerite à Loth s'effaroucha et Crescence plissa le nez de plaisir. Deux morts de plus cette année... faut pas compter les enfants en bas âge qui n'ont pas eu le temps en moins de deux ans de se familiariser avec les rites et usages. Mais le capitaine et son Adélaïde, sûrement, ne manqueraient pas de rappeler aux vivants des côtes...

— Taisez-vous !

Hé, hé ! Des morts aussi bien portants ne se contenteraient pas des tours usés jusqu'à la corde : brouette juchée sur le toit de la grange, volailles en liberté, cochon attelé à la charrette... de la bouillie pour les chats tout ça. Les naufragés de l'été, emportés en pleine noce, et dont les corps flottaient quelque part entre ciel et terre...

— ...entre l'île et la terre ferme, vous voulez dire.

...une telle paire de défunts ne laisserait point passer la Toussaint sans venir tirer les

160

orteils au monde. Les orteils et les vers du nez. Et tous ceux-là qui avaient nourri des pensées malhonnêtes vis-à-vis des disparus, de leur vivant, seraient bien obligés de les cracher aux pieds des morts.

Crescence gloussa.

Et la Gribouille détourna la tête. Elle en avait plein les bras de frotter, de gratter et de fourbir dans sa propre maison sans se charger en plus des grands ménages du paradis. Ni sa demi-sœur Adélaïde, ni son beau-père le capitaine, ni saint Pierre en personne, quant à ça, ne pouvaient en toute justice l'accuser de passe-droits ou de partis pris. Le prêtre en toute liberté avait proclamé les bans sans empêchements à ce mariage: la Gribouille n'était pas intervenue. Pourtant Adélaïde... et puis elle était sa sœur cadette de vingt ans, quasiment sa fille. Mais sa vraie fille, justement, la Babée d'à peine seize ans, la Gribouille n'avait-elle pas le droit de lui préparer un avenir?

Elle entendit le capitaine rire dans sa barbe, là-haut, son Adélaïde dans les bras. Il avait lui-même tout manigancé rien que pour se moquer de sa bru. Il avait rapproché pour la troisième fois son île du continent, pour mal faire, et garroché son propre filleul, Pierre à Antoine Bernard, aux pieds de la fille de son propre fils. C'était le faire exprès. Parce qu'il le savait, le capitaine Poirier, que la Gribouille n'avait jamais digéré la mer et les îles, et qu'elle avait, depuis que la Babée était sortie des langes, des visées pour sa fille. Si aucun de ses fils ne pouvait en droit porter le nom de LeBlanc, par la faute de Jaddus et de la loi salique, elle nourrissait secrètement l'idée de se venger avec sa fille unique. Or c'est juste au moment où elle commençait à bourgeonner et dépasser ses promesses, que la Babée osa, en plein jour d'enterrement et sans égard pour les lieux saints ni pour l'honneur de ses parents...

...Naturellement, Jaddus se rangeait du bord de son île, l'effaré. Il défendait les Bernard comme s'ils étaient personnellement sortis des mains du Créateur en train de créer le monde.

— Je sons tous sortis des mains du Créateur.

— J'ai dit : personnellement.

— Et pour qui c'est à la fin que tu la conserves si précieusement dans la saumure, ta fille ?

Le seul mot de saumure fit sursauter la Gribouille. C'était précisément pour l'éloigner de tout ce qui sentait le sel et les marées qu'elle tenait à garder sa fille sur sa terre.

— Et quoi c'est que tu feras alors de tes neuf garçons ?

— La terre, c'est point ce qui manque au pays.

— De la bonne terre déboisée, si fait, ça manque.

— Ça manque pas sus les voisins en tout cas.

Jaddus se gratta la nuque. Les voisins ? Les voisins en général ou un voisin en particulier ? Pas l'un des fils au grand Cyrus, tout de même, Babée ne pouvait pas les sentir ni l'un ni l'autre. Et elle valait mieux que Jean à Clovis, ou l'efflanqué d'Ernest à Jonas, mieux que le beau Théophile Girouard en personne aux cordeaux de sa jument.

— Quel voisin ?

162

La Gribouille en avait assez dit pour ce jour-
là et quitta son homme sur sa faim. Et Jaddus
s'en fut, en examinant des pieds à la tête chaque
jeunesse en âge de prendre femme et qui charriait des pierres ou arrachait des souches sur les
terres voisines des Poirier.

...

...La terre, c'est pas ce qui manque, qu'elle
a dit. C'est pas ce qui manque, mais Jaddus
avait appris à se méfier de la terre qui passe un
bon matin aux mains du plus fort, sans égard
pour les premiers occupants ou héritiers légiti-
mes. Combien de fois on avait dû recommencer,
le cœur plein d'assurance, comme si Dieu était
du bord des justes, et le pays apaisé. Les Girouard, depuis Alban Premier, fils de Charles à
Charles, avaient défriché en trois ou quatre générations au moins le quart des buttes de Sainte-
Marie. Et les Basque, égrenant des fils tout le
long de la rivière de Cocagne, étaient venus
échouer à l'entrée du Portage, y plantant leurs
piquets de clôture pour l'éternité. Une éternité
qui se terminerait avant la fin de la lignée,
soyez sans illusions.

Et la mer, Jaddus?

La mer emporte les hommes, il était bien
placé pour le savoir, mais les hommes ne réus-
siraient jamais à emporter la mer; elle seule était
à tout le monde. Puis elle était inépuisable.

Il parlerait à sa fille.

C'est son fils aîné qui l'arracha à sa rêverie,
le grand Thaddée qui enjambait les sillons de

mais en faisant signe à son père de rentrer, qu'un étranger l'attendait au logis.

...Quoi encore? pas un autre malheur?

— Il dit se noumer Baptiste Gaudet et s'aveindre de Memramcook.

Memramcook! Que pouvait-il sortir de bon de...

— Il demande de l'aouène pour sa jument avant de s'en retourner.

...Comment! s'en retourner! Qu'il prenne au moins le temps de bailler sa main au monde avant de parler de s'en retourner. Ç'a beau venir de Memramcook, on n'est point des sauvages, et on ne quittera point un ad germain de la vallée virer sa jument de bord sans avoir auparavant bu une bolée de thé et fumé une pipe avec les hommes du pays.

— Faites comme chez vous, que fit Jaddus en reprenant son souffle, et pis happez une chaise.

L'étranger happa la chaise que lui tendait la Gribouille et dit que l'automne était comme qui dirait avancé pour son âge cette année et que l'hiver pourrait réserver des surprises. Les vieux contaient là-bas que le mois de janvier serait capable de jouer des tours à tout le monde, ça se voyait au comportement des écureuils et à l'épaisseur des pelures d'oignons.

La Gribouille renchérit sur les oignons, et Jaddus sur les écureuils et même sur l'écorce des bouleaux moins écorce que jamais, tandis que le nouveau venu orientait le débat sur les nids de guêpes et de fourmis. Puis on passa aux malades et aux moribonds, au bétail, à la récolte, à la pêche, aux morts subites, aux accidents, aux feux de forêt, aux ouragans, et à l'épidémie de coqueluche qui avait secoué tous les berceaux entre Beaumont et Tintamarre et...

— ...qui en a vidé quelques-uns.

Babée, le pied sur la marchette du rouet, s'arrêta si brusquement que le fil de chanvre s'embobina à l'envers. La coqueluche pouvait donc tuer des enfants? Mais alors les auripiaux, et la rougeole, et les poumons au vif, et l'inflammation des boyaux? et les vers et le haut mal? et les empoisonnements? Qu'est-ce qui avait emporté le petit de sa cousine Marie-Blanche, qu'on avait prétendu empoisonné? empoisonné à quoi, au lait de sa mère? Et Babée, les yeux fixés sur cet oiseau de malheur qui leur rapportait une épidémie de coqueluche capable de tuer des enfants au berceau, s'entoura la poitrine de ses bras.

On avait achevé de vider les nouvelles; Jaddus pouvait en tout respect des usages poser la question rituelle:

— Y aurait-i' de quoi que je pourrions faire pour vous?

Baptiste Gaudet, qui attendait la question, était prêt.

— J'ons entendu dire, qu'il fit, qu'un dénommé Léon LeBlanc logeait pas loin d'icitte.

Il voulait parler du petit Léon, certainement. Mais qu'est-ce que Memramcook pouvait bien vouloir au petit Léon? Il valait mieux pour Jaddus rester sur ses gardes.

— Les côtes comptont plusieurs Léon, et le Fond-de-la-Baie est infesté de LeBlanc.

La Gribouille fusilla Jaddus. Elle lui en ferait de l'infesté!

165

— Voulez-vous dire Léon à Léon LeBlanc, le bâtisseur d'églises ? qu'elle demanda à l'étranger pour couper l'herbe sous les pieds de son homme.

Mais son homme ne se laissa pas ébranler et reprit sa splendide grinche :

— Au pays, je noumons point tout le temps une personne par son nom de baptême, mais plutôt par le sobriquet que la nature 'i a baillé. L'homme que vous cherchez pourrait être Léon Pissevite, ou l'un des garçons à Charles Picoté, ou un jeune LeBlanc dit Grelot qu'a oublié qu'il s'appelait Léon.

La Gribouille suffoqua. Pour de la mauvaise foi, c'était de la mauvaise foi. Jaddus savait très bien qu'un seul Léon LeBlanc portait le nom de Léon LeBlanc sur les côtes et que celui-là n'était nul autre que le petit Léon, le charpentier-sculpteur-bâtisseur d'églises. Mais elle n'eut pas le temps de faire valoir son point que déjà son petit morveux de fils Eugène rentrait en reniflant, suivi du petit Léon.

— Le v'là, qu'il dit en s'épongeant le nez de sa manche.

Et Jaddus songea que la vérité finit toujours par sortir du nez des enfants.

Marguerite à Loth arriva en courant : elle avait déjà eu le temps d'entendre dire qu'un étrange sorti des terres voulait du mal au petit Léon. Derrière elle surgirent des échantillons de Giroué, Basque, Léger, Allain, et la crème des Cormier, le beau Dâvit à Gabriel à Thomas. Si le petit bossu avait besoin de bras pour le défendre, tout le Fond-de-la-Baie roulait déjà ses manches. À tel point que le pauvre Baptiste

Gaudet crut un instant qu'il lui faudrait repartir sans Léon LeBlanc.

On finit pourtant par écouter la proposition de Memramcook, après avoir prévenu son émissaire que le petit Léon était au départ innocent de tous les crimes dont on pourrait l'accuser; qu'innocent ou pas, ses compères le défendraient; et que s'il fallait à Memramcook coûte que coûte un coupable, on était prêt à lui livrer le Borteloc. Borteloc, bien entendu, se défendit en accusant tout le monde et l'émissaire de la vallée put ainsi en moins d'une heure connaître les secrets des côtes les mieux gardés en cent ans.

Quand le silence revint, Baptiste Gaudet put lancer:

— J'achevons de construire la salle du collège et j'ons entendu dire que vous aviez sus les côtes le meilleur artiste du pays pour la décoration.

Si le petit Léon n'était pas né bossu, il le serait devenu ce jour-là, tant il se recroquevilla pour échapper aux regards glorieux de tout un peuple. Puis la Gribouille entonna les litanies:

— Qu'est-ce que je vous disais!
— Le petit Léon!
— C'est-i' Dieu possible!
— Le petit Léon, asteur!
— Poussez-vous, faisez-y du chemin.
— C'est le petit Léon!
— J'ons tout le temps su que ç'arriverait un jour...
— ...au petit Léon!
— Et pis prenez encore une tasse, l'étrange.

167

— Et vive la vallée!

— Et vive le petit Léon!

Le chœur finit par s'épuiser et Jaddus put demander des renseignements. Une salle, vous dites? Une salle comment, et pour quoi faire?... un amphithéâtre! il a dit un amphithéâtre! Avez-vous déjà entendu parler d'une bâtisse qui s'appelle un amphithéâtre, quelqu'un?

— Icitte je counaissons rien que des hangars, des granges et des tets-à-poules.

Tais-toi, Louis à Bélonie, et laisse parler le monde!... Ça serait-i' quelque chose comme un soubassement d'église ou une salle paroissiale?

...Plutôt comme une salle paroissiale en effet, mais pas destinée à la seule paroisse de Saint-Thomas de Memramcook.

— Un amphithéâtre de collège pour tout le pays, et point dans un soubassement.

Marguerite à Loth voyait déjà le petit Léon tout amphithéâtré, sans savoir le moins du monde de quoi était fait un amphithéâtre. Louis-le-Drôle en profita pour lui faire accroire que ça ressemblait à un chameau, mais rata son coup puisque Marguerite à Loth n'avait jamais vu de chameau non plus.

À vrai dire, si le Fond-de-la-Baie dans son ensemble connaissait par ouï-dire les chameaux, personne n'était trop sûr de l'amphithéâtre. Et chacun doubla d'astuce et d'ingéniosité, multipliant les questions circonstancielles...

...quelle hauteur?

...fini en bois?

...une pièce ou plusieurs?

...sur une cave ou sur pilotis?

...qui va payer tout ça?

168

questions auxquelles répondait l'émissaire de la vallée avec l'aisance de quelqu'un qui eût bâti des amphithéâtres toute sa vie. Une seule question le laissa hébété.

— Vous voulez dire que la vallée de Memramcook a point trouvé parmi tous ses bâtisseux de collèges un seul charpentier capable de bâtir c'ti-là jusqu'au boute?

Petite flèche innocente décochée au bout de cent ans pour alléger son cœur et son carquois. Après quoi, on consentit à marchander le petit Léon. De la farine, du cidre, un cochon de cinq cents livres...

— Une charrue en fer!

Coup de génie qui sortait encore une fois de la cervelle en éponge de Marguerite à Loth. Et tout le Fond-de-la-Baie se croisa les bras et serra les lèvres. Une charrue ou rien. Une charrue flambant neuve contre leur petit Léon. Rirait bien qui rirait le dernier.

Mais Baptiste Gaudet ne riait pas. Il n'avait jamais su, et Memramcook non plus, que ceux des côtes avaient dû céder jusqu'à leurs charrues au Des Barres en quittant la vallée. Memramcook, dont la vie pourtant n'avait pas été rose durant le siècle, ignorait la grande misère vécue au Fond-de-la-Baie, durant cent ans, et qui faisait ressembler ceux des terres à des oies gavées à côté des maigres goéliches des côtes.

— Je savions point, que répétait le survenant, je savions point.

Et tout le Fond-de-la-Baie le vit si misérable, qu'on se mit aussitôt à le consoler... Une charrue, pouah! on s'en était bien passé durant trois générations, on l'avait remplacée par le bâton à planter ou charrue en bois, et personne n'en était crevé... pas directement, en tout cas, et pas tout le monde... preuve, on était là, gaillards et bien portants, regardez-moi ces muscles aux bras du grand Cyrus, et le bedon du Clovis Collette, et les grosses fesses de la grosse...

— Ça va faire!

Au mot fesse, la Gribouille arracha tout le monde à son attendrissement et ramena le débat sur la charrue. Il était grand temps, car on se préparait, dans un accès de mansuétude et de commisération, à livrer le petit Léon pour rien. La Gribouille sauva les côtes. Une charrue, un cochon et trois sacs de cent livres de farine moulue au moulin.

— Vous avez un moulin, que j'ons entendu dire?...

Memramcook avait son moulin.

— Auriez-vous itou un moulin à scie?

Eh oui, un moulin à scie, un moulin à farine, un moulin à foulon. La Gribouille en eut l'eau à la bouche: un moulin à fouler la laine en plus! Et elle fut tentée... mais résista. Trop gonfler l'outre risquait de la faire éclater. Elle hésitait, balançait, soupesait: combien pouvait valoir le petit Léon?

— Vous le garderez combien de temps dans votre collège? qu'elle fit, mine de rien.

Une mine de rien qui n'échappa point à l'émissaire qui fut prudent. Tout dépendait de la rapidité des travaux, de l'habileté du sculpteur, des surprises du temps qui peut aussi bien vous garrocher son hiver en pleine Toussaint sans avertir, on a déjà vu ça.

Crescence répondit que le temps avertissait toujours, mais qu'il fallait savoir lire les avertissements.

— Mais pourquoi commencer si tard les travaux ? pourquoi pas espérer au printemps ou à l'été ?

— Par rapport qu'il s'annonce pour l'été qui vient des événements qui pourriont aouère lieu au collège, sus la Butte-à-Pétard, et que j'aurons c'temps-là besoin de l'amphithéâtre fini et terminé.

La suggestion d'événements à venir à Memramcook, de l'importance et de la taille d'un amphithéâtre, aguicha les curieux du Fond-de-la-Baie mais inquiéta la Gribouille qui continuait à tourner et retourner le petit Léon dans ses mains. Les événements étaient liés à la fortune des LeBlanc, sûrement... Memramcook devait préparer sa stratégie... fonder des comités... Elle songea un instant à un compromis : le petit Léon en échange de la participation de la branche LeBlanc du Fond-de-la-Baie à l'association de Memramcook pour la récupération du trésor... Non. Trop risqué. Il ne fallait surtout pas raviver le feu sous la braise. Et puis Memramcook ne consentirait jamais à payer ce prix-là, même pour le meilleur sculpteur du pays. D'ailleurs de fil en aiguille, la Gribouille venait de crocheter une jolie arabesque au cœur de son tapis. D'une manière ou d'une autre, la fortune des LeBlanc ne lui échapperait plus. Car le petit Léon, qui venait de grandir d'une coudée au-dessus de tous ses compères des côtes, des buttes et de la vallée, se révélait tout à coup un terrible rival pour le moussaillon de Pierre à

171

Antoine Bernard, n'en déplaise à Jaddus Poirier, son homme.

Cela déplut si fort à Jaddus, que le Fond-de-la-Baie put se donner corps et âme à cette chronique toute neuve où s'écrivait la lutte entre la mer et la terre ferme.

Elle avait quand même fait preuve de prudence, la Gribouille, attendant le départ du petit Léon avant de lancer sa bombe. Tout juste lancée, d'ailleurs, plutôt fait rouler aux pieds de Jaddus et entre les pattes des voisins, sachant fort bien qu'un écervelé tôt ou tard poserait le pied dessus. Ça ne devait pas tarder.

C'était le jour des Morts, au plein mitan de l'automne. Léon était parti depuis une huitaine de jours et n'avait pas donné de nouvelles, ce qui accordait au Fond-de-la-Baie le droit de les fabriquer de son cru, toutes plus nouvelles les unes que les autres.

La première partit de la bouche de Renaud, de plus en plus solide sur sa jambe de bois et de plus en plus intégré aux côtes, qui avertit Jonas que sa grange prenait l'eau du côté sud. Quand Jonas se rendit à sa grange, marteau et bardeaux en mains, il découvrit sous le foin une bêche qui ne lui appartenait pas, mais point de trou dans la couverture. Il se contenta de hausser les épaules sur l'incident, s'emparant de la bêche comme d'un bien propre sous prétexte que brebis égarée revient à la bergerie qui l'héberge. On lui signala qu'une bêche n'est pas une brebis, mais Jonas n'entendit rien et rangea la bêche avec ses fourches et ses râteaux. Le même soir, les Collette découvraient une paire de rames neuves dans leur doré; les Girouard trouvaient

172

une cruche de petit-lait au fond de leur puits; et sous le lit du vieux Bélonie-le-Gicleux, son fils Louis venait de dénicher un crachoir en vrai bronze.

— Je l'ai d'abord pris pour un pissepot et j'allais justement...

C'était trop. Le pays s'émut et s'ébranla. Le soir des Tours était passé; il fallait que ce fut de la sorcellerie ou...

— Comment vous dites? le petit Léon?

Le petit Léon, du fond de son amphithéâtre, envoyait de ses nouvelles aux siens, des nouvelles en forme de présents.

— J'aurons notre charrue ben vite, que se rengorgea Dâvit à Gabriel, sous le sourire rentré du Français de France qui promenait chaque jour sa jambe de bois jusque dans l'arrière-pays du Lac-à-la-Mélasse ou de Sainte-Marie.

Ainsi de bêche, en cruche, en crachoir, en charrue, on hissa le petit Léon sur un piédestal d'où il serait bien malaisé désormais de le déloger. Et un soir la bombe éclata: nulle autre que Marguerite à Loth avait posé le pied sur le déclencheur.

— Avec un pareil barda, qu'elle dit dans un seul souffle, le petit Léon aura de quoi prendre maison quand c'est qu'il s'aveindra de son antiphéâtre.

Le mot était lancé; la Gribouille n'avait plus qu'à compléter la phrase.

— Pour prendre maison, un houme doit en premier se trouver une femme, qu'elle fit, le barda vient après.

Et le Fond-de-la-Baie tout entier resta béat devant la Gribouille qui, pour la première fois de mémoire des côtes, daignait ouvrir la bouche pour répondre à Marguerite à Loth. Mais on resta autrement interloqué devant la suite que la Gribouille articula sur un ton si calme que toutes les mains s'agrippèrent au bois des chaises.

— Et la femme que prendra en ménage le petit Léon, j'i' baillerai en présent de noce mon propre coffre de cèdre, qu'elle fit en double bémol.

Après quoi, la foudre pouvait déchirer le firmament et le tonnerre tomber en pierre ; les comètes pouvaient traverser le ciel de bord en bord et la grêle bombarder les récoltes et assommer le bétail : tout pouvait arriver.

On connaît le long des côtes la puissance de la lame de fond, enfouie sous la mer trop calme, la veille d'une tempête. Plus la surface de l'eau est lisse, plus la tempête sera violente. On sait ça le long des côtes. C'est pourquoi l'on craignit pour Babée, au pays.

Mais Jaddus cette fois n'allait point laisser faire ça. Il aimait sa fille, Jaddus, de l'amour des pères de fille unique, entourés des garçons. Neuf garçons que lui avait donnés la Gribouille, belle récolte s'il en fut au pays, Jaddus ne se plaignait pas. Mais tous ses fils n'étaient que de la verdure autour de cette fleur comme les Poirier n'en virent jamais éclore de plus blanches ni de plus parfumées. Même les petites bêtes des bois obéissaient à Babée, Jaddus en avait été témoin. Elle savait parler aux enfants et aux vieillards dans leur langue, sans mélanger les tons ni heurter les sentiments des uns ou des autres. Tout le monde aimait et respectait Babée, la Babée qui depuis un certain temps gardait au chaud dans son cœur un secret qui n'était plus un secret pour personne.

Hormis pour la Gribouille.

Elle était donc si aveugle, la Gribouille, ou si obtuse?

Point obtuse, nenni, point sotte ni candide. Rusée, voilà le mot que Dâvit à Gabriel laissa filtrer entre ses dents. Sournoise et rusée. Et qui cachait son idée sous des airs innocents. Mais personne n'était dupe: elle voulait le petit Léon pour sa fille.

— Un bossu!

— Un bégayeux qui serait point capable de faire sa grand'demande lui-même.

— Un orphelin sans aucune parenté en vie pour la faire à sa place.

— Mais un artiste qu'on vient chercher là-bas de Memramcook.

— Un vieux garçon de passé deux fois son âge.

— Un bon sculpteur pourtant, et en demande partout.

— Un hibou qui passe ses jours dans les églises et ses nuits dans les couvents.

— Oh!...

— Un houme bon comme du bon pain.

— Mais qui sait rien faire s'il a point un couteau ou une varlope en main.

— Et pis qu'est trop loin à l'heure qu'il est pour s'en venir se bercer aux côtés d'une blonde, les mardis pis les jeudis.

La Gribouille bondit. Assez! Elle était en droit de choisir un homme à sa fille sans consulter tout un chacun, ça s'adonne. Qui entrerait ou n'entrerait point dans la maison des Poirier, ça ne regardait que les Poirier, voilà! Et qu'on n'en parle plus.

Le vieux Gabriel à Thomas leva quand même un doigt pour demander la parole et ajouta:

— Ça regarde itou le petit Léon.

Et le plaisir éclata sur toutes les figures. Bien sûr que ça regardait le petit Léon, premier intéressé. Ça regardait même Babée, figurez-vous. Et le Fond-de-la-Baie sentit qu'il avait le droit de défendre les absents.

— Ça regarderait point itou une petite affaire Jaddus?

Jaddus avait disparu. Il avait dû juger bon de laisser sa femme épuiser ses munitions, dans cette première escarmouche, et réserver les siennes pour l'attaque finale, la seule qui décide de la victoire.

Crescence regarda Jaddus avec l'air de lui dire de se méfier, que la Gribouille avait des champs de bataille une vaste expérience, surtout des batailles matrimoniales... Rappelle-toi ton fils aîné, Jaddus, qu'elle a marié contre vents et marées et contre le fils lui-même, et ç'a pourtant fait un ménage heureux; rappelle-toi sa sœur Adélaïde et son beau-père...

Jaddus sourit: le mariage du capitaine n'était pas l'œuvre de la Gribouille, oh! non, il s'était même fait au-dessus de sa tête qui pour une fois avait dû...

...Plier très bas, et très vite... tu ne trouves pas, Jaddus? Se pourrait-il que le consentement de la Gribouille à ce mariage de la main

176

gauche fît partie de sa stratégie: je cède sur Adélaïde, tu cèdes sur Babée?

Jaddus se leva de toute sa longueur et fit craquer ses articulations. Où était passé Jérôme-le-Menteux?

9

CERTAINS ont prétendu que le Jérôme avait trempé dans le coup; d'autres ont préféré s'en tenir à la seule version de Pierre Bernard, de loin la plus plausible et la plus simple... c'est pourquoi tant de gens des côtes ont choisi la version Jérôme.

Encore une fois, le Menteux s'était dépassé: à cheval à Memramcook, puis à l'île en chaloupe, la nuit, à l'insu de tous, ambassadeur secret de Jaddus pour préparer un mariage.

— Bah! pour un vagabond comme lui se rendre à l'île en doré et à dos de cheval à Memramcook, c'est point la mer à boire. Un vrai menteux devit se rendre à l'île à cheval et à Memramcook en doré.

— Un vrai menteux se rend point nulle part, il fait rien que le raconter.

La version la plus acceptable restait donc celle de Pierre Bernard qui était en fait la version de son frère Alphée. Drôle de garnement, cet Alphée: vantard, rusé, hâbleur, farceur, fanfaron, autant de qualités qui lui avaient gagné immédiatement la sympathie de tout le Fond-de-la-Baie. Hormis de la Gribouille. Du côté Gribouille, Alphée aperçut du premier coup d'œil tous les créneaux de la forteresse. Et il se mit à chercher la faille.

Et ainsi naquit sa version des faits.

Son frère et lui, tous deux pêcheurs de leur métier de père en fils, n'avaient cessé depuis la tragédie de l'été de fouiller la mer et le rivage à la recherche des disparus. Le capitaine Poirier était le plus regretté des naufragés de l'île, et le propre parrain de Pierre par surcroît. Durant tout l'automne, on avait donc labouré mer et dunes, et fini par trouver...

Marguerite à Loth est prise du hoquet, tapez-lui dans le dos et faites-la taire, pour l'amour de Dieu !

...fini par trouver un coffre échoué sur la côte, au pied du Grand Cap.

Pas Dieu possible !

Le coffre est là pour témoigner.

Et par égard et respect pour la plus proche parenté, on rapportait, intacte, la relique déni-chée en mer à la sœur aînée de la défunte, soit dit Pélagie, dame Jaddus Poirier.

La dame Jaddus ne trouva rien à redire sur un don accompagné de tant de galanterie, même si secrètement elle avait le goût de lui arracher les yeux au blanc-bec qui avait cru, l'innocent, découvrir la faille dans la forteresse. Le beau parleur ne perdait rien pour attendre; même si la Gribouille devait sur l'heure se composer une belle gratitude et beaucoup d'émotion.

Elle reçut donc le coffre d'Adélaïde des mains propres du prétendant, qui prétendait ne rien prétendre encore, mais se contentait, le cœur en charpie, de laisser couler sur Babée un regard où toute la mer était enfouie. S'il avait pu se jeter aux genoux de la Gribouille, de Jaddus, du Fond-de-la-Baie quasiment entier accouru pour ne rien rater de la suite des événements, s'il avait pu un seul petit instant laisser éclater son âme! mais chaque fois qu'il ouvrait la bouche pour respirer, il sentait le coude d'Alphée lui enfoncer une côte et son pied lui écraser l'orteil. Surtout pas un mot avant l'heure propice, tel que convenu.

Il avait vu juste, Alphée. Pour l'instant, il suffisait à la Gribouille de voir ce coffre à ses pieds sans recevoir en plus dans le giron la déclaration inopinée d'un amoureux mal venu. D'ailleurs en fait de déclaration, le coffre était par lui-même assez éloquent: un coffre de noce, tout gonflé du trousseau brodé dans le lin et le coton de l'Adélaïde du troisième lit, t'as qu'à ouère!

Sur l'empremier, c'est à la mère que revenait le droit de préparer le trousseau de sa fille. On tassait tout ensemble dans le même coffre: nappes de table, serviettes, couvertures, linge de lit, linge de corps, coutellerie, gobelets, et beaux sentiments enfouis au cœur du ventre. Hop! dans le coffre! Coffre de cèdre si on s'appelait LeBlanc, Léger ou Landry. Tout ça confectionné, paré, promis par la mère de la fille à marier. Et voilà que Babée aujourd'hui allait rompre avec la tradition et s'embarquer dans le mariage sur un coffre destiné à une autre? et

181

une morte par-dessus le marché? La Gribouille
en suffoquait.

Toutes les filles à marier des côtes pourtant
contemplèrent avec envie l'héritière d'Adélaïde.
Un si beau coffre! un pareil trousseau! Quelques chemises ou taies d'oreillers abîmées par le
sel, c'est tout. Et puis:

— Un naufrage, c'est point une maladie, que
risqua Froisine.

Et Judique:

— Les hardes des disparus sont point qua-
rantinées.

À quoi acquiescèrent Arzélie et Marguerite
à Loth.

La Gribouille ne répondit pas. Car elle ne
songeait ni à la peste, ni à la picote, ni au
mauvais mal; mais aux Bernard acoquinés aux
Poirier, tribus rivales et indépendantes qui gru-
geaient de jour en jour sur son propre LeBlanc.
Que le jeune Pierre et son mauvais génie
d'Alphée se mettent bien ça dans la tête: la Babée n'était pas à vendre, même pour le plus beau
coffre du monde.

Jaddus dévisagea sa femme. Pas pour un
coffre, Babée? Alors le trésor des LeBlanc,
c'était quoi, une baille à laver? Il fit signe à
Pierre d'approcher... Comme ça les Bernard
avaient planté trois champs de patates au printemps et les vendaient par boisseaux aux Anglais. Les patates, plus la pêche à la morue...

...Au homard?... Quoi c'est qu'il dit, le jeune homme? L'Île du Prince-Édouard était rendue dans le commerce du homard?

Pierre voulut rectifier:

— Pas du vrai commerce encore, je faisons rien que de le vendre à la livre... une trappe à la fois...

Alphée coupa net les scrupules de son frère:

— Une trappe, qu'il dit? Une pleine cale de trappes! Vous devriez ouère ça! Les Américains, des flottes entières, s'en venont accoster au havre de la baie Egmont pour acheter notre homard. Et ça s'en retourne en Amérique les goélettes pleines.

Les Américains! du homard! Le Fond-de-la-Baie voyait déjà l'Île du Prince-Édouard partir à la remorque des États-Unis d'Amérique vers les pays chauds et ensoleillés.

— Le homard, ça se mange-t-i'? que s'enquit Marguerite à Loth?

Dans sa souvenance, son père en pavoisait son champ pour en faire de l'engrais. Puis elle ajouta pour bien laisser entendre aux nouveaux venus de l'Île qu'on n'était point tous des arriérés et des miséreux sur la terre ferme:

— Je sons point encore assez pauvres, nous autres, pour nous nourrir de houmard.

Et satisfaite, elle se retourna vers la Gribouille pour recevoir sa bénédiction, ayant bien senti dans son âme innocente que la femme de Jaddus ne portait pas les fils Bernard dans son cœur. Mais la Gribouille se contenta de grogner.

Après les patates et le homard, Alphée vanta les huîtres, les moules, les palourdes, la morue, le foin, le trèfle...

Ici la Gribouille l'arrêta net: le trèfle et le foin, ça pousse en terre, point entre deux marées. Et la terre, ça s'adonne qu'on en trouve plus sur le continent que dans les îles, jeune homme. Alors c'est point aux gens des terres qu'il faut s'en venir vanter son trèfle, son foin, ou son blé.

Son blé? Mais depuis quand faisait-on commerce de blé sur les côtes? À peine trois ou quatre champs de blé sauvage, étouffé par la ramenelle en plus!...

Pardon, le vieux gicleux! C'est point parce que les Bélonie ont perdu le goût du pain qu'il faut faire passer tout le pays pour des mangeux de crêpes.

...Perdu le goût du pain. Retiens le mot, Marguerite à Loth.

Rendu là, Jaddus se leva. Assez bagueuler sur un champ de patates, d'avoine ou de blé. Les fils Bernard apportaient au pays des nouvelles et un bien de famille, et avaient, par conséquent, mérité qu'on leur serve à boire et qu'on les invite à fumer une pipée. Qu'on les invite à passer la nuit pour refaire leurs forces avant le voyage de retour qui est toujours risqué après la Toussaint.

Puis qu'on n'en parle plus.

C'est ce que tu crois, Jaddus au capitaine Poirier.

On n'en parle plus, tu dis, dans une maison en bois équarri, coincée entre la mer et la forêt, au tournant du dernier quart du siècle, au cœur d'une tribu qui ne peut compter pour sa survie que sur la morue, les navets et les filles à marier, et on n'en parle plus?

— Une fille, ça rapporte pas, ça embellit un logis.

Encore le Dâvit à Gabriel, bagueuleux avec de la crache à revendre, qui se figure connaître de quoi là-dedans. Une fille, ça rapporte... ça rapporte un nom nouveau à une maison.

— LeBlanc, par exemple.

La Gribouille dit ces trois derniers mots à la face de Pierre Bernard pour lui arracher sous les coudes sa dernière planche d'espoir.

Et le pauvre Pierre se vit aussitôt sombrer.

* * *

La visite des fils Bernard au Fond-de-la-Baie avait eu lieu à la mi-novembre. Un peu tard pour risquer des voiles sur le détroit qui souvent gèle en une nuit, passé la Saint-Martin. Mais Pierre et Alphée appartenaient à une race de vaillants et hardis, et jouaient avec la mer depuis leur naissance. Sans compter que l'automne 80 s'était montré passablement clément, n'en déplaise aux almanachs qui ont une prédilection pour les intempéries. Mais malgré ça, c'était un peu tard pour se larguer au large dans un bâtiment à deux voiles.

Telle était la teneur des arguments de l'île, avant le départ des frères Bernard. Rendus au Fond-de-la-Baie, les raisonnements changeaient de ton. Et l'on passait de la prudence à l'admiration. Ça prenait des gaillards de l'autre bord pour ressoudre quasiment avec la première

185

gelée, casquette sur le front, les yeux remplis de bruine et de sel, les mains caleuses entourant la barre, risquant leur peau et leur bâtiment pour venir rendre à la parenté un coffre perdu en mer. Ça prenait des Bernard de l'antique Île Saint-Jean. Et Babée en pâlissait.

…Voulez-vous dire qu'ils auraient pu faire naufrage? Voulez-vous dire que même à vingt ans on peut périr en mer?

Babée ne se souvenait donc pas des trois marins de Groix, perdus un jour d'orage…?

— C'est rien qu'une chanson, Crescence, c'est pas une histoire vraie.

— Les chansons sont toutes des histoires vraies, ma fille; c'est après coup qu'on en fait des chansons.

Et Babée entendit au fond de son âme la longue complainte de la vieille Lamant de l'Île sur le naufrage de son grand-père et de sa tante Adélaïde.

On comptait aussi des noyés de vingt ans chez les Bourgeois de Grand' Digue, les Després de Cocagne, plus le nègre déterré de la dune qui paraissait bien jeune encore, tout cadavre qu'il était. La mer est une marâtre qui ne connaît point les âges ni les sentiments.

Le mot sentiment fit rougir Babée. Puis la crispa… La mer peut emporter des pêcheurs du grand large, on a déjà vu ça; aussi des marins fringants qui la taquinent et la narguent; mais point deux jeunes fils de l'Île qui n'ont d'autre raison de naviguer que de rapporter à la famille les derniers souvenirs des naufragés. La mer n'irait pas s'en prendre même à ceux-là qu'elle a déjà éprouvés deux fois, non?

Crescence se tut. Alors Babée se sauva dans le foin de la grange pour pleurer. Talonnée par Eugène, le frère cadet, le petit morveux de huit ans qui suivait toujours tout le monde pour être sûr de ne rien manquer. Larmes, rires, cris, tout était bon pour Eugène. Pourvu qu'il se passe de quoi. S'il avait su à qui rendre grâce pour chaque événement extraordinaire qui s'était écrasé sur son pays cette année-là, il aurait passé son temps à genoux, le morveux. Mais il n'eut pas le temps de faire ses prières dans la grange. Car dès que Babée entendit renifler, elle somma son frère de choisir entre une volée de gifles ou un coup de pied ; et le petit morveux choisit de déguerpir sans laisser de traces.

Mais ce qu'ignorait Eugène, c'est qu'il avait laissé ses pistes dans la terre grasse de l'automne, entre le corps de logis et la grange, et qu'un plus adroit que lui les avait repérées. Celui-là eut juste le temps de se coller contre le dos de la porte pour laisser fuir le morveux, puis de s'approcher à son tour de l'aire.

...

Babée lève la tête, ç'a marché. Elle connaît le pas de chacun de ses neuf frères. Et de sa mère. Elle retient son souffle. S'efforce aussi de retenir son cœur qui s'affole. Des brins de foin se sont entremêlés à ses cheveux, elle se peigne de ses doigts. Mais ses doigts s'arrêtent soudain d'eux-mêmes, à l'insu de Babée. Tout s'est arrêté dans la grange des Poirier, même les mouches, inquiètes et intriguées, même les souris et les araignées.

187

Il vient de passer dans le rayon de la lucarne, elle le voit. Il a l'air de chercher, tourne la tête de gauche à droite, tend l'oreille. Les doigts de Babée ont glissé sur un brin de foin. Elle s'est piquée. Mais elle retient son cri. Elle voit une goutte de sang éclore au bout de son index et sourit. C'est à ce moment-là que Pierre Bernard l'aperçoit.

Aussitôt la grange se remet à respirer: les mouches se lissent les ailes, les araignées débobinent leurs fils, les mulots, les souris, les rats s'enfuient dans un sauve-qui-peut purement conventionnel pour avertir les chats que la guerre n'est pas finie. Pour avertir Pierre et Babée surtout que le rideau est levé et le silence rompu.

— T'as du sang sus le doigt.

— Je m'ai piquée dans le foin.

— J'ai un mouchoué, mais il est point assez propre.

Il cherche autour, fouille l'aire des yeux comme si le ciel, aussi ému que lui, ne pouvait manquer de faire surgir du foin un ange apportant un mouchoir en dentelle de soie.

— J'ai mon mouchoué de cou, que fait Babée qui a compris.

— Non, faut point tacher de sang ton mouchoué de cou. Par chez nous, je dirions que ça pourrait porter malheur.

Au mot malheur, Babée s'empresse de renouer son mouchoir. Puis elle porte son doigt à sa bouche, mais Pierre est plus rapide et lui attrape la main.

— Quitte-moi faire, qu'il dit.

Il approche le doigt de Babée de ses lèvres et lèche le sang, un sang qui ne cesse plus de couler, gargouillant de veine en artère, clapotant contre les parois du cœur, des reins, du ventre, et Babée songe qu'il coulera sûrement durant cent ans.

...Cent ans? Mille ans, toujours, le temps que durera l'éternité. L'éternité ne sera jamais assez longue pour tarir la source qui a jailli de Babée, ce jour de novembre, dans la grange. Car la fille de la Gribouille sait que ce sang-là coule dans ses veines depuis Pélagie Première, son aïeule qui n'a pas pu rejoindre Beausoleil. Mais elle avait juré, Pélagie, qu'un jour le quatre-mâts reviendrait au port et que le marin arraché aux mers...

Pierre pose maintenant ses lèvres sur la paume de Babée, puis sur le poignet et la saignée du coude. Soudain il se redresse, illuminé, et saute comme un jeune chevreuil. Il grimpe sur une poutre, fouille l'aire, puis en décroche une faux qu'il rapporte à Babée. Ému et souriant, il roule sa manche droite et tend le bras.

— Coupe-moi avec la faux et je te baillerai itou de mon sang, en gage. Et jamais je le dirons à personne.

La vue de la faucille fait reculer Babée.

— Point avec ça, qu'elle dit. Une faux, c'est un trop mauvais signe.

Et avant même qu'il ait le temps de se rendre compte, Babée pose sa bouche sur la peau la plus tendre de l'avant-bras et mord de toutes ses forces. Pierre sent le feu sur sa peau et dans son cœur. Et d'un geste, il prend la tête de Babée dans ses mains.

Mais au même instant, ç'a bougé dans l'étable; et d'instinct les amoureux sortirent ensemble du rayon de la lucarne. Encore le petit morveux d'Eugène qui avait dû faire son choix entre sa volée de gifles et le coup de pied aux fesses.

* * *

Le petit Léon rentra de Memramcook avant le départ des Bernard pour leur île. Borteloc aurait dit à Froisine, apparence, qui l'aurait répété à Dâvit à Gabriel, qui n'en était pas sûr, que c'est la Gribouille qui l'aurait eu fait mander.

— Et pourquoi, pouvez-vous me dire, la Gribouille aurait-i' fait revenir le petit Léon avant qu'il ayit achevé son amphithéâtre?

— Par rapport que c'était décidé depuis l'automne que le petit Léon achèverait point l'amphithéâtre avant l'hiver... et par rapport qu'elle avait affaire à lui.

— Et quoi c'est que la Gribouille peut avoir affaire au petit Léon de si pressant et si urgent?

Le Français de France nota que la redondance restait l'une des formes stylistiques les plus chères aux gens des côtes, avec la litote et l'hyperbole, et que les vrais amateurs allaient jusqu'à combiner les trois figures dans une seule phrase, si la circonstance en valait l'effort. Il faut croire que les circonstances du retour du petit Léon ont valu un terrible effort du côté Bélonie, car il dit:

— C'est pressant et urgent que tout un chacun vît à se bâtir sa propre chacuniére et laissît point les autres 'i meubler un logis durant qu'il leur construit des amphithéâtres de collège.

Chacun l'entendit comme il l'entendit... et l'idée du retour provoqué du sculpteur fit son chemin. D'autant plus rapidement que la moitié du chemin était déjà faite avant qu'on en parle. Il était évident que la Gribouille perdait du terrain face à Jaddus et qu'elle avait un pressant besoin de sortir une grosse carte de son jeu. Sa plus grosse carte restait le petit Léon.

Il y avait bien des moyens de faire circuler une nouvelle en 1880: le homme à homme, le femme à homme, le femme à femme, ou le Jérôme. Assez de moyens pour que Cocagne connût le débordement de la rivière Petitcodiac avant que l'inondation n'atteigne Memramcook; que Memramcook apprenne en même temps qu'Aboujagane la mort tragique de la maîtresse d'école du Barachois; et que le Barachois sache pas plus tard que le surlendemain que Miramichi avait passé au feu. Mais encore fallait-il que le Barachois, Memramcook ou Cocagne ouvre sa porte à Jérôme ou à un colporteur de nouvelles.

Et voilà pourquoi le petit Léon, qui s'enfermait des jours et des nuits dans son amphithéâtre, resta tout un mois sans connaître le bouleversement de sa propre vie qu'il avait laissée derrière, entre la baie et la forêt, sur la terre de son défunt père.

On a rapporté qu'il taillait au ciseau...

— Au ciseau asteur! C'est-i' rendu que les gens de Memramcook avont changé notre petit Léon en couturier?

...au ciseau de sculpteur, espèce de drôle! On a rapporté qu'il taillait jour et nuit, enfermé

191

dans son collège avec les chats et les chauves-souris. Et quand un homme est enfermé, il est sans nouvelles. Et voilà comment le petit Léon resta ignorant de la grand-demande qu'il avait faite à la fille de Jaddus et de la Gribouille.

Tant mieux pour lui. Car la fièvre qui terrassa Babée le soir même, et le désespoir qui s'empara de Pierre Bernard et de son frère Alphée auraient eu de quoi lui enlever le sommeil et...

— Le goût du pain.

C'est Marguerite à Loth qui vient d'ouvrir son coffre à proverbes, n'y prêtez pas attention.

La Gribouille, qui connaissait le petit Léon mieux que son propre cœur, avait résolu de prendre les devants et de demander elle-même au nom du prétendant la main de sa fille Babée à Jaddus, son homme. Jamais le Fond-de-la-Baie n'avait imaginé connaître dans sa courte vie un tel déroulement de sa chronique. Qui eût songé que l'octogénaire Bélonie-le-Gicleux, le nonagénaire Gabriel à Thomas et la presque centenaire Crescence auraient entendu raconter avant de mourir qu'une mère demanderait à son homme la main de sa fille! Ça prenait le Fond-de-la-Baie de 1880 pour vivre une histoire pareille.

Mais si 1880 ou même le Fond-de-la-Baie étaient là pour vous répondre, on pourrait vous dire que pas plus le long des côtes qu'ailleurs on ne saurait faire une omelette sans casser des œufs; que nécessité fait la loi; que qui veut la fin veut les moyens; que la fortune ne vient pas en dormant; que tout est bien qui finit bien; et qu'à bon entendeur, salut!

Notez ça, Renaud, le Français de France.

...Ça prenait quand même le Fond-de-la-Baie, terre de blé sauvage et de foin salé, pour faire pousser entre les mélèzes et les bouleaux blancs une Gribouille capable de détourner le cours des vents. Elle avait en un seul soir fait plier l'échine à sa fille, à son homme, à la terre ferme et à l'Île du Prince-Édouard dans une rouerie qu'aucun de ceux-là n'était prêt à lui pardonner.

...

Tout avait commencé avec le petit morveux qui avait fait un bond entre la porte de la grange et le tablier de sa mère pour lui garrocher dans le giron la scène de l'aire entre Babée et Pierre Bernard.

— Elle l'a mordu au bras!
— Quoi?
— Elle l'a mordu avec ses dents.
— ...?
— Comme ça.
— Tu sais ce qu'arrivera aux tiennes, tes dents, si tu répètes tes menteries?
— ...
— T'as compris?... Dis-moi encore ce que t'as vu.
— ...mordu le bras, avec ses dents.
— Qui? quel bras?
— Le bras à Pierre... Babée... dans le foin de la grange.

La Gribouille secoue la dernière brindille de son tablier et se lisse le front. Puis elle gifle le petit morveux avant de le pousser vers la maison.

— Ça t'apprendra à conter des menteries à ta mère.

Et elle part vers la grange.

Voilà ce qu'a rapporté plus tard Philippe, cinquième fils Poirier, témoin de la scène. Mais Philippe n'eut pas le temps de le rapporter à Jaddus qui avait déjà tout reçu de la bouche même de sa femme.

— Comme ça, qu'elle lui dit, j'entends dire que t'es paré à bailler ta seule et unique fille, sortie de tes entrailles, à un enjôleur ?

Il attendit, Jaddus, car un tel prélude laissait présager de l'orage ; autant le prendre de face. L'orage tomba comme la foudre.

— Le jeune Bernard de l'Île a essayé de déshonorer Babée.

Jaddus sentit le soleil l'aveugler et s'abrita les yeux de sa main. Les vents et les gelées d'automne achevaient de dénuder les trembles, les érables et les bouleaux. Et leurs maigres branches craquaient dans le ciel comme les squelettes de la Toussaint.

— Quel Bernard ? qu'il fit en retenant son souffle.

— C'ti'-là qui veut la main de ta fille, le Pierre en question.

Silence. Puis :

— Et comment c'est que tu l'as su ?

— Ton propre enfant, le petit Eugène, les a vus dans le foin. Même que la pauvre Babée a été obligée de le mordre pour se défendre.

Jaddus laissa ses pieds s'enfoncer un peu plus dans la terre grasse d'automne. Puis il secoua la tête.

194

— Le petit Eugène en est point à sa première invention. Faudrait d'autres preuves que ça.

Alors la Gribouille planta ses poings sur ses hanches et dit:

— Si tu veux une preuve, Jaddus Poirier, demande à ton beau Pierre Bernard de rouler ses manches en haut du coude et de te montrer la peau de son bras.

Elle dit ça avec un tel sifflement entre les dents, que Jaddus se surprit à rouler ses propres manches. Puis il partit d'un pas ferme vers la grange.

...Qu'est-ce qu'il lui avait pris, au petit vaurien? Tout parlait en sa faveur: la jeunesse, la vaillance, l'allure, les liens de parenté... filleul de son père le capitaine; sans compter Babée qui l'avait choisi au premier coup d'œil, avant même qu'il n'eût ouvert la bouche. Fallut donc qu'il tue toutes ses chances dans l'œuf, le fringant? Il n'aurait pas pu attendre?

Jaddus ne trouva pas le jeune homme à la grange, mais à la lisière du bois, en compagnie de son frère Alphée et de l'oncle Marc. Les deux gaillards avaient accompagné le vieux jusqu'à la forêt pour l'aider à rentrer sa dernière corde de bois de chauffage avant les grands froids. Et en route, Pierre avait eu le temps de soupirer la moitié de son âme dans les oreilles de l'oncle Marc et d'Alphée, gardant l'autre moitié au chaud, au plus profond de lui... Elle était belle, elle était douce, elle sentait bon, elle sentait bon, elle était douce, elle parlait comme une chan-

son, elle était belle, elle était douce, elle se blot-
tissait comme un petit agneau ou un chat naissant...

Les trois hommes ont aperçu Jaddus qui
leur fait signe d'attendre. Il s'approche. Il a le
front plissé et les mains qui tremblent, l'oncle
Marc est le premier à le remarquer. Puis Alphée
s'inquiète : pas de mauvaise nouvelle ?

...Non, non, pas de mauvaise nouvelle. Le
temps plutôt qui est à l'orage.

...Ah! bon. Mais en cette saison, faut point
se fier au temps.

Jaddus songe qu'il faut se fier à personne ni
à rien.

— Le détroit peut figer d'un coup sec, l'un
de ces jours, sans avertir.

— Le détroit a besoin de se tiendre tranquille s'il veut point recevoir nos rames comme
des flèches dans le ventre.

Sacré Alphée ! Jaddus se surprend à rire de
ses bravades, se remémorant sa propre jeunesse
sur le détroit et dans le golfe. Puis il s'assombrit
devant l'air si calme et si comblé de Pierre,
moins fanfaron que son frère, mais tout aussi
hardi, réfléchi en plus et... avec toute la mer au
fond des yeux. Il entend le rire des jeunes
hommes qui lui racontent de folles histoires de
pêche... et de chasse aux loups marins et aux
Anglais... Comment a-t-il pu, Pierre Bernard,
tout détruire en un seul geste ?... chasse aux Anglais du temps de Gros-Jean, il l'a connu, Jaddus, le Gros-Jean ? Eh bien, un soir d'été, à la
ville, il l'a emporté sur le capitaine Douglas en
personne, le plus fort géant de l'Île.

— Le capitaine s'avait vanté qu'il pourrait lever une ancre de goélette et faire trois fois le tour de la place sous le nez des hommes rassemblés là pour se dérouiller les ous des bras. Ça fait que je nous ons moqué de lui pour le défier. Sitôt il a ramassé l'ancre, le chenapan, et a fait trois fois le tour des hommes. Pis c'est lui qui nous a défiés. «Quelqu'un de vous autres peut-i' faire mieux?» qu'il a dit, en anglais. *Do better?* J'ons tous avisé le Gros-Jean. «Si t'as de l'honneur...» que j'i ons dit. Il en avait. Ça fait qu'il a sauté deboute, a roulé ses manches, s'a craché dans les mains, et s'a rendu droit au capitaine anglais qu'il a pris à brasse-corps, et il l'a assis sus l'ancre. Pis se recrachant encore un coup dans les mains, il a soulevé l'ancre de terre avec le capitaine dessus, et leur a fait faire à tous les deux trois fois le tour de la place, à bout de bras. Apparence que quand c'est que le capitaine a rentré dans sa hamac, c'te nuit-là, ses caneçons sentiont point la rose.

Les hommes s'esclaffent, Jaddus compris. Voilà des gens francs et loyaux et folâtres comme il les aime, Jaddus, tels trois ou quatre de ses fils qui ont pris du bord du grand-père capitaine. Les Bernard et les Poirier auraient pu faire bon ménage dans les générations à venir, si seulement... si seulement le petit morveux n'avait pas dit la vérité. Il n'en était pas à sa première menterie, le cadet des Poirier, il avait pu inventer ce conte à dormir debout. Jamais un gars aussi franc que Pierre Bernard ne serait capable de rire et batifoler ainsi en présence du père d'une fille qu'il vient de déshonorer. Et

Jaddus, soulagé, défie le ciel de s'en venir encore tenter de brouiller le destin de Babée.

— Il roula ses manches, le Gros-Jean, et empoigna le géant par le mitan du corps et...

Pierre, en disant ça, roula ses manches, comme son héros, roula ses manches au-dessus du coude, au-dessus de la saignée du bras.

Jaddus a pâli.

*   *   *

Les événements qui suivirent connurent un dénouement si rapide, que même Jérôme ne trouva plus les mots pour les raconter. Il bégayait et s'embrouillait, enfilant les verbes les uns aux autres sans sujets ni nominatifs. Il mélangeait les circonstanciels de temps et de lieux, prenait une causale pour une finale, et accrochait des propositions relatives à des complétives à des subordonnées, en parsemant son discours d'imparfaits du subjonctif... Des subjonctifs au plein cœur du Fond-de-la-Baie de 1880! Il fallait que toutes les côtes eussent été drôlement dépassées par les événements.

Dépassées, en effet. Et Jérôme reprenait son souffle, et recommençait, faisant tantôt charger Jaddus comme un bœuf sur les deux fils Bernard, tantôt l'enfermant dans un silence de Jugement dernier.

...Le pauvre misérable, comment s'était-il défendu? Avait-il osé nier?

— Quoi c'est qu'il a trouvé à répondre, le vaurien, quand il a vu les yeux de Jaddus sus la peau de son bras?

Il n'avait rien trouvé à répondre, justement, et son vaurien de frère non plus. Muets, figés comme des statues de sel, attrapés la main dans le sac.

— C'est dommage.

Marguerite à Loth. Elle ne comprend pas. Et c'est toujours dommage quand on ne comprend pas. Surtout que les deux gaillards de l'Île s'étaient gagné le cœur de tout le Fond-de-la-Baie en moins de huit jours. Ils avaient fendu le bois de chauffage des Girouard; placé les châssis doubles des Collette; rentré le bâtiment de pêche des Grelot; et raconté des histoires à tout le monde dans les veillées. Sans compter que Pierre, à lui seul, connaissait plus de quarante chansons de mer, de mort, d'amour et de menteries, qu'accompagnait Alphée à la musique à bouche. C'est difficile de s'arracher du cœur une si chaleureuse amitié sur un simple soupçon.

— Soupçon! Vous appelez ça un soupçon, vous autres?

Et la Gribouille se remettait à geindre et à plaindre la vertu de sa fille, sauvée de justesse par son fils Eugène venu renifler à la bonne heure dans l'aire de la grange. Si les traîtres et félons voulaient se contenter d'un soupçon, elle, au moins, savait à quoi s'en tenir sur les mœurs des navigueux et bourlingueux qui prennent la mer comme d'autres prennent... elle s'arrêta net. Prendre la mer comme un homme prend femme: c'était l'image sortie du cerveau de feu son beau-père qui avait passé sa vie à prendre les deux. Elle avait toujours su qu'il ne fallait se fier ni aux îles ni à l'océan, mais à la terre solide qui seule peut faire surgir un chêne d'un gland et germer une vie neuve d'une graine pourrie. D'ailleurs leur propre histoire de famille pouvait en témoigner. Prenez rien que l'Adélaïde. La pauvre fille avait appris sur le tard à se méfier de la mer. Mais les malheurs des uns devaient servir à éclairer les autres. Et la Gribouille s'était jurée de sauver Babée, malgré elle si nécessaire.

Voilà à peu près le discours qu'elle tint à son homme quand elle le vit suffisamment mûri par la déception et la colère pour tenter de lui pétrir l'esprit. Et au moment où elle le sentit au plus creux de son âme, elle prononça la formule :

— J'ai l'honneur, Jaddus Poirier, de te demander au nom de Léon LeBlanc, ici absent, la main de ta fille Babée.

10

QUEL HIVER! Il venait de fondre sur les côtes comme un ogre, quasiment au lendemain de la Saint-Martin, sans avertir. Crescence répétait : point sans avertir, point sans avertir. Mais Crescence voyait des avertissements partout. Un oiseau-mouche ne pouvait s'écraser contre une vitre sans annoncer la mort d'un enfant. Et comme les oiseaux sont nombreux à l'orée du bois... pauvres enfants du pays!

Encore faut-il une vue ou une ouïe attentives pour déceler les présages. Et en cette Saint-Martin 1880, les gens du Fond-de-la-Baie n'avaient pas assez d'yeux ni d'oreilles pour suivre les péripéties de la célèbre demande en mariage, sans en plus se mettre à tâter la fourrure des écureuils et l'écorce des bouleaux. Et l'hiver s'était abattu sur eux sans avertir.

Si Pierre et Alphée Bernard s'étaient embarqués au premier coup de glas de la colère de Jaddus, ils auraient pu atteindre leur île en une petite journée, même avec les vents contraires.

— Un vrai navigueux attend point d'aouère le vent dans le dos, s'il sait manier les voiles.

201

Dâvit à Gabriel répondit à Bélonie que les fils Bernard n'avaient pas attendu que le vent tourne, mais que tourne l'âme du Jaddus et de la Gribouille.

Ce à quoi répliqua le Gicleux:

— Si quelqu'un espère pour bâsir que la Gribouille vire son âme de bord, je vous avertis tout de suite que c'te personne-là va passer l'hiver au pays.

Les fils Bernard ne passèrent point l'hiver au Fond-de-la-Baie parce que c'est le Jaddus qui finit par faire la paix. Quant à la Gribouille...

— Point de paix pour les impies.

Tout le monde s'est longtemps demandé pourquoi l'amoureux trahi ne s'était pas mieux défendu; comment il avait pu endurer une telle flétrissure sans regimber et se débattre. Et son grand génie d'Alphée, gardien de l'amour et de l'honneur de son frère, comment avait-il pu tout avaler sans même rouler ses manches?

Ne parlez plus de rouler des manches. Si seulement le beau Pierre s'était abstenu de rouler ses manches... Mais il ne pouvait pas se douter, l'innocent, que la plus pure et la plus honnête morsure qui scellait le plus bel amour du pays et du siècle, créerait une telle avalanche!

Avalanche, le mot n'est pas trop fort. Car après avoir avalé sa déception et sa honte, Jaddus éclata dans une colère comme on n'en croyait pas capable un Poirier. Une colère de gens des mers qui ressemble si fort à un océan en furie, que même Alphée n'osa pas s'interposer. Attendre au moins la fin de l'orage.

La fin de l'orage? Pierre préférait mourir tout de suite. En perdant la confiance de Jaddus, il perdait du coup Babée; mais pour garder Babée, il aurait fallu la trahir.

Alphée, viens-t'en!

Comment se justifier aux yeux de Jaddus sans dévoiler le pacte du sang, secret que les amoureux s'étaient jurés d'emporter dans la tombe? Autant mourir tout de suite.

Viens-t'en, Alphée...

Jamais Babée ne lui pardonnerait son étourderie: rouler ses manches devant Jaddus, pour rien, par inattention, par vanité, quelle sottise! Il devait garder pour lui seul son secret, les marques des dents de l'amour sur son bras, toute sa vie. Une vie qui se terminait pour lui à la lisière du bois, ce jour-là.

Alphée, viens-t'en...

Mais Alphée ne s'en allait pas. Il attendait que le vent tombe et que la colère s'apaise. Après, il tenterait d'élucider le mystère qui s'était joué en dehors de lui et dont les apparences avaient trompé Jaddus. Car jamais Alphée, le boute-en-train, le batifoleur, le gai luron, n'avait cru à la culpabilité de son frère. Lui, peut-être, Alphée, était capable de tout; non pas Pierre. Et il restait là, à traîner sur la dune, le dos à l'île.

* * *

L'oncle Marc, entre-temps, s'était rendu au logis de la Gribouille qui venait de border sa fille au lit.

— Elle fait de la fièvre, qu'elle dit pour couper court à toute entreprise du vieux pour obtenir des nouvelles.

L'oncle Marc s'assit sans en demander la permission, privilège dû à son âge et à son degré de parenté. Et il parla de neige et de froidure qui sèment les fièvres au pays.

— Je m'en vas aller te qu'ri' de l'absinthe et de l'herbe à dindon. En espèrant, mets-y des tailles d'oignons sous la plante des pieds à ta fille.

Et il se leva. Mais la Gribouille le retint.

— Une fièvre de même, qu'elle fit, aucune taille d'oignon vous la chassera. Chassez-moi plutôt les dévergondés qui semont la discorde sus nos côtes.

Elle le dominait d'une tête ; Marc savait que pour l'atteindre, il lui fallait la prendre d'en dessous.

— J'irai donc qu'ri' les faiseux de trouble pour qu'ils chassiont eux-mêmes le mal qu'ils avont semé.

La réponse de la Gribouille fusa comme l'éclair.

— Jamais dans le saint danger ! Que je voie jamais le nez de l'un de ceux-là pointer dans mon cadre de porte.

L'oncle Marc se rassit et réfléchit. Un instant, il vit bouger la couverture piquée suspendue au cintre de l'alcôve et qui le séparait de Babée. Un seul rideau en coton piqué. Il éleva la voix pour dire à la Gribouille :

— Les fièvres, ça se donne. Je serais point surpris que d'autres cas se déclairiont ben vite.

Pourvu qu'aucune bête l'ayit mordue. La rage, ça se donne en mordant.

Cette fois il se leva pour de bon et se dirigea vers la porte arrière.

— Je serai dans l'aire de la grange, si quelqu'un a besoin de moi.

Il n'attendit pas longtemps dans l'aire, l'oncle Marc : Babée avait entendu... La rage qui se donne par des morsures, les fièvres contagieuses... Elle accourut vers son vieil oncle et se jeta à ses pieds dans la paille.

Et c'est ainsi que l'oncle Marc apprit toute la vérité sur le pacte d'amour entre l'île et le continent. Et sans laisser aux Bernard le temps d'appareiller, il rejoignit Jaddus et le mit au courant.

Le même soir, le vent virait. Jaddus faisait mander Pierre et Alphée, interrogeait Babée, tirait les derniers vers du nez au petit morveux d'Eugène et, sans même consulter la Gribouille, invitait solennellement l'Île Saint-Jean à venir réclamer sa fille à la première trouée des glaces du détroit au printemps.

Pierre reçut ce printemps-là comme un arc-en-ciel du soir, espoir, et se lamentait déjà que l'hiver ne finirait jamais, qu'il n'était même pas commencé, qu'entre la Saint-Martin et la fonte des neiges, il fallait compter cinq longs mois, qu'il ne survivrait pas jusque-là, que... Mais Alphée se chargea de le ramener à la raison, et les deux frères purent enfin se jeter dans les bras l'un de l'autre en se criant des noms :

— Sapré beau jars !

— Sargailloux d'efflintché!

— Diable encorné d'énornifleux!

Puis Jaddus s'en fut quérir Babée qui guérit sur l'heure. Et les amoureux, main dans la main, partirent par les dunes, sous les quolibets des hommes et les regards pâmés des femmes qui rêvaient déjà au craquement des glaces du printemps.

— Et comment c'est que la Gribouille va prendre ça? que risqua sur la pointe de la voix Froisine Cormier.

La réponse à Froisine, c'est que le lendemain, le petit Léon revenait de Memramcook pour apprendre qu'il avait été fiancé à Babée Poirier durant deux jours.

* * *

— Et lui, le petit Léon, comment c'est qu'il l'a pris?

Il a pris le chemin du bois, comme dans les grands moments de sa vie. Lors du naufrage du capitaine et d'Adélaïde, Léon avait disparu durant tout un jour et toute une nuit. On l'avait trouvé à l'aube en train de graver des images à l'effigie des naufragés dans l'écorce des arbres. Et on raconte qu'à Memramcook de même il ne quittait son amphithéâtre que pour suivre les sentiers de la forêt. Ainsi dans les générations à venir, Renaud prédit que les gens de la vallée retrouveraient, gravés dans le tronc des bouleaux, la réplique des fleurs de lys et des feuilles d'acanthe des chapiteaux.

— Pour neyer sa peine d'amour, il s'en va-t-i' creuser dans l'écorce le portrait à Babée?

Sa peine d'amour? Ni Judique, ni Arzélie, ni Froisine, ni aucune des femmes du pays ne croyaient sérieusement au chagrin du petit Léon. Ce mariage n'était pas son affaire, mais l'affaire de la Gribouille. Elle était belle, Babée, un ange descendu du ciel. Mais justement, c'était un ange. Et le bossu sentait grossir sa bosse chaque fois qu'un ange apparaissait devant lui. Comment aurait-il pu, du fond de sa solitude et de son dénûment, rêver de Babée?

Hormis que...

Personne n'en dit plus. Car cet *hormis* de Crescence se ramifiait en mille hypothèses: hormis qu'il se prenne au jeu; hormis qu'il se mette à croire à l'impossible; hormis que, la Gribouille l'y poussant, le petit Léon s'approche un jour de la jeune fille à son insu, par derrière, pour venir respirer l'odeur du trèfle dans ses cheveux...

— Le trèfle au mois de novembre!

Naturellement, Dâvit à Gabriel qui ne rêvait pas, lui, n'allait pas laisser rêver les autres. Et l'on abandonna le petit Léon à son chagrin.

* * *

207

Depuis la veille, de toute façon, on avait assez de fers au feu et d'émotions au ventre sans en rajouter. D'abord le Jérôme, disparu encore une fois sans prévenir, comme d'accoutume, mais cette fois en pleine crise historique, à l'heure où le Fond-de-la-Baie essayait encore de démêler les fils embrouillés des doubles fiançailles de Babée, tantôt avec l'Île, tantôt avec un gars du pays. Puis l'oncle Marc qui retombait du haut mal, juste après la réconciliation de Jaddus et de son gendre.

— Son gendre! Allez point trop vite en affaire. Le mariage est promis pour la fonte des neiges. Auparavant, quittez les neiges timber.

En effet, tout un hiver séparait la mer qui fige de la mer qui charrie ses banquises au large; séparait l'île de la terre ferme, et Pierre de Babée.

— Taisez-vous, prophètes de malheur!

Froisine ne pouvait supporter les esprits chagrins qui n'ont pas encore appris, les mécréants, qu'annoncer les malheurs c'est provoquer le destin. La seule façon de faire sortir le soleil, à son dire, c'est de l'espérer, de lui parler...

— Et de l'amounêter.

Voire d'admonester la vie elle-même. Telle était la croyance de Froisine qui, par cette méthode, avait déjà réchappé plus d'un marmot au berceau.

La confiance de Froisine ne réussit pas cette fois à retenir l'hiver qui s'avançait déjà en bottes de sept lieues, dévalant du grand nord, et couvrant le détroit d'une fine pellicule qui risquait de se durcir d'heure en heure. Ils avaient trop tardé, les fils Bernard, la baie avait figé durant la nuit. Peut-être devraient-ils demander le gîte aux cousins des côtes?

La Gribouille s'insurge:

— Les Bernard avont aucun cousin sus les côtes.

— Je pouvons quand même point les jeter dans le pèri'.

— Personne les avait invités à venir se promener.

— Faudrait point oublier qu'ils sont venus porter le coffre de l'Adélaïde.

— Un coffre qui enfermait d'autre chose qu'un trousseau.

— ...?

— Un coffre qu'était rien qu'une occasion.

— Ç'empêche pas la mer d'avoir gelé c'te nuit. Et un houme peut point partir à pied sus les glaces de novembre.

Bavardage inutile, Dâvit à Gabriel: les Bernard étaient déjà partis.

Partis! C'était insensé. La baie tournait déjà au blanc. À peine un lacet d'eau lézardait la croûte. Un lacet trop étroit pour y glisser une chaloupe à marée haute. Alors figurez-vous là-dedans un bâtiment à voiles.

— Mais c'est le bâtiment des Bernard.

Bien sûr, ça changeait tout. Les Bernard, avec les Poirier, passaient pour les plus habiles navigueux de tout l'est du pays. Les plus habiles et les plus hardis. Et voilà ce qui inquiéta Jaddus. Les gars de l'Île étaient des audacieux, comme leur père. Leur père et leur longue lignée de Bernard où coulait une goutte de sang indien.

La Gribouille a-t-elle entendu le mot? Elle a tout juste plissé une paupière; mais Bélonie a su, dès cet instant, qu'elle enregistrait un gain. Du sang de sauvage dans les veines de sa descendance, par cette seule et unique fille sur qui elle comptait pour régénérer la race! Ce nouvel argument allait rejoindre les autres dans la poche de son devanteau. Jaddus avait besoin de ne pas s'endormir d'ici la fonte des glaces.

Mais pour l'instant, Jaddus avait trop de soucis avec les glaces d'automne pour songer à celles du printemps. La barque des Bernard était bel et bien sortie de la baie, les hommes l'avaient vue prendre le canal; mais par-delà la dune rageait l'océan. Un océan surpris par des froids subits et prématurés risque de se venger sur les marins trop hardis.

Babée vient d'arriver sur la côte, Jaddus fait taire les hommes. Elle court de l'un à l'autre et les harcèle de questions: c'était pas trop tard, non? La grand-mer ne gèle pas en premier, on n'a jamais vu ça. Est-ce qu'on a déjà vu ça? Et de l'autre côté, sur l'île, les baies gèlent-elles en novembre aussi? Pas toutes les baies tout de même, ils en trouveront bien une d'ouverte. Puis il y a les anses, et les barachois. Un bâtiment à voiles peut-il remonter un barachois? Le vent vient du suroît, c'est le vent qu'il leur faut. C'est point le vent qu'il leur faut?...

Les pêcheurs s'efforcent de sourire à Babée et hochent la tête dans tous les sens. Ils répondent surtout que les fils Bernard sont des endurcis, que la mer ne leur a jamais fait peur, que l'île est à moins de vingt milles, que déjà

210

ils ont dû franchir la moitié du détroit... ils répondent n'importe quoi pour enterrer le bruit du vent et de la mer qui augmente à chaque heure.

La Gribouille arrive à son tour à la grève. Cette fois les hommes se taisent pour de bon. Elle a voulu qu'ils partent, les a quasiment poussés dans le dos. Ce naufrage... Ne prononcez pas ce mot-là, personne. Surtout ne pas donner prise au destin.

— Y a-t-i' point personne pour aller avertir les parents?

Elle a bon cœur, Marguerite à Loth, on ne peut pas lui en vouloir. Mais elle a l'art de vous égratigner les nerfs à vous les faire saigner.

— J'ons point le télégraphe, que répond Louis-le-Drôle.

Et Marguerite à Loth fait: ah! bon, comme si elle connaissait l'existence du télégraphe.

* * *

Les parents, sur l'Île du Prince-Édouard, avaient vu geler leurs baies en même temps que les gens de la terre ferme. Et chacun disait: pourvu que nos jeunes écervelés ne soient pas assez fous pour risquer leur barque sur l'eau dans un temps pareil. S'ils avaient su, les parents de l'Île! Mais eux non plus n'avaient pas le télégraphe.

...

Les deux jeunes fringants avaient quitté le logis paternel huit jours plus tôt. Huit jours, c'est long pour rapporter à terre une épave de coffre... Pour rapporter un coffre, en effet, mais pas pour le remplir d'un trousseau flambant neuf. Ils n'étaient pas dupes, les parents Bernard, sur les intentions cachées de leur fils. Donc le trousseau de la Babée...

— Qui c'est qu'a dit que le trousseau est pour la Babée ?...

— Mais le bon sens le dit : elle est la seule nièce... et en âge de se choisir un homme.

— Oh ! pour ça, c'est point les beaux hommes qui manquont autour du logis à Jaddus Poirier.

C'était pour faire enrager Pierre. Et Pierre s'enrageait.

Et c'est comme ça qu'il décida de s'embarquer tout de suite en hissant ses voiles à l'unique mât de sa barque, tandis que son frère Alphée criait des menteries aux gouailleurs pour les garder à distance.

— Georges, ton pére te fait mander à la grange !... Dépêche-toi, Étienne, ta femme est en douleurs !... Ton petit a le pied pris dans la bouchure à dards, Placide à Jacques, je l'entends hucher !

Et patati et patata...

Ainsi les fils Bernard avaient pu quitter leur île à l'improviste, sans escorte ni charivari, sur la pointe des vagues. Et c'est ainsi que l'on attendait leur retour le lendemain, puis le surlendemain, puis au bout de trois, quatre, cinq jours, guettant les trois horizons qui encerclent la baie

Egmont. Cinq jours, c'était long. Et la mère Bernard s'était rendue chez le prêtre. On parlait même d'envoyer les pêcheurs errer par le détroit, à tout hasard.

— Vous voulez point faire rire de nous autres. Si chaque fois que l'un de nos gars rentre pas le soir, faut envoyer les garde-côtes...

Julie à Antoine Bernard ne répondit pas à son homme. Il connaissait la mer; mais elle connaissait ses fils : le genre de fiers-à-bras capables d'allonger le voyage jusqu'au Cap-Breton, quant à bourlinguer sur le golfe, juste pour braver l'hiver et narguer l'océan.

— Le genre de gars à m'arracher chaque année le cœur du ventre.

La vieille Lamant s'amena pour réconforter Julie. Mais en apercevant la voyante pousser le clayon de la clôture, Julie se sentit prise de frissons. Et un flot de mots qui riment jaillirent de sa mémoire et lui cognèrent les tempes.

...seuls en mer
...cherchant la terre
...au ras l'cimetiére.

...qui se venge
...et se mélange
...chouse étrange
...chouse étrange!

Au septième jour, Antoine Bernard se mit à son tour à jongler au bord de la côte, les yeux au large. Il était peut-être temps d'appareiller.

— Grand temps, que fit à ses côtés un vieux loup de mer, compagnon de feu le capitaine.

On allait partir le lendemain au petit jour.
Mais le lendemain, la baie Egmont était gelée.
— Pourvu que les écervelés seyont point
assez fous pour se risquer sus l'eau à matin.

* * *

Pas fous, les écervelés; écervelés mais pas
fous. Et si Pierre la veille parlait de mourir,
coincé entre la colère de Jaddus et la fièvre
de Babée, dès l'instant que la fièvre et la colère
étaient tombées, sa mélancolie tombait avec, et
un nouveau goût de vivre s'emparait de lui.
Venez, les givres, les glaces et les frimas!
Un Bernard ne reculait jamais devant les grimaces du temps. Un étroit couloir d'eau lui suffi-
rait pour remettre sa barque dans le courant. Et
cap à l'est-sud-est!
Alphée, le plus téméraire d'ordinaire, ce
matin-là n'arrivait pas à rattraper son frère.
— Affole-toi pas, Pierre! Pierre, espère-moi!
Mais Pierre poussait la barque dans le filet
d'eau, et sautait sur le pont, et gonflait les
voiles à coups de suroît, et huchait des hué! aux
hommes à terre, et s'agitait, et courait, et sifflait
dans le vent... arrête, Pierre, ça porte malheur...
et s'emparait de la barre à deux mains.
— Cap à l'est-sud-est!
Alphée eut juste le temps de faire un dernier signe des bras au Fond-de-la-Baie, et un
fort souffle de l'ouest les jeta dans le canal.

214

Ici même, sur la dune tranchée en son milieu, trois mois plus tôt, Alphée avait poussé son frère dans le dos pour qu'il fît son choix, un bouquet de mariée dans les mains. Mais qui, au même instant, avait poussé dans le dos la fille de Jaddus et de la Gribouille pour qu'elle se trouvât juste là, au bon moment, en face de lui ?

Pierre crie plus fort que le vent et la mer que c'est le destin, la destinée, les étoiles, les anges gardiens, le ciel que d'aucuns appellent l'amour. Alphée n'entend que les derniers mots et riposte que c'est un drôle d'ange gardien qui les a poussés tous deux à l'eau ce matin-là, et qu'ils auraient mieux fait d'attendre la fin de la première bordée.

... Attendre !

Attendre c'est retarder l'hiver ; retarder l'hiver, c'est reculer le printemps ; reculer le printemps... jamais ! Pour cent quatre-mâts et mille goélettes, Pierre n'aurait pas consenti à reculer le printemps d'un seul jour d'avril.

— De mai, que rectifie Alphée, de plus en plus raisonnable et de moins en moins rassuré.

C'est qu'il vient d'apercevoir la banquise à bâbord qui glisse tout droit sur eux. Il crie à son frère qui s'agrippe aussitôt à la barre.

— Je prenons le courant ! que hurle Pierre.

Mais Alphée n'entend pas.

— Le courant... le courant qui descend au sû...

Les glaces envahissent le détroit, comme les morceaux d'un puzzle qui cherchent à s'encastrer les uns dans les autres. La barque se faufile entre les pièces, joue au centre d'une mosaïque de glaces, contre les vents, cherchant un courant qui fuit. Alphée huche et gueule, s'essuie les yeux brûlés par le sel et se débat avec la voile de misaine affolée. Tandis que Pierre, les mains enroulées autour de la barre, les dents serrées et les yeux au ciel, est rendu qu'il chante, le vaurien, ma grand' foi Dieu! c'est Alphée lui-même qui l'a vu et entendu.

* * *

Voilà l'histoire telle que rapportée deux jours plus tard par un dénommé Anselme Chiasson du Cap-Breton qui fut le premier à l'entendre de la bouche des deux jeunes rescapés. Il les trouva en mer, sur une épave de pont de navire, à trois milles au large de Chéticamp. Un curieux de voyage pour nos noceurs: du Fond-de-la-Baie à l'Île du Prince-Édouard en passant par le Cap-Breton! Un long trajet pour une demande en mariage.

— Et c'est payer cher un coffre, que fit une cousine Poirier de l'Île qui l'avait convoité. Un coffre pour une goélette, t'as qu'à ouère!

Mais qui parlait du coffre?... On était allé à terre prendre femme. Attendez au printemps et vous verrez, gens de l'Île, si celle-là ne vaut pas une goélette!

Alphée avait eu raison, la première bordée de neige d'automne n'est jamais la bonne ni la définitive. Les glaces de la fin novembre fondirent; et les deux naufragés furent rendus à leur île, conduits par des pêcheurs du Cap-Breton.

216

— Ça parle français. Ils seriont-i' des nôtres?

Des Boudreau, des Aucoin, des Chiasson, encore des Chiasson... mauvaise herbe pousse vite... des Deveau, des Doucet, des Poirier.

— Comment vous dites ça?

Tous des cousins descendus des mêmes ancêtres de Port-Royal et de Grand-Pré. Même des Poirier, allez donc!

Et la vieille Lamant composa sa complainte où, cette fois, les naufragés en leur jeune âge... s'arrachaient à leur naufrage... et rentraient en leur village... rendre hommage, rendre hommage.

* * *

Le chant de l'Île n'atteignit pas le Fond-de-la-Baie où l'on se serrait les uns contre les autres, chuchotant à peine, les yeux rivés au large. Babée ne pleurait même pas, errant de dune en dune, comme une mouette aux ailes brisées.

— Mange un morceau, Babée, que lui disait sa mère sans la brusquer.

Car la Gribouille sentait les yeux du Fond-de-la-Baie sur elle. Sauf ceux de Jaddus qui la fuyaient. L'air était si lourd après l'orage, qu'on pouvait s'attendre à une nouvelle crise de la mer. Personne n'osait ni prédire, ni lire les signes du temps.

Si, quelqu'un osa: Moustachette.

Le pays a toujours cru que les conteurs et composeurs de complaintes communiquaient

217

entre eux par l'esprit. C'est ainsi qu'ils se passent leurs chansons et leurs contes. Moustachette avait-elle senti vibrer, au fond de ses entrailles, les rimes de la vieille Lamant qui s'achevaient dans un hommage ? Elle annonça la fin de l'épreuve avant tout autre messager.

> Et le retour chez leurs parents
> Des deux jeunes vaillants
> Consolez-vous, bonnes gens,
>   Consolez-vous !

Mais Babée ne fut tout à fait consolée qu'avec l'arrivée du prêtre venu tout exprès chez Jaddus porter la bonne nouvelle : des gens de Cocagne avaient reçu le message d'un dénommé Belliveau des alentours de Tintamarre, qui l'avait appris d'un gars de Truro, qui avait de la parenté au Cap-Breton. Le tout ratifié par le curé de la Pointe-à-Jacquot qui profitait des bonnes comme des mauvaises nouvelles pour rappeler à ses fidèles la fragilité de l'existence et les desseins insondables du Tout-Puissant.

La nouvelle atteignit les côtes à temps ; deux jours plus tard le détroit gelait pour de bon, ce qui isolait l'Île du Prince-Édouard du continent pour tout l'hiver.

— J'ons eu le message à temps, que soupira Jaddus. Asteur je pourrons espèrer le printemps tranquilles.

Tranquilles... heh !

Et la Gribouille rentra au logis en claquant la porte.

218

11

INUTILE de regimber, la Gribouille, la terre et la mer sont réconciliées; l'océan a pardonné aux téméraires et s'est radouci. À la fonte des glaces du printemps, l'Île viendra en grande pompe réclamer son dû. Et chaque soir, Babée fera jouer son aiguille sur une courtepointe piquée de petits bateaux bleus, qui s'en ira rejoindre le trousseau d'Adélaïde au fond du coffre. Rien ne sert de regimber, la Gribouille.

Elle ne regimbait pas, elle ruminait. Jaddus l'avait trahie. S'en aller ainsi promettre la main de sa fille sans le consentement de la mère, sur un coup de tête, sur un coup de cœur, la Gribouille n'était pas aveugle, le Jaddus penchait vers tout ce qui sortait de son île, quand ce serait le grand chef micmac en personne. Des passe-droits vis-à-vis des gens du pays. Que lui avait fait le petit Léon pour que Jaddus, après lui avoir accordé sa fille, la lui retire, sans excuses, sans explications, pour l'offrir à un... à un dévergondé de l'île?

Et le Fond-de-la-Baie qui ne tarissait pas d'éloge envers le jeune Bernard... beau garçon en plus, et qui menait sur l'air au moins quarante chansons emportées de France par l'un de ses ancêtres... Nenni, ce n'est point à la Gribouille qu'on ferait des accroires. Les Bernard avaient du sang indien, en plus de leur sang de corsaire, et pas une goutte de LeBlanc pour racheter la race. La Gribouille n'aurait pas trop de l'hiver pour ramener Jaddus à de meilleurs sentiments et lui faire retourner sa veste encore un coup. Un homme qui a manqué à sa parole une fois ne saurait appuyer sa cause sur l'honneur.

...L'honneur, voilà la faille pour atteindre Jaddus au cœur. Un Poirier qui manque à l'honneur... Et la Gribouille sourit aux outardes qui répondaient à grands cris aux goélands surpris de les voir arriver au début de février. Des outardes en février! La Gribouille cligna les yeux pour mieux voir. Que se passait-il dans le ciel ce matin-là?

Au même instant, Dâvit à Gabriel accourut en appelant Jaddus et ses fils. Les glaces! les glaces avaient craqué durant la nuit et quittaient la baie à grand fracas. Un jour de Chandeleur, t'as qu'à ouère!

— Le ciel se chavire-t-i'?

Ç'avait tout l'air que si. On n'avait jamais vu ça sinon en cette fameuse année du grand dégel de janvier. Mais ça se situait avant les Grandes Pluies.

— Que non, pas avant les grandes pluies du déluge, mais l'année même de la mort du premier homme de ma propre grand-mère paternelle, la défunte Sophique à Docithée.

Ce n'est pas la mémoire qui manque au pays des côtes, que songea Renaud.

Mais même la mémoire ne pouvait expliquer un tel phénomène. Tout arrivait de travers, cette année-là. Une mer qui gèle en une nuit, au sortir de la Saint-Martin, puis qui s'en vient craquer et dégeler à la Chandeleur, sous le nez des chrétiens, sans avertir. Certains parlaient de sorcellerie, d'autres de fin du monde. La chasse-galerie s'était de nouveau fait entendre, pas plus tard que l'avant-veille. Bientôt les lutins chevaucheraient la nuit la jument des Girouard comme à chaque printemps. Mais la Gribouille ne songeait ni à la fin du monde ni à la chasse-galerie. Un printemps qui arrive avant son heure, c'est de l'indécence et de l'effronterie, surtout en cette année 1881 où elle aurait eu tant besoin d'un long hiver pour travailler l'âme de Jaddus et de Babée.

Babée?

Elle avait récité, en les comptant sur ses doigts, cinq mille *Divin Enfant Jésus, venez naître dans mon cœur* entre le dimanche rose et la veille de Noël. Quatre mille auraient suffi, le compte exigé par Dieu lui-même, au dire de l'oncle Marc, en échange d'une grâce spéciale qu'il accordait une fois l'an; mais Babée, qui pourtant savait lire et compter, ne voulait pas prendre de chance et... mieux vaut qu'il en reste qu'il en manque: c'est la devise du pays.

Crescence laissa entendre à Babée qu'elle aurait dû moins se forcer dans ses invocations et leur épargner ce dégel de février, cause de sa crise de rhumatisme. Et Babée la consolait en lui frottant les jambes à l'eau de marée perdante.

Puis elle courait de son père à l'oncle Marc à la photo sur zinc de son grand-père au-dessus de l'âtre... merci, capitaine!... de nouveau à l'oncle Marc : c'était vrai? le printemps venait d'arriver avant son heure? Si les glaces étaient parties, c'est dire que la mer était dégelée. L'oncle Marc faisait hé, hé! et Babée accourait à la grange où son père tressait des filets : la mer était dégelée, donc les glaces étaient parties. Puis :

— Vous pensez pas, Crescence, qu'une mer qui dégèle ce bord-citte doit dégeler itou de l'autre bord?

Crescence desserre les doigts de son chapelet qui coule dans la grande poche de son devanteau.

— L'autre bord? qu'elle fait, veux-tu dire du bord de l'Angleterre?

Babée rougit et recommence :

— Ça se pourrait-i' que les glaces qui quittont la dune s'en iriont échouer quelque part sus des îles?

Crescence farfouille dans sa poche, s'enroule les doigts autour des grains de fèves séchées et contemple la mer par le carreau.

— Tout ce qui quitte la terre ferme et qui flotte finit tout le temps par échouer sus une île.

Babée se mord les lèvres et attend. Alors Crescence laisse filtrer :

— Hormis ce qui fond en quittant la baie.

Cette fois Babée saute au cou de la vieille et l'embrasse en pleine bouche. Et Crescence, qui n'a pas l'habitude, en perd sa coiffe.

— Hé ben! qu'elle fait.

Puis elle laisse glisser sur ses lèvres un petit sourire centenaire dont le pays n'a pas l'habitude non plus.

Non seulement Babée, mais toutes les côtes étaient en ébullition en ce jour de la Chandeleur 1881. Les femmes laissaient se grumeler la pâte à crêpes au fond de la poêle à queue; les vieux arrachaient leurs pipes de leurs dents et s'approchaient du cadre de la porte; et le maître d'école, qui assistait à son premier départ des glaces, entraînait ses élèves dehors pour leur donner une leçon de choses auxquelles les enfants du pays étaient initiés depuis leur sortie du berceau. Tout le pays accourait au rivage, abandonnant filets, enclumes, hachettes, poêlons, quenouilles ou ardoises, pour voir partir les glaces trois mois avant le temps.

...Et les banquises, tout aussi étonnées que les hommes, se frottaient et se cognaient les unes contre les autres, à savoir laquelle prendrait la tête du défilé dans le courant. Un fort courant nord-sud, plutôt noroît-sud-est, un courant qui charriait les glaces par-delà la dune, tout droit vers l'Île Saint-Jean.

Babée se faufile entre ses frères, entre les hommes de mer au premier plan, et se glisse contre l'oncle Marc qui scrute le large, les mains en visière. Et l'oncle Marc comprend. T'en fais pas, Babée, les glaces seront fondues avant d'atteindre l'île; il ne restera pas de quoi modeler un bonhomme de neige de la plus grosse banquise qui se dandine la croupe comme une oie, d'une lame à l'autre. T'en fais pas, Babée.

Babée riait d'espoir. Les glaces fondraient avant d'atteindre l'île, elle en était sûre, l'oncle Marc ne pouvait se tromper, il ne resterait pas le moindre glaçon... le moindre glaçon pour apporter à l'île le bonjour. Si un glaçon, un seul, s'était rendu là-bas, elle aurait pu lui confier un message, gravé dans la glace, elle aurait pu, car depuis l'automne, Babée savait lire et écrire. En dix jours, Babée avait appris à lire, ça ne s'était jamais vu. Du prodige. Et elle n'était pourtant pas une septième du septième comme son frère Alban qui, lui, à treize ans, savait déjà enlever les verrues et arrêter le sang. Et puis Babée moulait ses lettres comme les fleurs de lys des chapiteaux de l'église. Au point que le maître d'école lui-même, qui sortait de France, en avait fait de grands compliments à sa mère. Il avait admiré la calligraphie de Babée, le maître, et Marguerite à Loth, surpassée, avait sitôt fait courir le mot sur tous les perrons: non seulement Babée savait lire et écrire, mais elle connaissait la calligraphie. Cependant Marguerite à Loth comme la Gribouille trouvaient dommage que les côtes offrent si peu d'occasions de se servir de sa science, et que Babée soit par conséquent condamnée à perdre sa calligraphie comme sa chevelure de soie.

Babée eut au contraire la plus belle occasion de sa vie, en ce printemps prématuré, de soigner sa splendide chevelure et sa fine calligraphie.

* * *

224

Donc les glaces étaient parties un jour de Chandeleur. Et les côtes se surprirent à rêver à quoi ressemblerait le monde privé d'hivers.

— T'appelles ça se priver, toi? Le pays, sans hiver, ça serait le paradis terrestre.

— Un paradis terrestre de mouches noires et de canicules!

On ergota sur les moustiques, la grêle, les corbeaux, les inondations, les tempêtes de mer, les feux de forêt, la fièvre des foins, les sauterelles, la ramenelle, la sécheresse, les coups de soleil... et l'on en vint à conclure que le paradis terrestre ne logeait pas sur terre mais au ciel. Ce qui ne les empêchait pas de poursuivre leur rêverie devant la mer ouverte au début de février.

Et les autres, ceux d'en face, les pauvres insulaires isolés du monde durant cinq mois par an, barricadés derrière des remblais de glaces, ce qu'ils devaient rêver, ceux-là! ce qu'ils devaient avoir envie de partir dans le courant pour s'en venir un soir, un seul soir, serrer la main de la parenté! Cinq mois sans nouvelles du pays. En cinq mois, un enfant a le temps de grandir, un amour de naître ou de s'effriter, un vieillard de s'endormir pour ne pas se réveiller au matin. En cinq mois, un jeune homme hardi et sans peur peut risquer cinquante fois sa vie...

* * *

Et ainsi commençait la lettre de Babée:

...Risque point trop souvent ta vie, Pierre, par rapport que chaque fois tu risques la mienne avec... écrite en langue du pays et selon la phonétique de la petite école.

Une petite école surgie de terre en trois jours, quatre mois plus tôt, équarrie à la hache par les hommes des côtes, et où trônait un maître en jambe de bois et en redingote noire. Une redingote noire dans un pays où tous sont vêtus en étoffe d'effilochure! Mais l'unique maître d'école devait défendre à lui seul l'écriture, l'histoire, la géographie, l'arithmétique et les sciences naturelles: pas trop d'une redingote pour couvrir tout ça. Et le Fond-de-la-Baie revêtait son instituteur de la redingote héritée d'un marchand ambulant, descendu du nord, et qui s'en était venu mourir dans le sud sans laisser d'adresse.

— Hormis du bord des jambes, je pourrions croire les deux houmes sortis du même moule, qu'avait dit Judique.

— Point grand doumage, qu'enchaîna Louis à Bélonie, par rapport que même un Français de France s'enfile point un capot sur les jambes.

En plein âge mûr, le Renaud sorti de France portait encore haut le chef sur des épaules fières et solides devant les vents contraires, ça se voyait à sa manière de boiter. Avec dignité et hauteur. Avec une allure qui donnait à tous les hommes grisonnants envie de se couper une jambe, par accident.

En quatre mois, il avait montré à lire et à écrire à une douzaine de petits morveux du calibre d'Eugène à Jaddus, et à autant de fillettes et de demoiselles en âge d'entrer en ménage. Ainsi, disait le maître, l'alphabétisation était garantie pour au moins deux générations. Et aux quelques récalcitrants qui se demandaient...

— Taisez-vous! que répondait la Gribouille. Vous voirez ben un jour à quoi ça sert l'instruction.

Dâvit à Gabriel, avant de se taire, se permit d'insinuer qu'à son dire leurs enfants allaient bientôt connaître plus d'histoire de France et de géographie de la Méditerranée que de géographie et d'histoire du pays. Mais ces remarques furent noyées dans le brouhaha qui accueillit la suggestion du courrier d'hiver.

Renaud, ou l'oncle Marc, ou Babée, la plus belle main d'écriture du pays, quelqu'un avait conçu l'idée de profiter du dégel inattendu du détroit pour mander de ses nouvelles à la parenté. La parenté de l'Île du Prince-Édouard, c'était la plus rapprochée. Surtout avec le dégel. Une île encerclée par les glaces, c'est le bout du monde; mais une île découverte, baignant dans le golfe, ballottée par une mer dégelée en plein mois de février, juste là à portée de voiles et qui tend les bras...

— Je pouvons point laisser faire ça.

...Laisser faire quoi, Babée?

L'oncle Marc vint à son secours.

— Elle veut dire que ce dégel, c'est tout comme un printemps; et qu'au printemps, j'ons promis de nous visiter.

La Gribouille saisit la phrase au collet.

— Qui c'est qu'a promis? Si chacun accomplissait tout ce qu'il a promis, dans ce bas monde, j'en connais qui seriont mariées plusieurs fois.

Babée pâlit. Jaddus n'entend pas. C'est l'oncle Marc qui s'obstine.

— En soixante ans, j'avais encore jamais vu la baie lisse et bleue en février.

Il écoute, attend, l'orage n'éclate pas. Alors il enchaîne:

— Comme disait le Français ersoudu de France, même dans les vieux pays la mer reste la meilleure amie des gens des côtes, quand c'est qu'elle veut.

— Ça se voit que la mer est une femelle, elle veut pas souvent.

La Gribouille et Froisine fusillent Dâvit à Gabriel du même regard. Sitôt il se fait tout doux et ajoute:

— Mais quand ça veut, en revanche, c'est si complaisant et si aimable, que ça vous donne envie de partir au large.

Sauvé de justesse, Dâvit, si tu veux retrouver ta Froisine dans ton lit dans les nuits à venir. Pas assez cependant pour se racheter auprès de la Gribouille. De toute façon, l'antagonisme entre Pélagie-la-Gribouille et Dâvit à Gabriel Cormier remontait à la rupture de leurs fiançailles de clôture, trente ans auparavant; et l'un et l'autre auraient manqué d'air pour nourrir leurs poumons s'ils avaient tari la source de leur animosité.

L'oncle Marc profita de cette nouvelle escarmouche pour relancer la mer entre les deux, leur ennemi commun.

— En tout cas, qu'il dit, une mer qui s'ouvre tout' grande en hiver a bien démontré qu'elle était point regardante et quitterait le premier navire venu y creuser des remous.

Les hommes, qui n'ont pas oublié que la mer est une femelle, s'esclaffent, et les femmes se bouchent les oreilles sous leurs coiffes. L'oncle Marc, qui l'eût dit! Mais le saint homme a d'autres idées en tête que la paillardise; il ne songe qu'à sa nièce Babée, le plus pur objet que l'amour eût touché, au pays, de mémoire d'homme. Et il renchérit si bien qu'il finit par embarquer tout le Fond-de-la-Baie dans la plus folle et splendide entreprise de ces années-là.

— Il va point vous entraîner sur l'Île manger les crêpes de la Chandeleur, toujou' ben!

Non, Crescence. Personne ne s'embarquait pour l'Île Saint-Jean. Mieux que ça. On envoyait sur l'île un courrier, un courrier porteur de toutes les nouvelles et échanges de bons sentiments sortis des plumes d'oies que les nouveaux lettrés de la Baie grattaient sur l'endos d'une écorce de bouleau.

— Et qui c'est qui va porter vos lettres?

La mer s'en chargeait toute seule, la vieille. Dans un ponchon. Une barrique munie d'une voile, d'une quille et d'un gouvernail... et la mer ferait le reste.

Heh!

Et pourquoi la mer ne se chargerait pas d'un ponchon, un pauvre petit baril qui ne veut de mal à personne et qui s'en irait ballottin-ballottant dans le courant? Pourquoi les vents ne souffleraient pas de noroît en sud-est, tranquillement, pour apporter à ceux de l'île le bon souvenir de ceux d'en face?

*   *   *

Tout le Fond-de-la-Baie se mit à écrire ou à dicter. On arrachait aux bouleaux blancs de grandes laizes d'écorce qui rosissaient devant le feu de la maçoune; on découpait des retailles de lin et de chanvre dans des draps usés; on détachait les feuilles jaunies des livres de comptes du temps de Memramcook et de Tintamarre. Puis on affilait au couteau la pointe de sa plume qu'on trempait dans une encre fabriquée avec un mélange d'indigo, d'une herbe appelée poison-de-brebis, et du pipi d'un enfant mâle qui a mangé des patates fraîches. Pour obtenir une encre plus noire, on faisait bouillir l'écorce de vergne en sève; ou de la mousse de bois de sapin pour de l'encre brune. Ainsi chacun pouvait sans mentir commencer sa lettre en « sauçant sa mentir commencer sa lettre en « sauçant sa plume dans l'encre » pour venir donner de ses nouvelles, selon la formule transmise de père en fils, même durant les cent ans où l'on avait cessé d'écrire.

Durant ce siècle au fond des bois, on savait bien qu'il fallait continuer à faire semblant. Faire semblant de savoir lire; faire semblant de manger la poule au pot le dimanche, et de dor-

mir sous un toit bardoché en bardeaux de cèdre ; faire semblant de croire qu'on sortirait du
bois avant l'épuisement de la lignée. Et l'on continuait à se passer des formules et mots d'usage,
même quand l'usage s'était perdu, pour la raison
que la langue aussi est un héritage et que le pays
était trop pauvre, comme disait Bélonie, pour
gaspiller son bien.

...Et les lettres, sorties de la plus petite et la
plus jeune école de tout l'est du pays, multi-
pliaient les formules où se disputaient les :

*...je vous fais mander que je suis bien et que
j'espère la même chose avec vous...*

*...je ramasse la plume pour venir vous dire
que je vous écris...*

*...je vous écris pour vous faire assavoir de mes
nouvelles.*

Lesquelles nouvelles rapportaient les dits et
gestes du Fond-de-la-Baie et de sa périphérie
qui englobait le Lac-à-la-Mélasse, la Butte-du-
Moulin, les deux Pointes et jusqu'à la Barre-de-
Cocagne.

On écrivait à son cousin, à sa tante, à la
vieille Lamant, aux Poirier, aux Bernard, aux
Arsenault, aux Gallant, à la marraine de son fils,
aux voisins de son père, à la mère de sa bru,
à la sœur du capitaine, au curé, aux veuves,
aux orphelins, au vieillard enfermé seul dans sa
maison, à l'Île en général et à la parenté en particulier.

Et à chacun et chacune, on refaisait l'histoire
de la famille et du pays, de la vache malade
des Allain à la vieille Crescence qui avait reçu
la communion à domicile le premier vendredi
du mois. Mieux que les annales ou l'almanach

231

de l'année, le ponchon contenait la chronique journalière d'un peuple qui avait cent ans à rattraper.

Tant d'événements se déroulent en cent ans que les épistoliers ne savaient plus par quel bout commencer. Tel voulut reprendre depuis son origine la tragédie du cochon de cinq cents livres; tel autre raconta l'histoire du scélérat Des Barres; un autre tenta de décrire la saga des chercheurs de trésors dans le sable de la dune; certains s'essayèrent à peindre, sans faire grâce d'un seul couplet de la complainte, le naufrage du capitaine et d'Adélaïde, oubliant que la tragédie s'était déroulée aux abords de l'île; d'autres firent remonter l'événement à sa source et décrivirent les noces du vieux avec la propre demi-sœur de sa bru; un audacieux se hasarda dans les doubles fiançailles de Babée avec Pierre Bernard et le petit Léon; ce qui en conduisit un autre dans la peinture des splendeurs de l'amphithéâtre inachevé de Memramcook qui ressemblait de plus en plus au temple de Jérusalem. On parlait de Jérôme-le-Menteux, de Renaud à la jambe coupée, le maître d'école français de France, du nègre déterré de la dune, du canal, de la visite de Baptiste Gaudet de la vallée, de l'arrivée des fils Bernard et de leur vie en péril sur les glaces, sauvés de justesse par un parent du Cap-Breton. À bout de souffle et d'inspiration, le petit Eugène se préparait en reniflant à décrire le ponchon par lequel il expédiait sa missive, quand l'un de ses frères lui expliqua que si jamais le courrier se rendait à destination, les gens de l'île n'auraient pas besoin de sa lettre pour en connaître la provenance.

Mais cela n'empêcha pas le morveux de bien plier et lécher son écorce de bouleau pour dérober sa grosse écriture aux yeux de ses frères et garder ses secrets pour lui.

— Il écrirait-i' une lettre d'amour? que ricana le grand Philippe qui aurait tant voulu savoir écrire.

Bien des grands, ce jour-là, regrettèrent de n'avoir pas fréquenté la petite école à l'automne. Parce qu'il est malaisé de garder un secret qu'on doit dicter à un enfant. Et l'on put voir Dâvit et sa femme Froisine penchés au-dessus de l'épaule de leur fille et susurrer pour n'être entendus d'aucun voisin qu'ils écrivaient pour faire assavoir de leurs nouvelles. Des nouvelles connues de tout le monde. Mais le Fond-de-la-Baie était conscient du caractère immuable et irréversible de l'écriture. On ne reprend plus une parole écrite, ni la modifie, ni l'entoure de circonstances atténuantes. Et l'on mordait la pointe de sa plume d'oie en se noircissant le bec au jus de poison-à-brebis pour s'arracher du fond de l'âme un restant de vérité qui pourrissait là depuis des temps anciens.

Voilà pour le fond; restait la forme. Les côtes pullulaient de conteux et de bagouleux en ces années-là. Le premier gueulard du pays pouvait vous garder en haleine toute une nuit rien qu'avec le récit des tours que les Basque avaient joués aux Allain la veille de la Toussaint. Mais il ne fallait demander ni aux Allain ni aux Basque ni à aucun menteux de sa profession de raconter leurs menteries sur papier ou dans l'écorce. Les mots sortis de la bouche se colorent d'accent et s'accentuent d'un rictus ou d'un clin d'œil. Les Acadiens qui avaient trois siècles d'oralité dans la mémoire collective, en 1880, n'auraient pas su, même en apprenant à lire, écrire en colère, écrire souriant, écrire surpris, écrire fort, écrire hébété, écrire moqueur, écrire tendre, écrire tout bas. Ils ne savaient point faire passer leur génie de la gorge aux doigts.

Et ils se rabattaient sur des formules qui s'introduisaient dans de longs détours, qui vou-voyaient même les enfants, qui demandaient mille permissions et exprimaient mille regrets, et finissaient par conclure en terminant, avant de signer...

...Et je vous en souhaite pareillement.

* * *

Louis à Bélonie regarda son père et lui dit :

— C'est point aujourd'hui le quatrième jour du mois ?

Le 4 février, en effet, surlendemain de la Chandeleur.

— Et dix jours avant la Saint-Valentin.

C'est ainsi que Louis-le-Drôle lança l'idée. Les grands et les vieux ne savaient point écrire, mais ils pouvaient dessiner.

Et comment !

Témoins, les portes de granges, le fond des moules à beurre et les couvertures piquées, où des générations avaient gravé leur vie quotidienne et les événements extraordinaires de leur histoire. On dessinait, faute de savoir écrire. Et une fois l'an, à la Saint-Valentin, l'on s'envoyait des caricatures. Puis l'on déclarait ne pas savoir signer.

Cette année, quelle aubaine! les valentins partiraient vers l'île dans le ponchon. Signés d'une croix comme d'habitude. On ne ferait grâce à personne : ni à Fanie, ni à la vieille Lamant, ni au prêtre qui avait fait l'oraison funèbre des naufragés, ni aux naufragés eux-mêmes, quant à ça, proprement et dignement illustrés en train de convoler en pleins nuages par nulle autre que la vieille Crescence, plus douée pour les morts que pour les vivants.

Mais le dessin parangon, la perle des valentins sortit des doigts du petit Léon, l'artiste officiel.

— C'est point un valentin, ça, c'est un catéchisme en images.

Car le petit Léon, en plus de ses dons, était le seul avec le maître d'école à disposer d'une provision de papier.

— Voulez-vous dire qu'ils avont itou à Memramcook un moulin à papier?

— Point un moulin à papier, Marguerite à Loth, mais un collège. Et mets-toi dans la tête qu'un collège, pour les papiers, ça remplace bien un moulin.

Marguerite à Loth fit : ah! bon, et crut avoir compris. Puis elle continua d'admirer les belles images du petit Léon qui avait entrepris, à lui seul, de refaire le pays en bandes dessinées.

Soudain toutes les têtes se dressent. Faites du chemin à Babée. Car elle l'a écrite elle-même, sa lettre, toute seule, sans recours au maître, ni dictée de sa mère. Elle n'a même pas demandé de connaître les formules d'usage, l'usage ne pouvant avoir cours dans la lettre de Babée. Une lettre sortie toute vierge de son âme et de son ventre, et qui justifiait à elle seule le ponchon.

Et comme si le ponchon s'était douté de son investiture, en avalant la lettre de Babée, il canta du bord de l'île, tout prêt à prendre le courant.

Babée n'avait pas osé quémander du papier au maître Renaud, ni surtout au petit Léon, par pudeur, par un vague sentiment de décence envers le fiancé bafoué dans ses droits. Et elle s'était cassé la tête à chercher de quoi écrire en dehors de l'écorce et de l'étoffe usée. Du papier, du papier à lettres pour y mouler sa belle écriture tout enluminée de beaux sentiments. Et c'est là, sur la trace des sentiments, qu'elle trouva.

On avait passé au feu tant de fois durant ce siècle au fond des bois, et les rats et la moisissure qui vous réduisent tout en pâte avaient fait de tels dégâts, que plus personne n'imaginait trouver un jour du papier à lettres dans les coffres du grenier. L'oncle Marc se demandait même si un seul des ancêtres directs depuis Grand-Pré savait lire. Pourtant...

La tradition voulait que l'un des coffres descendus des Landry contienne des lettres : lettres patentes du temps de Port-Royal; d'autres sorties de Beauséjour; et celle-là, la lettre d'amour, l'unique lettre en papier fleuré que Pélagie II, fille de Madeleine et sœur de l'oncle Marc, avait plusieurs fois mentionnée. Puis tout le monde avait oublié. Et la lettre égarée au fond d'un coffre avait pu dormir tranquille tout au long du siècle.

Mais au sortir des cent ans de silence, plus rien ni personne ne devait dormir. Et Babée se mit à fouiller la grange, le hangar, les appentis, le grenier, de nouveau les appentis, la grange, la chambre noire. La chambre noire, dans cette Acadie de sur l'empremier, ne servait qu'aux accouchements. Espace perdu en dehors des naissances. Mais on estimait une naissance suffisamment importante pour justifier une pièce. Et l'on fermait la chambre noire aux relevailles.

Là dormait la lettre d'amour au fond du coffre des langes.

Papier jauni et craquelé, effiloché des quatre bords, traversé de longues phrases à peine lisibles où des mots isolés révélaient encore la lettre d'un amoureux à sa bien-aimée. Babée ne chercha même pas à s'en inspirer... quels mots pouvait lui souffler son ancêtre épris qu'elle ne savait déjà!... elle ne recopia pas une phrase, mais superposa son écriture à la première, d'un seul jet, d'un long souffle, redisant des paroles répétées des millions de fois, mais chaque fois dans une intonation et un accent nouveaux.

> «...*Rixe point trop souven ta vie, Pierre, par rappor que chacque fois tu rixe la mienne aveque.*»

Et entre *ta vie* et *Pierre,* se glisse l'ancêtre qui dit *bien-aimée.*

> « ...*Je t'envoi de mes nouvelles par le ponchon, je sais qui se rendera sus l'isle, les houmes allont le largué dans le couran, je sais qui se rendera. Seye là pour le recevouère, Pierre, comme je seré icitte au printems quand c'est que tu viendera.* »

Et l'ancêtre, acquiesçant par-delà les ans, ajoute *si fait* au bout de la ligne.

> « ...*L'hiver fut longue et pour tant elle achève en féverier. C'est le Bon Dieu qui vient nous dire qui lé consentan. Et si le Bon Dieu lui même le veut, parsonne fera rien contre.* »

Je t'aime! crie l'ancêtre.

> « ...*Je t'aime, Pierre, prens garde à toi. Si fallit qu'un mal heure t'arrivit, rixe point ta vie, pour l'amour de Dieu.* »

Et l'ancêtre achève : *Amour de ma vie.*
Après quoi Babée peut signer en lettres rondes comme des baisers,

> *Celle qui t'aime*

...et glisser la lettre dans la fente du ponchon qui n'attendait plus qu'elle.

— Appareillez ! crie le beau Louis à Bélonie. J'allons larguer les amarres.

Mais au dernier instant, alors qu'on avait interrogé la girouette, scellé la fente, et qu'on poussait la barrique vers le courant, l'on vit s'amener la Gribouille qui fauchait la brume en faisant de grands signes d'attendre.

— Tu nous avais point dit que ta femme savait lire et écrire, Jaddus.

Jaddus fut aussi étonné que les autres de voir la Gribouille brandir sa lettre en papier d'écriture et exiger la réouverture de la fente.

Puis le ponchon partit en mer, emportant les nouvelles, les récits, les souvenirs, les mots d'amour et la lettre de la Gribouille vers l'Île du Prince-Édouard.

12

… **B**ON VOYAGE, petit ponchon !
C'était gravé dans tous les yeux.
Et le ponchon cligna de la voile et s'en
fut arrosé d'eau bénite et de bons vœux.
Il prit le courant, comme il devait,
le bon courant nord-sud qui bifurque
très tôt vers le sudet.
Et il s'en fut, ballottin-ballottant,
proue en l'air et voile au vent.
Soudain un fort noroît s'approche et
frôle son mât qui plie,
qui plie mais ne rompt point comme
c'est écrit
dans la fable du chêne et du roseau.
Voilà notre ponchon qui s'énerve,
se cabre, et huche à son mât de tenir ferme,
qu'on n'est point au bout de ses peines,
ni au bout de son rouleau.
Debout, vieux mât, tiens bon !
Vise droit devant toi, largue point,
haut le front !
Bâbord ! tribord !

Et cap au nord!
Doucement, la voile, ménage tes
poumons,
ne souffle que ce qu'il faut pour
garder ta coque au fond.

Voilà un courant qui tricole et
titube de gauche à droite comme s'il avait
trop bu.
Faites semblant que vous n'avez
rien vu.
Allez!
Allez comme si de rien n'était,
faites confiance à la mer qui, elle,
sait ce qu'elle fait...
La garce!
Lève la proue,
vieux ponchon,
la lame qui s'en vient est un
remous:
une goélette à deux ponts a dû
passer par là.
Mais t'en fais pas, on vaincra
itou
cette vague-là.
Tu cantes, ponchon, tu vas chavirer.
Redresse ta coque à bâbord.
Vire, vire d'un quart vers le nord,
et prends la vague de côté.
Prends ton souffle et chante, fais-
toi des accroires,
et des histoires,
et raconte.
Ce n'est que la dernière brasse qui
compte,

tu le sais bien.
En attendant, pauvre ponchon, tiens.
Tiens, jusqu'à l'île, là-bas, tout
accotée à l'horizon.
et qui sait bien au fond
ce que tu contiens.
On t'as espéré
tout un hiver,
toute une vie,
toute une éternité.
Ne reste pas en panne, voile baissée,
au mitan de la mer.
Encore un petit coup de cœur,
ponchon,
messager de l'amour,
et tu seras pour toujours
messager du bonheur.
Redresse ton gouvernail qui traîne
et se cogne aux roches;
on approche,
hisse ta voile qui traîne,
toute croche.
Rends-toi jusqu'à la dune
qui s'avance vers toi à mesure que
s'en va la marée.
Avance, laisse le clair de lune
te guider.
Ne bouge plus maintenant, tu as
assez bourlingué.
Tu es rendu.
Ne bouche plus.
Abandonne-toi au destin
et à la chance.
Et bonne chance,
petit vaurien!

Voilà la complainte du ponchon, telle qu'on l'a cherchée au pays des côtes durant tout un siècle, et telle qu'on espère encore la trouver un jour, contours effilochés et jaunis, au fond d'une mémoire égarée.

Brave ponchon! il avait accompli sa mission jusqu'au bout. Il méritait bien de se reposer. Ce qu'il fit. Durant six jours et six nuits. Puis au septième jour, à l'aube, un enfant passa par là et l'aperçut, blotti au creux d'un rocher, gardé par les mouettes et les becs-scies. Il ressemblait à un flibustier qui eût fait les quatre mers durant la grande époque de la piraterie. Coque écorchée, mât rompu, quille fendue, voile en berne: un navire ancien combattant.

Et l'enfant le hala jusqu'au sable blanc et le soigna.

C'était un petit garçon écossais qui vivait dans l'île depuis trois générations. Trois générations de gens de mer. Ça lui donnait l'habitude des navires perdus et naufragés. Et il prit grand soin du ponchon: redressant son mât, calfatant sa coque, raccommodant sa voile. Et gardant son secret pour lui.

Mais un jour il n'y tint plus et dévoila tout à son meilleur ami, un Écossais comme lui, mais vieux, celui-là, vieux-vieux. Et le vieil Écossais, autant que l'enfant, fit du ponchon son plus beau trésor et son plus grand secret.

Chaque matin, à l'aube, ils s'en allaient sur la grève, tous les deux, astiquer et flatter leur ponchon, comme un cavalier son cheval. Et le ponchon retrouvait petit à petit ses couleurs et ses rondeurs originelles. Il retrouvait son allure de messager du roi, aussi, comme les courriers antiques. Ce qui rendit le vieillard tout songeur.

Et un bon matin, il partagea ses inquiétudes avec son ami l'enfant.

— Ça serait point un pigeon voyageur toujours? qu'il dit dans sa langue à lui.

Mais l'enfant ne comprit pas du premier coup. Car l'Île de l'époque n'utilisait plus les pigeons comme messagers. Alors le vieil Écossais se fit plus clair.

— M'est avis, qu'il dit, que ce navire-là est tout comme une bouteille à la mer.

Et là le petit garçon comprit.

— Il faudrait voir, qu'il fit.

Mais le ponchon, qui n'était pas une bouteille justement, ne décelait aucun goulot. Alors comment aller voir sans lui ouvrir le ventre?

Et l'on attendit encore tout un jour.

La curiosité finit pourtant par l'emporter. L'on tourna et retourna le ponchon de tribord à bâbord et de poupe en proue, quand tout à coup, sous les algues séchées au pied du mât, apparut une ouverture calfatée à la cire.

— Comme un cachet, que fit le vieux.

Mais ça non plus, l'enfant ne le comprit pas. Alors le vieil homme dit à son ami qu'il vaudrait peut-être mieux briser le sceau pour ouvrir la fente, en cas.

— On sait jamais, qu'il dit.

Et l'enfant répéta:

— On sait jamais.

245

Et ainsi fut ouvert le ponchon sur l'antique Île Saint-Jean, vingt et un jours après son larguage du Fond-de-la-Baie.

Par deux Écossais.

Mais les Écossais étaient très amis des Acadiens, depuis les temps lointains de la colonie; et ceux-ci n'hésitèrent pas une seconde à rendre leur bien aux destinataires, dès qu'ils eurent déchiffré sur les enveloppes et les écorces de bouleau les noms de Gallant, Poirier, Arsenault, Richard, Bernard... Pierre Bernard... à lui tout seul, deux lettres.

* * *

Le vieil homme et le petit garçon habitaient la région de Port-Lajoie, plus au sud. Et ils durent s'embarquer pour longer la côte jusqu'à la baie Egmont où ils espéraient trouver des colonies d'Acadiens. Durant quatre heures ils firent voile avant d'apercevoir les premières cheminées d'où sortait un filet de fumée bleue.

— Quoi c'est que ça? que s'inquiète veuve Fanie Poirier dit Poirier, sœur du défunt capitaine.

Et toute la maisonnée s'approche de la fenêtre.

C'est un bâtiment à un mât, qui tâtonne et cherche à accoster. On aperçoit deux têtes. Qu'est-ce qu'ils veulent?

— Passez par en arrière et aller avertir les Bernard.

Allez prévenir Henri à Gros-Jean et les Gallant. Et qu'ils reviennent armés, on ne sait jamais.

Fanie garde elle-même la lucarne de l'ouest. Mais elle continue à commander aux hommes.

— Tirez point; mais s'ils approchent, tapez du pied sus la place et faisez du train.

Ils approchent, accostent, puis mettent pied à terre. Un vieillard et un enfant, ne tirez point. Et les Écossais purent ainsi se rendre au plus proche logis de la côte, que défendait Fanie Poirier, et expliquer leur mission.

Oh! alors!

Des Écossais? et qui s'en venaient porter des nouvelles de la parenté? dans un baril, vous dites?

L'Île n'est pas retombée de sitôt sur ses pieds. On ne reçoit pas tous les jours un courrier pareil. En plein hiver. Et à voile. Et qui aurait si bien pu passer outre. Quelle chance!

Jamais de toute leur vie le vieil homme et le petit garçon ne mangèrent plus savoureux beignets et cakes à la mélasse. Et tout en se lèchant les doigts et les babines, ils regardaient, éblouis, les Acadiens de la baie Egmont dévorer les lettres qui tombaient du ciel.

...Distribuez le courrier! Que ceux qui savent lire approchent en premier. Et ne poussez pas, il y en a pour tout le monde. Venez, Marie-Jeanne et Tilmon Richard, et Mélanie et Élodie Arsenault, et laissez passer le vieux Pacifique. Venez tous, ceux de la terre ferme nous font assavoir de leurs nouvelles.

Ça surgissait et accourait de partout: des logis, de la forge, des granges, des quais, des dunes, et jusque du presbytère d'où sortait en relevant les pans de sa soutane un vieux curé qui murmurait déjà les mots latins de l'exorcisme. Que se passait-il?

— Un ponchon, mon père, un baril ersoudu de la mer, plein à ras bords de lettres pour nous.

Point besoin d'être savants pour déchiffrer les noms et adresses; lire toute la lettre, c'est autre chose, mais déchiffrer les noms sur les enveloppes ou le mashcoui... Gallant, Poirier, Arsenault, ça se reconnaît au premier coup d'œil. On ne sait peut-être pas lire, mais on sait signer son nom.

Oui, mon père!

Mais déjà Alphée n'y tient plus.

— Faisez la distribution!

Et l'on distribue à droite, à gauche, en face, par en arrière...

...Me voilà!

...Je suis là!

...C'est pour moi!

Patience et attendez votre tour.

Mais on a suffisamment attendu comme ça. Tout un hiver. Tout un siècle. Hâtez-vous!

Et alors commence la lecture. Le curé, qui continue de croire au diable, asperge ses fidèles à tour de bras, avant de planter ses bésicles dans le tas d'écorces et de papiers. Puis il avoue qu'il lui serait plus facile de délivrer un possédé de

248

ses démons que de déchiffrer les pattes de mouche des écoliers du Fond-de-la-Baie. Et pas question de sauter une ligne, mon père, ni un mot. On la veut tout au long l'histoire du cochon de cinq cents livres, et celle de Des Barres, et celle du nègre et des chercheurs de trésor qui dénichent dans la dune un baril de vin blanc. On veut aussi entendre de ses oreilles, transcrite sur l'écorce de bouleau à l'encre de poison-de-brebis et de pipi de petit garçon qui a mangé des patates fraîches, la complainte de la vieille Lamant sur le naufrage du capitaine et d'Adélaïde.

— Et quoi c'est qu'arrivé à la vache des Allain?

— La communion à domicile chaque premier vendredi du mois, vous dites?

Ne mélangez pas; l'écolier ne savait pas ponctuer et sa phrase est confuse. Je relis, soyez attentifs.

Et le curé ânonne pour se faire mieux comprendre : ...la...va...che...des...Al...lain...et Cres...cence...qui...a...re...çu...la...comme... union...au...

Soudain Fanie rebondit. Ennuyée par les balbutiements ecclésiastiques, elle a fourré le nez dans les lettres et découvert le premier valentin. Sitôt tous les analphabètes se dardent sur les dessins et c'est à qui reconnaîtra qui. Le nez en l'air de la belle Jeannette Pincée, et les bras poilus d'Henri à Gros-Jean, et le crâne chauve de Jean Trois-Poils, et...oh! regardez-moi le nombril de la grosse Manda!

...la...com...mu...nion...au...logis. Le curé continue en fond sonore ses ânonnements, tandis que les caricatures circulent de main en main sous les exclamations hilares ou courroucées.

— Espèrez la fonte des neiges que je me rende au Fond-de-la-Baie, et vous allez ouère combien de poils il 'i restera sus le crâne, au beau Louis à Bélonie-le-Gicleux!

Hi, hi!

— Ç'a-t-i' du bons sens, asteur!

Ho, ho!

Et l'on se passe les lettres, et les dessins, et le catéchisme en images du petit Léon. Cher petit Léon! il grandit d'une tête d'un seul coup. En couleur en plus! avec nuances, valeurs, ombres portées. Pas étonnant qu'on venait le chercher du fond de Memramcook.

Alphée dresse le cou et renifle: Pierre a disparu. Pierre s'est emparé de son enveloppe et s'est sauvé. Allons! se figure-t-il déchiffrer lui-même sa lettre, l'idiot? Ou a-t-il l'intention de la cacher sous sa chemise, au ras du cœur, et la faire couver?

— Pierre! viens-t'en! j'allons t'aïder.

Si vous pensez! Si vous pensez que l'amoureux de Babée va livrer aux yeux du prêtre ou de ses chenapans de frères ou de compagnons les mots de feu qui sillonnent un papier vieux de cent ans! qu'il va laisser un seul profane respirer au-dessus de sa lettre et mêler son souffle infect au parfum de l'âme de Babée! Si vous pensez!

Et Pierre, serrant son enveloppe sur sa poitrine, se sauve vers le logis de la vieille Lamant, la seule digne de poser les yeux sur sa lettre.

Sait-elle lire, la vieille Lamant?... Faudra bien. Faudra bien qu'elle déchiffre la lettre, lettrée ou pas. Elle n'aura pas le choix, la composeuse de complaintes, elle devra savoir lire pour traduire les sentiments de Babée à son amoureux.

Et la vieille Lamant lit la lettre à Pierre.

...Risque point trop souvent ta vie, Pierre bien-aimé, par rapport que chaque fois tu risques la mienne avec...je t'aime... je t'aime... Si fallit qu'un malheur t'arrivit...risque point ta vie...je t'aime...l'hiver fut longue...et si le bon Dieu le veut... Celle qui t'aime... Babée.

Pierre revient, en titubant, rejoindre son monde au bord de la côte. Il croit voir dans le ponchon le baril de vin de la dune et s'imagine l'avoir vidé tout seul, tant il est ivre. Même qu'il laisse ses compagnons le dégriser à coups de tapes dans le dos et de seaux d'eau glacée sur la nuque. Comme un soudard, il rit, se prête à toutes les folies et glisse dans l'extase.

Et c'est en pleine orgie de bonheur où toute l'île saute, et crie, et se tape dans les mains, que Julie Bernard aperçoit au loin le vieillard et l'enfant qui reprennent la mer.

— Les Écossais! qu'elle huche aux autres.

Et les autres ont tout juste le temps de leur envoyer la main pour dire merci! et revenez-nous voir!

Ils ne revinrent pas, à ce qu'on a rapporté, et l'île s'est demandée, dans les mois qui ont suivi, si elle a réellement reçu des Écossais ce jour-là...

— Mais les lettres et le ponchon?

...si le capitaine Poirier en personne ne serait pas revenu du fond des mers...

— Et le petit garçon ?

On se tut sur le petit garçon. Rien de plus néfaste que des prémonitions de mort : un enfant pourrait trépasser durant l'année sur l'Île Saint-Jean. Mais la vieille Lamant se dressa et les fit taire.

— L'apparition d'un enfant dans les rêves, si tu le prends par la main et lui parles, signifie que tu viens de retrouver l'enfant que t'as déjà été. Les Écossois que vous avez aperçus pouviont bien être le capitaine Poirier sus ses vieux jours et l'enfant qu'il a été longtemps passé. Par rapport que le petit et le grand avont rêvé toute leur vie à une seule chouse : naviguer.

L'Île se tut. Mais à partir de ce jour-là, on s'est mis à guetter chaque soir le retour du capitaine, petit et grand.

* * *

Avec tant d'événements merveilleux en un seul premier jour de mars, la baie Egmont aurait de quoi rêver et se raconter durant de longs hivers. Après ça, jamais plus les fées maléfiques n'oseraient frôler l'île de leurs baguettes.

Ah ! non ?...

L'une de celles-là était restée collée à la paroi du ponchon. Une lettre, la plus courte, la lettre de la dernière heure que la Gribouille avait portée au courrier et qui s'était engluée dans le goudron. Elle sortit toute noire et visqueuse du ponchon, au moment où les hommes renversaient la coque pour la traîner en cale sèche. On eut peine à déchiffrer le nom sur l'enveloppe, tant l'étoupe mélangée au goudron la salissaient. Il fallut pourtant accepter l'évidence et se soumettre au destin. Cette lettre dont personne ne voulait, qui brûlait et tachait les mains de Fanie, était adressée à Pierre fils d'Antoine Bernard, Village-des-Abrams. Pas de confusion possible. Pierre s'approcha et bravement s'empara de l'enveloppe.

Il tourna la tête de gauche à droite à gauche : personne ne savait lire. Même pas la vieille Lamant. Tous se récusaient et se désistaient.

— Mon père ?

Hé oui, le prêtre savait lire. Il n'avait pas pu oublier en une heure. Français et latin aussi. Laissez faire le latin, le français suffit. Du bon français, en plus, correct, grammatical, littéraire, du français de Français de France. Pourtant signée Pélagie, dame Jaddus Poirier. Quelle sorte d'ange ou de démon était passé sur le Fond-de-la-Baie cet hiver-là ?

— Renaud, le maître d'école, fit Alphée en apercevant l'écriture moulée et large qui ne couvrait qu'une seule page, d'un seul côté de la feuille.

Il fallait que la Gribouille eût une nouvelle grave à mander pour réclamer les services d'un authentique scribe échoué tout exprès au Fond-de-la-Baie pour chavirer le monde.

— Quoi c'est qu'elle veut ?

Julie Bernard, la mère de Pierre, se bouche déjà les oreilles. Alphée rit fort et gouaille pour retarder la lecture, mais tous les autres, silencieux, attendent.

— Allez-y, mon père, que fait Pierre en prenant un souffle qu'il garde dans sa gorge tout au long de la lecture.

Et le prêtre lit la lettre signée Pélagie, dame Jaddus Poirier.

Le Fond-de-la-Baie
en ce 7 février 1881

Monsieur Pierre Bernard
Village-des-Abrams
Île Saint-Jean dit Île du Prince-Édouard

Cher monsieur,

C'est avec grand regret mais avec ferme résolution que je viens vous inviter à renoncer à toutes prétentions que vous pourriez avoir nourries dans le passé, ou continuez de nourrir présentement, concernant la main de notre fille Babée Poirier. Je vous fais part par la présente que la dite Demoiselle Babée est légitimement et en tous droits promise à Monsieur Léon LeBlanc, sculpteur et décorateur d'églises de son métier, et résidant au Fond-de-la-Baie, et qu'elle ne saurait, en conséquence de quoi, appartenir à un autre que lui.

Il est donc inutile que vous reveniez au printemps exprimer des prétentions ou redemander la main d'une jeune personne qui a été engagée en fiançailles par nul autre que son propre père Jaddus Poirier qui, ayant donné sa parole, ne saurait la reprendre sans manquer du même coup à l'honneur auquel un Poirier, issu de feu le Capitaine, tient autant qu'à la vie.

254

*Je vous prie, en concluant, de transmettre
mes vœux de bonne santé à la famille et aux
parents.*

Signée : X
Pélagie, dame Jaddus Poirier

Et Pierre laissa sortir dans un cri le souffle
emprisonné dans sa gorge.

...La lettre tachée de goudron... l'écriture
large et ampoulée... le petit Léon dit Monsieur
Léon LeBlanc... les fiançailles... en tous droits
promise...la main d'une jeune personne...au
printemps...signée dame Jaddus Poirier...avec
une croix ! Dieu de bon Dieu de sacré bon Dieu
de...

— Pierre !

— Jure pas, Pierre, ça te portera point
chance.

Jure pas ! Mais il est tout prêt à s'attaquer
au couteau à tous les suppôts de l'enfer dans lequel il précipite pêle-mêle le bossu, la Gribouille
et tous les Français de France.

— Le petit Léon, en plusse ! Et Jaddus
a consenti à ça !

Mais non, mais non, Pierre, rien ne certifie
que Jaddus ait trempé dans le coup ! C'est la Gribouille qui signe, point Jaddus. Et la femme a
fait rédiger sa lettre par le maître d'école.

— Le maître d'école ! c'est lui, reprend Alphée hors de lui. Il a écrit tout ça rien que pour
montrer qu'il sait écrire, lui, et sait tourner ses

255

phrases…légitimement et en tous droits promise à Monsieur Léon LeBlanc…Peuh!

La colère et le désespoir de Pierre gagnent l'Île. Les jeunes sont prêts à partir sur l'heure, en goélette, arme au poing, pour s'en prendre au maître d'école, à Jaddus, au malheureux petit Léon — s'il avait su! — et surtout à la mégère de sorcière de chipie qui règne sur les côtes du Fond-de-la-Baie. Déjà les fiers-à-bras de la baie Egmont enfoncent leur suroît sur le front et chaussent leurs bottes. Mais encore un coup, c'est Alphée qui est illuminé.

— Cachez le ponchon, qu'il dit, j'ons point reçu de lettres.

Quoi? comment?

— J'ons point eu aucune nouvelle du Fond-de-la-Baie et j'ons jamais entendu dire que la Babée était promise à un autre gars que Pierre à Antoine Bernard du Village-des-Abrams. J'irons la qu'ri' au printemps comme je nous y sons engagés.

Les mots pénètrent lentement sous le front des Bernard, et des Poirier, et des Arsenault, et des Gallant, et des Richard, et l'île commence à comprendre qu'elle n'a pas reçu de lettres, que le ponchon n'a jamais existé…

— Quoi?

…qu'il a passé tout droit, qu'il a raté l'île d'une brasse… que ce premier jour de mars 1881 fut un 1er mars comme les autres…

— Ah! non, pas ça! j'ons quand même vu deux Écossois nous rapporter un ponchon.

…qu'il n'y eut ni Écossais ni ponchon… qu'il est passé tout droit, a contourné la pointe nord de l'île…

— Non!

...et s'est rendu à Terre-Neuve, ou aux îles de la Madeleine, ou à Saint-Pierre et Miquelon...

— C'est notre ponchon! Pourquoi aux îles de la Madeleine ou à Saint-Pierre et Miquelon?

Silence. Il faut digérer ça. Il faut rendre le ponchon à la mer, à Terre-Neuve, à Saint-Pierre, aux îles de la Madeleine, à la Gaspésie. Sacrifier les lettres, renier les cousins et les compagnons de la terre ferme.

Il faut sauver Pierre Bernard.

— Au dernier dégel du printemps, j'irons tous en goélettes qu'ri' Babée, la fille à Jaddus et à la Gribouille, comme elle nous fut promise.

Et dans un geste résolu, deux hommes de l'île s'en allèrent déposer dans le courant le ponchon du Fond-de-la-Baie qui reprit la mer.

Bon voyage, petit ponchon!
C'était gravé sur tous les fronts.
Et le ponchon agita la voile et s'en
fut, arrosé de soupirs et de regrets,
par le suroît, par le nordet,
voile en berne et nez baissé,
cherchant une lame de fond
pour l'emporter
loin au large d'où les ponchons
ne reviennent jamais.
Adieu, ponchon, ne reviens plus.
Il faut sauver l'amour de Pierre
et de Babée.
Ne reviens plus dans l'île qui
ne t'a jamais vu,

où tu n'as jamais accosté
un premier jour de mars de
l'année
mille huit cent quatre-vingt-un.
Ne reviens plus, petit vaurien !

13

L'ÎLE se serra les coudes et garda les yeux fixés sur le petit ponchon jusqu'au creux de la dernière vague qui basculait de l'autre côté de l'horizon. Sans dire un mot. Trois jours plus tard, l'hiver chassait le printemps usurpateur et suivait son cours comme les années précédentes. Et l'Île comprit qu'elle était encore un coup isolée du monde jusqu'à la fonte définitive des glaces, coupée de la terre ferme durant deux mois.

Deux mois pour relire les lettres, les disséquer, syllabe par syllabe, les apprendre par cœur. Deux mois pour préparer sa réponse au grand lingard de Simon à Maxime, le vaurien, qui osait... Non, pas de réponse à Simon qui dans son valentin affublait la jument des Gallant de trois rangées de dents à l'instar de ses maîtres ; pas de réponse à Louis-le-Drôle, le fantasque ! à Judique, à Jonas, ni au jeune Philippe à Jaddus qui tâtonnait entre les lignes et pataugeait entre les mots qu'il avait essayé de dicter à son petit frère sans révéler son secret naissant. Et la belle Élodie Arsenault, qui n'avait vu Philippe qu'une fois, mais qui brûlait de le revoir depuis qu'elle avait tenu dans ses mains une lettre qui lui racontait une histoire de cochon de cinq cents livres parsemée de sous-entendus d'amour, la belle Élodie saurait-elle en retrouvant Philippe au printemps anéantir un ponchon, une lettre, un secret d'amour, pour sauver l'amour d'un autre?

Cette solidarité de tout un peuple d'insulaires, exprimée dans le geste qui rendait le ponchon à la mer et à l'oubli, saurait-on la renouveler chaque jour jusqu'au craquement final des glaces au début de mai? Alphée, inquiet, voltigeait de voisinage en parentèle, de Gallant en Arsenault en Richard, apaisant les curiosités, enduisant de baume les démangeaisons, calmant les sursauts de révolte ou de mécontentement. Puis il comptait sur ses doigts les jours qu'il restait à vivre, isolé dans son île, avant le premier flux du printemps.

Pierre, durant ce temps mort, échafaudait rêve sur rêve, assiégeant chaque matin le petit Léon juché sur la plus haute tour d'une citadelle que gardait la Gribouille en cotte de mailles. Il perdait un membre à chaque assaut, mais n'en sortait pas moins triomphant, la Babée enroulée autour du cou. Au matin du 10 mai, il était grand temps que craquent les glaces du détroit, car il ne restait quasiment plus rien de Pierre Bernard.

Il était grand temps: l'Île du Prince-Édouard avait épuisé ses dernières gouttes de générosité. Qu'arrive enfin le printemps, pour l'amour de Dieu! on n'en pouvait plus. Comme une armée débandée, la parenté de l'île groupée autour du clan Bernard avait grand-hâte de mesurer son courage à sa loyauté.

Faites voile!

Et les bâtiments des Arsenault, des Gallant, des Richard et des Poirier, escortant la goélette fraîchement sortie du chantier des Bernard, mirent le cap un matin de soleil sur la terre d'en face.

* * *

L'oncle Marc s'approcha de Jaddus qui taillait du bardeau du côté ouest de la maison. Depuis le dégel subit de la Chandeleur, l'on avait chanté mardi gras, traversé le carême, fait ses pâques à la paroisse, rangé ses rameaux bénits à la Pentecôte, et l'on courait allègrement vers la Trinité, sans que Jaddus et la Gribouille n'eussent abordé la question du mariage de Babée. Pourtant le Jaddus, il devait bien se souvenir de sa promesse à Pierre à Antoine Bernard de l'Île Saint-Jean, il n'avait pas pu oublier.

Oh! non. Mais il n'avait pas oublié non plus sa parole engagée ailleurs, en un moment de désespoir, une parole qui engageait sa fille au petit Léon.

L'oncle Marc soupira. Puis il saisit Jaddus par les coudes, trop petit, le vieux, pour saisir son neveu par les épaules. Qu'il se fît une raison, Jaddus, jamais Babée ne consentirait à ça. Elle plongerait encore dans un accès de fièvre, sombrerait dans la mélancolie, ça s'était déjà vu au pays.

261

Au pays? où ça?

Dans les vieux pays. Car sur les côtes d'Acadie en 1880, même l'oncle Marc n'arrivait pas à imaginer une fille saine et bien portante comme Babée mourir de langueur ou de chagrin. Mais il ne la voyait pas non plus dans les bras du petit bossu.

— Et pis le petit Léon t'a rien demandé, lui. C'est la femme qu'a tout manigancé.

Eh oui, machination de la Gribouille, Jaddus le savait, mais il avait donné dans le piège et engagé sa parole d'homme.

— Et le pire, l'oncle Marc, c'est que le pauvre bossu est pris dans le même piège que nous autres asteur.

Trop compliqué, Jaddus, trop emberlificoté. Si tout le monde après six mois était empêtré dans une aventure qui tournait mal pour tous les intéressés, pourquoi ne pas donner un grand coup de hache dans cette broussaille et repartir à zéro? Pourquoi ne pas demander au petit Léon de rendre sa parole à Jaddus, tout simplement, et demander à la Gribouille d'avaler sa langue jusqu'au dernier jour du printemps?

Jaddus leva sur l'oncle Marc ses yeux gris de mer qu'il avait hérités en droite ligne des Poirier et dit:

— Il nous avait rien fait à personne, le pauvre Léon. Pourquoi c'est qu'il fallit y enfoncer malgré lui c'te bonheur-là dans le gorgoton, jusqu'aux tripes, et pis en se revirant de bord 'i dire de tout rendre et restituer!

L'oncle Marc s'assit sur une souche et se mit à contempler la cime des bouleaux qui gardaient les bois comme une sentinelle. Et il songea que la forêt elle-même était moins touffue que le cœur des hommes.

La forêt était source d'apaisement et d'inspiration pour l'oncle Marc depuis qu'il avait appris à lire les arbres comme d'autres lisent la mer ou la carte du ciel. Plus d'une fois, en plein cœur d'une hêtraie ou d'une érablière, il avait découvert un peuplier unique surgi d'une graine égarée dans le ventre d'un rouge-gorge ou d'un saint-glaude. Il se disait que l'univers tout entier avait dû sortir comme ce peuplier d'une graine emportée au gré des vents ou dans le ventre d'une colombe céleste.

— Ça sert à rien, Jaddus, de se battre contre la nature qu'est capable de transplanter un peuplier au plein mitan d'une hêtrière. Quitte faire le temps, et quitte les marées hautes gonfler la baie et les barachois. Je sons si petits nous autres à côté de ça.

Jaddus connaissait jusqu'aux hallucinations ou ce qu'on appelait les coups de marteau de l'oncle Marc et avait pris l'habitude d'accepter ses énigmes sans chercher à comprendre. Les peupliers et les hêtres, les marées montantes, les vents qui déplacent les dunes et transplantent les forêts tissaient la toile de fond d'une sagesse qui savait tenir tête à la science du curé sorti de Québec, ou de Renaud, le Français de France.

Laisse faire le temps, Jaddus.

Mais il n'eut pas le temps de laisser faire le temps. Car déjà le destin s'en venait droit sur lui, toutes voiles au vent.

— Quoi c'est qui s'en vient là ?

C'est Clovis Collette qui le premier aperçut les voiles au large. Et comme Clovis Collette était un poltron, il cria au meurtre et courut annoncer le débarquement de l'Antéchrist.

— Napoléon ! la flotte à Napoléon !

C'était la flotte de l'île qui accompagnait la goélette nuptiale flambant neuve des Bernard.

Et la nouvelle passa de Clovis à Henri à Jonas à Borteloc qui vint la poser, toute lézardée et picotée de ses propres grimaces, sur chaque devant de porte du Fond-de-la-Baie ; l'Antéchrist Napoléon attaquait par la voie maritime ; le diable se cache toujours à l'est, sauve qui peut !

Le Fond-de-la-Baie ne fit qu'un bond et atterrit à l'embouchure du canal. Juste à temps pour assister aux dernières manœuvres d'une flotte qui se mettait en cinq pour impressionner le continent. Les voiles se gonflaient, se lissaient, se tordaient, s'abaissaient, se gonflaient à nouveau, puis venaient s'abattre au pied des mâts qui saluaient bien bas la compagnie.

Hourra !

Et toute l'Acadie insulaire débarqua en Acadie de la terre ferme.

Les retrouvailles auraient pu durer toute la nuit, et tout le jour suivant et tout le temps, si le temps avait dépendu de Pierre et de Babée. L'heure s'était évanouie, éteinte, noyée dans l'eau de leurs yeux. Jamais plus ils ne chercheraient à savoir si le soleil rentrait au zénith ou descendait vers l'occident, c'est-à-dire au-delà de la Butte-du-Moulin. L'instant présent se balançait au-dessus de leurs têtes, pour toujours, tremblant d'espoir, d'angoisse et de toute la joie du monde.

Mais pendant que l'éternité restait ainsi pantelante au-dessus de Pierre et de Babée, le temps s'emparait des autres qui se mirent à ancrer les bâtiments, rouler les voiles, lancer les paniers et les baluchons à terre.

— Attrape, vaurien!

— Garroche!

— Dieu de Dieu, que le printemps a tarzé c'te année!

— Attention, je largue le quart!

— Du chemin, du chemin à Henri à Gros-Jean!

Puis Antoine Bernard, le père, pour briser la dernière glace, fonce droit sur Jaddus:

— Je sons venus toute la maisonnée serrer la main aux apparentés pour point quitter les gens du pays oublier que l'île d'en face est de la famille.

Jaddus s'avance vers son compère Antoine et lui tend la main, en silence. Puis s'approche l'oncle Marc, et Dâvit à Gabriel, et Jonas, et Henri et les fils Poirier, en rang d'âge. Rendu à Louis-le-Drôle, le silence, trop lourd, éclate en mille bluettes.

— C'est ben, asteur, débarquez-le tout de suite, votre Antéchrist, que j'y voyions la mine. Et je vous baillerons le Borteloc en échange.

Et l'on rit, et le Fond-de-la-Baie tape dans le dos de l'Île, et l'Île rend ses coups au Fond-de-la-Baie. Puis les femmes s'emparent des paniers et se lancent dans le temps qu'il a fait et qu'il fera, tandis que les jeunes filles en âge d'être mariées arrachent Babée à son instant présent. La ramée des Poirier, voyant Pierre tout pantelant, se jettent sur l'amoureux et sur son fidèle Alphée et les traitent comme des frères : à coups de poing dans les côtes. Tout ce charivari au milieu des cris, et des faut-i' ben! et des t'as qu'à ouère! retenus durant tout un hiver!

Il en coule des événements sous les ponts durant six mois. Chaque année. Mais en cet hiver 1881, il avait coulé en plus beaucoup d'eau, l'eau des rivières et des baies surprises en plein dégel de février. Et ç'avait été le plus grand événement.

— C'est comme ça que j'ons pu vous larguer à la mer notre ponchon.

Plouf!

Le ponchon vient d'être jeté à la mer pour la troisième fois. Mais cette fois, chargé de plomb. Et Marguerite à Loth en reste la bouche ouverte, prête à répéter sa phrase. Car personne de l'île n'a entendu. On s'est tous mis à se viser les pieds, férocement.

Alors Philippe prend son souffle et relance le baril.

— Le petit ponchon, qu'il dit droit dans les yeux d'Élodie Arsenault, je l'ons jeté dans le courant...

Toutes les têtes de l'île se lèvent vers le ciel, et les yeux se mettent à guetter furieusement les outardes et les goélands.

— Vous voulez dire que vous avez point reçu nos lettres?

...?

— Quel ponchon, que fait le jeune Georges
Arsenault, frère d'Élodie, si anxieux de se taire
qu'il en a la langue coincée entre les dents d'en
bas et les dents d'en haut.

— Ah non!

Les glaces se rompent et c'est la débâcle.
De l'Acadie insulaire à l'Acadie continentale,
l'on se répond à mots couverts et entortillés,
incompréhensibles comme le latin des vêpres;
on se lance un ponchon qui tantôt n'a jamais
existé, tantôt a raté l'île d'une brasse, tantôt a
sombré au large entre Terre-Neuve et Saint-
Pierre et Miquelon, entraînant au fond de l'o-
céan les premiers balbutiements d'écriture d'un
peuple après cent ans de silence.

— Tu veux dire, Henri à Gros-Jean, que
t'as jamais reçu mon valentin?

Henri à Gros-Jean a déjà les dents et les
poings serrés... Comme ça, c'était toi, mon petit verrat de Simon! Mais toute l'île a les yeux
ancrés dans le front du géant qui desserre les
poings, les dents, et se tait.

Pas de lettres, personne, pas de valentins.

— Pas même le catéchisme en images du
petit Léon?

...Aaaah!

Le soupir de l'île a dû faire pleurer les pois-
sons. On en a l'eau à la bouche au seul souvenir
de la plus belle fresque sur l'histoire du pays
qu'il fut donné aux cousins de déchiffrer et

d'admirer. Et toute en couleurs. Avec des personnages et des animaux reconnaissables, je vous le jure, et des corps de logis si ressemblants qu'on croyait les habiter. Et de nouveau l'île lève la tête vers le ciel pour implorer le V des oies sauvages qui rentrent pour de bon du sud, cette fois.

Babée vient de comprendre. Sa lettre… sa lettre d'amour… ses mots brûlants arrachés à son âme couchée toute nue sur du papier à lettres véritable, déniché dans le coffre à langes de la chambre noire, ses « je t'aime » serpentant comme dans une enluminure entre les « je t'aime » et les « bien-aimée » de l'ancêtre… au fond de l'océan! Et elle se prend à deux mains la tête, Babée, les yeux rivés sur le flot d'écume qui s'écrase à ses pieds et qui a englouti le plus sacré ponchon du monde.

Pierre, voyant le désespoir de Babée, s'affole, veut parler, se jeter à genoux et tout avouer. Et Julie, devant le désarroi de son fils, veut défendre le pauvre ponchon qui n'a pas mérité ça. Et la belle Élodie, qui lit déjà la stupeur et la déception dans les yeux de Philippe, cherche une phrase, un mot assez puissant pour tout dire sans rien révéler. Et tous les caricaturistes, et tous les gribouilleurs de lettres épiques ou de contes picaresques se mordent les ongles. Alphée ne sait plus où donner de la tête: le navire prend l'eau de toute part.

C'est alors que s'amène veuve Fanie Poirier. Elle commence par toussoter, se dérouiller la gorge, puis se moucher abondamment. Et quand elle constate que tous les yeux sont braqués sur elle, comme sur la flamme vacillante d'une lampe à l'agonie, elle crie à Jaddus, son neveu, sur un ton capable d'établir le contact de chaque côté du détroit :

— Et ta femme Pélagie, elle serait-i' en quarantaine de la picote ?

Jaddus tourne la tête à droite et à gauche, imité par toute la dune : la Gribouille en effet manque. Manque aussi le Français de France. Les vieux Gabriel et Bélonie, personne ne s'attendait à les voir surgir sur la grève, même pour un cortège nuptial. Quant à Crescence la centenaire, n'exagérons point. Mais la Gribouille ?

C'est plus tard qu'on comprit, bien plus tard. Quand la lumière se fit sur la deuxième lettre adressée à Pierre Bernard. La missive dictée dans le plus grand secret, et entourée du plus sombre mystère, il fallut bien en dévoiler le contenu puisque le ponchon avait failli à sa mission.

Pauvre ponchon ! jamais courrier plus fidèle et plus vaillant fut plus mal récompensé.

Quand la Gribouille apprit le débarquement de l'Île sur la dune — car vous n'alliez pas vous figurer que la Gribouille serait en retard d'une heure sur les nouvelles ! — quand elle fut saisie de l'horrible vérité, elle dut en un tour de main prévenir son complice Renaud et chercher une issue honorable et avantageuse pour elle à un drame qu'elle avait fomenté et qui se compliquait.

Le Français de France, pour sa part, vit dans l'échec du ponchon l'occasion de changer le cours des événements. Il avait eu tout l'hiver, le maître d'école, pour mesurer la profondeur des sentiments de Babée et l'énormité de la bosse du petit bossu de Léon ; tout l'hiver surtout pour suivre les multiples ramifications de la branche des LeBlanc qui nourrissaient des prétentions à la fortune ancestrale. Et il suggéra à la Gribouille de reconsidérer le contenu de sa lettre qui de toute façon ne s'était jamais rendue à destination.

Pauvre Renaud ! Et ça se dit Français de France ! Si jamais Jeanne d'Arc avait ainsi flanché sous le premier coup de mousquet et Charlemagne sous la première flèche d'arquebuse, où serait la France ! Abasourdi, Renaud sourit sous les flèches et les coups de mousquet de la Gribouille, parce qu'il était fort en balistique, lui ! Mais il comprit que la Gribouille serait plus forte en gueule, et n'insista pas.

La Gribouille se lissa les cheveux sur le front... Il fallait les laisser venir, les Bernard, les laisser faire leur demande en grande pompe, puis jouer l'étonnée... Comment ? et la lettre écrite en parfait français et selon toutes les règles de la grammaire et des bienséances ? vous voulez dire que vous n'avez point reçu la réponse des Poirier du Fond-de-la-Baie dans un ponchon jeté à la mer ?...

...Si on l'avait reçu ! comme un coup de pied au cul !

Chut ! Alphée...

Et veuve Fanie s'empare encore une fois des rênes et guide le cortège de l'île dans le sentier tortueux où la Gribouille se plaît à semer ses embûches à mesure... Personne n'avait aperçu l'ombre d'une lettre, nenni, ou d'un ponchon, encore moins, ou d'un courrier à cheval sur les eaux du détroit; ni sur le détroit, ni sur les côtes, ni au large du large entre les îles de la Madeleine et la Gaspésie.

— Ni un ponchon, ni des Écossois.

Ça y est. Fallait s'y attendre. On l'avait assez dit aussi de ne pas amener les enfants.

Renaud sourit.

Fanie ouvre la bouche, mais cette fois Alphée est plus rapide.

— Sus l'Île, dit-il au Français, les vieux avont accoutume d'appeler les Écossais des Écossois. C'est un défaut de langue.

Renaud sourit de nouveau. Mais il se contente de l'explication... même si le défaut de langue des vieux est sorti d'une bouche de dix ans.

Point la Gribouille.

— Vous allez quand même pas entreprendre de me faire accroire que le ponchon s'a rendu en Nouvelle-Écosse avant de rebondir sus l'île.

Silence. Silence noir de nuages chargés d'orages électriques, mais silence. Car rendu là, chacun sait que les mots ajoutés les uns aux autres se sont empilés en un château de cailloux que le moindre point d'exclamation peut renverser. Et tous lèvent encore un coup la tête vers le V des outardes.

Soudain Marguerite à Loth sent sa langue frétiller.

— Je pouvons point demander au petit Léon de nous en fabriquer un autre ponchon, par rapport que le premier s'a écarté en mer?

271

Après tout, si le drame ne tenait qu'à un ponchon, Marguerite à Loth ne voyait pas pourquoi on ne...

...Bien sûr qu'elle ne voyait point, l'innocente, comment vouliez-vous! elle qui ne voyait jamais plus loin que son nez, comment vouliez-vous qu'elle comprenne que les genses de l'Île, les chenapans, s'en soient venus tout exprès narguer les côtes avec leur flotte... cinq bâtiments, pas un de moins, les salauds, et gréés, par-dessus le marché, les mâts enroulés de rubans rouges et bleus, avec un bouquet de mariée accroché à la figure de proue! Il serait capable, le bel effronté de Pierre à Antoine, de s'en venir passer le jonc au doigt de la Babée sous le nez de sa mère, si elle n'y prenait pas garde. Elle y prendrait garde, soyez sans crainte, prendrait même les devants.

— Y a-t-i' quelque chouse que je pourrions faire pour vous?

Toutes les têtes se tournent comme à la revue. La Gribouille, au lieu de souhaiter la bienvenue aux visiteurs: faites comme chez vous, les jetait dehors, officiellement.

Antoine Bernard se mord les lèvres: il a trop tardé et vient de perdre l'avantage du combat. Il balbutie pour se rattraper:

— C'était à propos de...au sujet de...

La veuve Fanie voit rouge. Cette Pélagie-la-Gribouille, par deux fois greffée au tronc Poirier, en guerre contre l'Île Saint-Jean depuis le jour où elle a décidé de transplanter l'un d'eux en terre ferme, le beau Jaddus qui s'est soumis sans regimber, cette Gribouille tentait encore un coup de submerger l'île et de garder tout le pays dans son giron, et on allait laisser faire ça?

Fanie plante ses yeux dans ceux de sa nièce par alliance et proclame pour toute la parenté passée, présente et à venir:

— Les Bernard du Village-des-Abrams s'avont aveindus de leur île pour venir qu'ri' la fille à Jaddus qui leur fut promise et engagée en justes noces pour la premiére fonte des glaces.

Une phrase trop longue donne à l'adversaire le temps de l'encaisser de flanc, puis de se retourner pour lancer sa réponse de face. La Gribouille sait d'ailleurs qu'en langue du pays, toute phrase plus longue que son souffle n'est qu'un échafaudage destiné à soutenir un seul mot, que toute oreille bien stylée reconnaît au son, et que par conséquent c'est peine perdue de s'attarder autour du reste du discours. Et elle fonce:

— Justes noces, hein? Faudrait peut-être demander au Jaddus ici présent à qui c'est qu'il a promis sa fille en premier, en justes noces.

Le pauvre Jaddus, qui descend pourtant en droite ligne de la branche d'olivier de l'arche, qu'on raconte, serre les dents pour la première fois... Qui c'est qui la lui a arrachée cette promesse faite au petit Léon? Et par quel subterfuge? Jaddus en a les oreilles qui bourdonnent... bourdonnement qui cogne sur ses tympans:

...Parole donnée est une parole donnée.

...Babée en mourra...

...Tu peux point faire ça au Pierre Bernard.

...Tu peux point tromper le petit Léon.

Il se sent couler dans la vase d'un marécage jonché de ronces et de chardons.

273

Soudain il tressaille sous la paume de son compère Dâvit à Gabriel posée sur son épaule. Quelqu'un tente de l'arracher à ses marais gluants. Il sourit, Dâvit, non, il grinche, de cette grinche si familière à Jaddus, qui sent tout à coup la fortune lui cligner de l'œil. Et il comprend, dans un éclair éblouissant... Trente ans passés, la Gribouille, sa femme, a d'abord été promise en justes noces à Dâvit à Gabriel Cormier, son voisin de clôture, qu'elle a envoyé manger dans l'auge sans cérémonies à l'apparition de nul autre que Jaddus Poirier de l'Île...!

La Gribouille déchiffre le mot à mot de la pensée de son homme qui n'a pas à ouvrir la bouche. Certains souvenirs restent si bien collés à la peau qu'un seul rictus les réveille et les étale sur toute la figure.

Et le reste du jour fut employé à décharger les bateaux et à étendre des paillasses dans tous les greniers du Fond-de-la-Baie.

* * *

La Gribouille ne dormit pas en cette première nuit. Elle ne pensait pas, ne réfléchissait pas, ne cherchait pas comment déjouer Jaddus et sortir de ce cul-de-sac où il l'avait fourrée. Car elle savait bien que la mer a ses marées comme la terre ses saisons; et que le reflux ramène indéfiniment les déchets que le flux a roulé sous les ponts. C'est pourquoi la Gribouille ne cherchait pas. Elle attendait. Et au matin, au caquet des poules qui ont pondu, elle trouva.

Elle ne parut pas plus affairée que d'habitude ce jour-là, se brimbalant du puits au hangar, à la grange, au logis, au tet-à-poules, comme si son seul et premier souci était de nourrir sa maisonnée grossie de la parentèle aveindue de l'île. Mais elle ne perdait de vue ni Babée ni Jaddus. Surtout qu'ils ne se parlent pas!

Vers le soir, à la brune, elle s'enfonça dans la forêt, sûre d'y trouver le petit Léon rentré de Memramcook une semaine plus tôt et qui passait ses journées à refaire sa provision de chêne, de frêne et d'érable rouge.

— C'est pour le couvent, qu'il dit en s'essuyant le front sous le bec de sa casquette.

— Prends point ta mort, Léon, les nuits sont encore fraîches au mois de mai, après la timbée du serein.

Elle s'assied sur le tronc abattu d'un bel érable piqué et examine les anneaux du bois sur la souche.

— Tu sais lire les arbres, Léon? Montre-moi ouère l'année de ma naissance.

Aussitôt le petit Léon se met à compter les cernes noirs et les cernes blancs... mais s'arrête, bredouille. Il n'ose pas demander à la Gribouille son âge. Elle comprend.

— Trouve-moi l'année que j'ai mis au monde Babée, qu'elle fait.

Le visage du sculpteur s'éclaire, et il fait courir ses doigts sur la souche fraîchement taillée, contournant les nœuds et les cicatrices de l'arbre, puis fige l'index sur un large cerne rose et sans tache.

— Babée a venu au monde là, qu'il dit, entre l'été et l'automne ; l'âbre avait déjà passé cent ans.

Et la Gribouille voit la main du petit Léon s'attarder sur le bois et le caresser... Ne perds pas de temps, la femme, voilà ta chance... Et elle attaque de front.

— La Babée a eu seize ans, c'est dire qu'elle va sus ses dix-sept. Et toi, Léon, quand c'est que t'auras tes âges ?

Léon lève les yeux au soleil couchant et grimace.

— Le 22 de juillet qui vient, qu'il dit.

Il doublait Babée en âge, le bossu ; trente-trois ans de bosse, de timidité, de bégayement, de vie solitaire et toute vouée aux arbres de la forêt.

— Point aux âbres, non, dis pas ça ; aux églises, aux chapelles de couvent, aux amphithéâtres de Memramcook. T'as une belle vie, Léon, faut point être honteux. Par rapport que toi, t'as un don. Et j'en counais point d'autres sus nos côtes qui pouvont se vanter d'en aouère autant. Ni sus nos côtes ni sus l'Île.

À ces paroles, l'âme de Léon frémit et sa peau frissonne. Un don, des doigts de sculpteur dans le bois, un cœur d'artiste solitaire et silencieux, face à la beauté et à la jeunesse fringante d'un aventurier des mers ! Il soupire, le petit Léon, et la Gribouille voit qu'il est en train

276

de renoncer. Il est temps de prendre le bœuf par les cornes.

— Léon LeBlanc, fais un homme de toi. Jaddus t'a promis jadis sa fille Babée, sa seule et unique fille. De tous les gars des alentours, t'es le seul qu'a un métier... respectable. Et pis t'es un LeBlanc du pays. À toi de choisi': tu fais face à Jaddus et tu réclames ton dû; ou ben tu retournes à tes planches et ton couteau, et t'oublies Babée, la fille la plus en demande des côtes. C'est droit asteur que ça se décide.

Elle se lève, rajuste son châle sur ses épaules et jette un dernier regard au petit Léon.

— Les nuits sont longues, l'hiver, au pays.

Et elle prend le sentier qui sort du bois.

*   *   *

Personne ne s'attendait à l'avalanche des événements qui suivirent, dès le lendemain. Personne. Pas même la Gribouille. Le petit Léon était sa dernière carte qu'elle avait jouée sans grande conviction. Et quand elle le vit entrer chez elle au petit jour et demander à parler à Jaddus, elle n'en crut pas ses yeux.

Lui non plus d'ailleurs. Le petit Léon se croyait si peu capable d'une telle démarche qu'il décida de faire lui-même sa demande, sans procureur ni témoin, sûr qu'il flancherait au dernier instant et que tout rentrerait ainsi dans le silence éternel. Et son histoire se terminerait là. Mais comme avait coutume de dire l'oncle Marc: le cœur a ses raisons...

En s'apercevant aux pieds de Jaddus, un Jaddus qui aurait pu boire sa bolée sur le crâne du petit Léon, le prétendant en oublia jusqu'aux noms de Marie-Babée Poirier qu'il s'en venait demander en mariage. Il n'aurait pas su nommer non plus son père ou sa mère, nommer Jaddus ou sa femme Pélagie. Mais dans son désarroi, il trouva un mot, sorti de la mémoire inconsciente ancestrale, et qui frappa Jaddus au cœur.

— ...l'honneur, qu'il dit.

Il avait l'honneur de demander la main de Babée, la Babée qui lui avait été promise déjà dans l'honneur. Jaddus en pâlit. Ainsi Léon ne renonçait pas.

— T'es sûr, Léon, que c'est ce que tu veux, te marier avec Babée?

Jaddus venait de commettre sa première faute. Le bossu n'aurait pas été sûr, non, de vouloir se marier. «Avec Babée» changeait tout. Et Jaddus comprit, trop tard, que le petit Léon, autant que Pierre Bernard, était follement amoureux de sa fille.

14

Roule ta bosse,
Mon petit bossu,
Dans mon carrosse
T'embarqueras plus!

COMPTINE des enfants de l'Île pour venger Pierre, leur amoureux national. Car sitôt le petit Léon sorti du logis de Jaddus Poirier, la nouvelle s'était mise à galoper de porte en porte: Babée serait au petit bossu. Et la Gribouille se rengorgeait comme une oie.

— Comme une dindoune, crachait veuve Fanie dans un dépit à faire trembler toutes les vitres du Fond-de-la-Baie.

...Dans mon carosse
T'embarqueras plus!

À quoi répondaient sur le même air les enfants de la terre ferme:

Elle est morte
La vache à Maillotte,
Elle est morte
Derrière la porte!

Mais tandis que les petits cousins se lançaient leurs quolibets et leurs chansons à répondre, ignorants de la gravité du drame qui se jouait dans le cœur des grands, le pays était sans dessus dessous. Alphée se démenait comme un diable dans l'eau bénite; Fanie secouait la poussière de ses chaussures sur tous les marche-pieds; Antoine et Julie Bernard s'efforçaient de faire bonne figure contre mauvaise fortune; l'oncle Marc tournait en rond; Marguerite à Loth fouillait sa chemise pour se trouver des poux; Jaddus se cognait la tête contre les murs; Dâvit à Gabriel se répétait que la Gribouille, qui bayait aux corneilles, ne perdait rien pour attendre; tandis que Maître Renaud, secrètement, changeait son fusil d'épaule.

...On peut dire que l'Acadie sortant du bois était en train d'épuiser, pour faire face à son premier triangle amoureux, tous les proverbes connus de l'époque.

Il en restait un, intact, celui que vivait depuis la veille le petit Léon, les deux mains agrippées à la corde à virer le vent. Ébloui, ébaubi, cul par-dessus tête, le petit bossu larguait ses chimères comme des cerfs-volants. Le Fond-de-la-Baie ne logeait plus au fond de la baie, mais au-dessus des nuages, flottant entre la Poussinière et le chemin Saint-Jacques; et le bossu ne roulait plus sa bosse, mais emportait sur ses épaules une princesse du nom de Babée, dame joli... e... Et il chantait, le petit Léon, sur trois notes, la chanson de *Mariançon*. La Gribouille et Fanie détournèrent les yeux de ce transport amoureux, trop beau et trop pénible à voir: l'une par remord, l'autre par compassion.

Soudain l'on s'écarte, comme au passage d'un cortège funèbre : c'est Pierre qui s'en vient, seul, tête et pieds nus, en chemise... il va prendre sa mort, l'innocent !... et qui se parle à lui-même. Judique Girouard n'est point rassurée, point rassurée du tout. Elle a déjà soigné des lunatiques et des dérangés, des désespérés aussi qui avaient quasiment perdu la raison. Il ne fallait pas pousser un homme à bout, ça n'était pas chrétien. Et elle jeta du côté de la Gribouille un œil mauvais. Elle était prête à défendre le pays, Judique, défendre sa terre contre les îles, mais il ne fallait pas exagérer. Babée aurait dû avoir son mot à dire là-dedans, ça me semble.

— Babée est une enfant d'à peine seize ans. C'est ben trop jeune pour décider de tout son avenir.

— Dans ce cas-là, c'est trop jeune itou pour s'y embarquer.

— À qui c'est la fille : aux Giroué ou aux Poirier ?

— Aux Poirier, justement, que s'insurge veuve Fanie, ravie d'intercepter le débat et de le faire dévier de son bord. Aux Poirier aveindus de l'Île de feu le capitaine, parrain du dénommé Pierre Bernard.

Le dénommé Pierre, durant que les clans de deux pays s'occupaient de son sort, poursuivait sa déambulation de la mer à la forêt à la mer, parlant aux morts et assiégeant le ciel. Le capitaine Poirier, son parrain, était aussi le grand-père de Babée, doublé de son oncle de par son mariage avec Adélaïde, qui devenait de par le même mariage la deuxième marraine de Pierre : tant de liens de parenté, tissés durant tant de siècles devaient répondre à un destin. Elle lui était destinée, Babée, par les gènes et les graines des ancêtres; par les vagues qui caressaient leurs deux pays; par les astres qui veillaient sur eux; par la lune qui croissait et décroissait le même jour sur l'Île et sur le continent; par l'amour infini qu'il lui portait; et par le serment qu'ils s'étaient échangé dans le sang un jour, dans la grange, et qui était à l'origine de tous leurs malheurs.

...De tous leurs malheurs?

Elle est là, à côté de lui, elle l'a rejoint dans les foins jaunes de la dune, et a deviné ses pensées ou entendu quand il a pensé tout haut. Elle est là, tranquille, confiante, puisqu'elle l'aime, et qu'il l'aime, et qu'ils s'aiment tous les deux, et que rien n'est plus fort que ça. On peut mourir, même à seize ans, mais on ne peut s'arracher le cœur du ventre, ni pour son père et sa mère, ni pour un trésor, ni pour un pays. Elle attendrait. Tranquillement.

...Attendre? mourir? Mais on n'emporte pas l'amour dans la mort.

...Si fait, on l'emporte. L'amour est la seule chose qu'on emporte dans l'éternité. C'est l'oncle Marc qui l'a dit.

...L'oncle Marc? il ne s'est jamais marié, l'oncle Marc.

...Ça serait pour ça, apparence.

Pierre est perplexe, Babée plane trop haut pour lui. Il doit bien exister un moyen de sauver l'amour ici-bas, de le vivre durant sa vie, quitte à l'emporter au paradis à la fin de ses jours. Le vivre au bout du monde, si nécessaire, à Chéticamp, à Caraquet, à Memramcook, au bout du monde.

Babée l'écoute rêver, s'emporter, se battre avec la nature et les hommes, leur bâtir à tous deux un nid calfeutré de mousse et de varech séché, l'étendre sur une couche de fougère et de fleurs des champs, la bercer, la contempler, la respirer, la garder contre les vents du nord et les marées hautes, la serrer contre lui durant les nuits d'hiver, et les nuits d'été, et toutes les nuits jusqu'à l'éternité... Mais le mot éternité, qui le ramène à la mort, sa rivale, le fouette, et le galant se redresse. Non, Babée ne mourra pas, il l'en empêchera. Il affrontera même la Faucheuse, la charrette de Bélonie l'Ancien, à coups de hache et de pioche, les mains nues, n'importe comment, il ne laissera point faire ça, oh non! Babée ne sera pas au petit bossu, ni à personne d'autre que lui, Pierre devrait-il mettre le feu aux quatre coins de la terre!

Chut... Pierre, calme-toi, ça va s'arranger, tu verras...

...Ça va s'arranger tout de suite, ici même. Cette fois il ne laissera faire ni Alphée, ni son père, ni la veuve Fanie, sa marraine; il a vingt ans, et ses deux bras, et un bateau pour emporter son amour au bout du monde: un amour qui s'appelle Babée et qu'il traîne comme un trou au cœur depuis ce matin d'août quand pour la première fois il l'a aperçue entre les roses sauvages du bouquet de mariée qu'Adélaïde avait laissé choir sur le sable. Et la blessure n'a cessé depuis de s'approfondir.

Babée se hisse sur le bout des pieds pour prendre la tête de Pierre dans ses mains. Et du plat de sa langue, elle lèche le sang de la blessure, monté du cœur jusqu'aux lèvres.

Aaaah!...

Et Pierre qui sent tout le miel du ciel se répandre dans sa bouche, ferme les yeux, arrête l'instant, le roule en boule et l'enfouit au creux de son ventre. Un ventre qui aussitôt fait un tel bond que...

...il était grand temps que survienne le petit morveux.

— Babée, ta mère te cherche.

* * *

Borteloc plus tard a rapporté avoir vu Renaud parler au petit Eugène et l'envoyer à la dune. Il a fait serment qu'il avait lui-même suivi le Français de France et...

— Jure pas, Borteloc.

Ne jure pas, mais raconte.

Et Borteloc raconta. Renaud avait parlé à Pierre, seul à seul, sur la dune. Et Pierre était resté longtemps songeur. Puis tous les deux avaient quitté le bord de l'eau pour se rendre chez l'oncle Marc.

— L'oncle Marc? pour quoi faire?

...et de là chez Jaddus.

— Tu veux dire que Jaddus a été mêlé à ça?

Jaddus, durant la visite de l'Île au pays, hébergeait sa tante Fanie et deux ou trois cousins, hébergement qui gardait la Gribouille très affairée autour de la crémaillère. C'était bien des bouches à nourrir pour une maîtresse de maison qui avait son esprit ailleurs, et les plus hardis de ses fils osèrent trouver la soupe trop salée.

— Je vous en ferai, moi, de la soupe salée! C'est rendu que ça lèverait le nez sus le fricot. Depuis que les étranges envahissent le pays...

Elle n'en dit pas davantage. D'abord parce que les parents de l'Île ne pouvaient en tout droit s'appeler des étranges; et puis parce que la Gribouille était maître de la litote et des points de suspension, et savait par conséquent qu'en langue du pays, la phrase est terminée bien avant le dernier mot.

Raconte, Borteloc.

Pour une fois qu'on lui prêtait attention et qu'on s'intéressait à ses histoires, Borteloc n'allait pas perdre l'avantage.

— Après Jaddus, ça fut les Bernard.

Les Bernard! Donc tout le monde. Car aux Bernard étaient liés les Richard, Gallant, Arsenault et Poirier de l'Île. C'est dire que la baie Egmont tout entière a été mise au courant du coup sans que la Gribouille en eût vent. Quelle race, ces insulaires!

— C'est-i' le Français de France qui avait inventé ça?

Inventé, craché, tricoté, puis planifié et organisé. Car une telle expédition relevait de la plus haute stratégie; et sur les côtes, seul Renaud avait déjà fait la guerre. Personne n'interrogea Dâvit à Gabriel sur la guerre gagnée ou perdue par Renaud, sûr qu'un Français de France ne pouvait sortir des vieux pays sans avoir connu l'une ou l'autre des guerres qui se déroulaient par là.

Crescence ricana. Ce qui fit dresser le front au Louis à Bélonie qui soupçonna aussitôt la centenaire d'avoir également trempé dans le coup.

— La vieille Crescence? Mais elle a point grouillé de sa chaise à roulettes de tout le printemps.

Et puis après? Depuis quand une personne doit-elle s'aveindre de son grabat pour lancer une idée? Et Louis-le-Drôle se mit à énumérer tous les vieux de son répertoire, à commencer par son ancêtre Bélonie-le-Radoteux, qui, accroupis sur une paillasse ou nichés au fond d'une charrette, avaient su quand même rebâtir le monde.

— Un monde en châteaux de cartes, que fit Dâvit à Gabriel pour avoir le dernier mot, car il savait au fond, le Dâvit, qu'il descendait lui aussi d'une lignée de rebâtisseurs de mondes.

Donc Crescence avait soufflé l'idée à Renaud. Puis Renaud à Pierre et Alphée et à toute la tribu de l'Île. Après seulement on avait approché Jaddus par le biais de l'oncle Marc qui s'était compromis jusqu'au cou, et bien sûr de veuve Fanie qui ronronnait à l'idée de faire la nique à la Gribouille.

Ainsi le récit de Borteloc, sautant de bouche en bouche, revenait rebondir à ses propres oreilles, revu et amplifié jusqu'à lui donner le vertige. Il avait beau crier: arrêtez-vous! j'ai point dit ça!... la narration s'allongeait et s'enguirlandait, se tortillait pour se faufiler dans toutes les ouïes et même dans les narines du beau Dâvit à Gabriel qui en reniflait, le piffre!

— Comment ç'arrivé?

Enfin Marguerite à Loth! Fallait s'y attendre. Et comme la Gribouille cette fois n'était pas là pour la faire taire, Marguerite put à loisir répéter sa question.

— Comment c'est que ç'a commencé?

* * *

Ç'avait commencé entre chien et loup, la nuit du 12 mai. Durant toute la journée, on s'était contenté de virouner autour des logis et des bâtiments, les bras trop longs le long du corps, les yeux à pic et clignant au moindre son d'un bourgeon qui éclate en feuille. On avait un tel souci de se taire qu'on se pinçait les lèvres à la moindre envie d'éternuer.

Puis en fin d'après-midi, un averti aurait pu distinguer du côté du rivage des ombres qui semblaient marcher pliées en deux. Mais l'œil le plus averti du pays restait celui de la Gribouille que Renaud avait pris soin d'attirer du bord de la grange. Une vache avait vêlé la veille et le veau refusait de téter. Renaud offrit d'aller tamiser les prés salins à la recherche d'herbes sauvages pour stimuler la montée du lait. La Gribouille jeta un œil à la jambe de Renaud, puis décrocha un panier de la poutre.

— J'irai moi-même; en c'te saison, la terre des prés salés est trop molle pour une jambe de bois, qu'elle fit.

Et elle partit vers les prés, laissant le Français de France dénouer en souriant les fils de crin autour des tétines gonflées de la vache. Même pour les plus beaux yeux du pays, on ne devait pas laisser périr un veau dans les années 1880.

Quand la Gribouille rentra chargée d'herbes salines, la vache était déjà guérie et le veau rassasié... Manège imprudent, Renaud, la Gribouille aurait pu sentir la poudre. Mais au dire du Français de France, qui commençait à connaître son monde, mieux vaut risquer gros que risquer à moitié. La Gribouille qui eût flairé une attrape à souris, venait de donner dans un piège à ours. Et c'est ainsi que ses ancêtres s'étaient laissés déporter.

Toujours au dire du Français de France.

Il ne fallait pas exagérer cependant; le Français lui-même s'en rendit compte, qui faillit le payer cher. Car au moment où cette mère de neuf garçons et une fille vit suinter de lait les pis de la vache, elle s'approcha des mamelles, qu'au pays on nomme des remueilles, et plissa son œil des mauvais jours. Renaud s'en aperçut juste à temps... juste à temps pour crier au petit Eugène de descendre du pommier en toute hâte.

— La branche est pourrie par en dedans.

La Gribouille se détacha aussitôt de la vache.

— L'écornifleux! si je peux 'i mettre la main au collet!

Le pauvre écornifleur ne comprit rien au baragouin de sa mère, une heure plus tard, quand elle réussit à lui mettre la main au collet pour de bon. Il n'avait pas grimpé au pommier de la journée, je vous jure.

— Jure point en plusse!

Heureusement pour Eugène qu'il pratiquait déjà la morale de sa génération: pour une punition imméritée, quatre cents coups impunis, il était quitte. Et il ne chercha pas à comprendre.

La Gribouille, si. Une branche de son pommier pourrie? laquelle?... Elle donnait dans les pièges à ours, mais point dans les attrapes à souris, la rusée. Il était grand temps que la goélette fît voile.

* * *

Et elle fit voile. Au soleil couchant. La goélette et les quatre bâtiments. Comme une armée navale à l'attaque. En fuite plutôt, amenant pavillon. Imprudent de démarrer le jour, et risqué de nuit: Antoine Bernard proposa la brunante et on se rangea à son conseil. En mai, les jours allongent, on courait la chance d'atteindre l'île avant la nuit noire. Pourvu qu'on passe le goulet du canal avant que...

— Non!!!

On ne le passe point, point avant de recevoir en pleines voiles ce cri qui déchirait le crépuscule.

— La Gribouille! la v'là!

Encore son petit morveux de fils qui avait reniflé dans les pistes des hommes qui transportaient âmes et bagages sur le pont. Et en fidèle informateur, il avait couru planter son nez dans le devanteau de sa mère.

— Ils emmenont Babée, qu'il avait dit.

...

Elle était là, sur le pont d'en avant, la face à l'orient. Sa fille Babée. Et c'est l'île, l'île maudite, qui l'emportait. La Gribouille, aux trois mots de son petit dernier, avait tout compris, dans un éclair: le pommier, la vache tarie, le silence obstiné de Jaddus et de ses fils aînés, les ombres sur la dune qu'elle apercevait à retardement, tout, toutes les ombres, et tous les silences, et tous les chuchotements du monde depuis le commencement des temps, tout... tout bourdonnait dans sa tête et lui faisait mal, et lui coulait de la laine dans les jambes et du plâtre dans le cerveau. Pour la première fois, cette femme qui avait bâti une famille, créé une tribu, quasiment régénéré un peuple, se sentit vaincue.

Le temps d'un souffle.

Car elle a tôt fait de le reprendre, un souffle à s'en remplir les poumons et les boyaux. En face d'elle, vient de surgir le spectre de ses pires hantises... la mer, l'île, la nuit, le clan des autres issus d'un sang étranger, tout cela enveloppé dans une même action de la plus grande vilenie: le rapt de son unique fille Babée. Et la nuit qui encapuchonne les cinq bâtiments reçoit le cri de la Gribouille en plein front.

— Je vous maudis!

Elle est si grande contre les foins de dune, et sa colère est si profonde, que même Jaddus, même l'oncle Marc en restent cloués aux pilotis du canal. De tout le Fond-de-la-Baie, accouru à la vue des voiles et à la clameur qui perce la nuit, personne n'ose ouvrir la bouche pour empêcher la malheureuse de maudire sa fille et les monstres qui la ravissent.

C'est pourquoi sa voix porte si loin. Jusqu'à la poupe de la goélette des Bernard où s'est précipitée Babée au premier cri de la Gribouille... Que se passe-t-il? pourquoi sa mère apparaît-elle sur le rivage? qui l'a trompée? On a promis à Babée que sa mère n'en saurait rien, qu'elle ne verrait pas partir les goélettes, que tout se déroulerait à son insu, et qu'elle aurait tout le temps plus tard d'apprendre doucement la nouvelle dans une longue lettre que lui écrirait Babée et où elle lui expliquerait tout... son attachement à sa famille, son dévouement filial, sa fidélité au Fond-de-la-Baie, et son amour pour Pierre qu'elle s'en allait épouser dans les sacrements... avec la bénédiction de son père.

...La bénédiction de son père? Elle n'entend plus que les vociférations arrachées des entrailles d'une mère en furie et qui lui déchire les tempes.

— Ma malédiction sur toi, Babée, et sur la famille qui t'emporte, et sur le pays qui te nourrira! Jusqu'à sus ton lit de mort, tu resteras maudite par ta mére si tu maries l'homme que je t'ai refusé. Lui ni les siens t'ouvriront point les portes du paradis. Souviens-toi des paroles que je te dis, Babée!

...

La pauvre Babée allait s'en souvenir, n'insiste pas, la Gribouille. Elle avait déjà commencé, dès le premier mot de la malédiction, à se souvenir. Désormais, son cœur ne serait plus qu'une plaie immense, partagé entre l'amour et la malédiction. Et le clan des Bernard, sorti de sa stupeur, dut employer tout son génie et toute sa vigueur pour garder Babée à bord.

Quand la Gribouille sortit de cette épreuve de force, elle était exsangue. Jaddus et ses fils durent la porter à la maison. Ébouriffée, blanche, hagarde, décomposée, elle avait pourtant vaincu. Elle savait, au fond de son œil trouble, qu'elle avait triomphé de l'âme de sa fille que même l'amour ne parviendrait pas à guérir. Aussi longtemps que durerait sa malédiction, aucun fils Bernard ne toucherait à Babée, elle le savait.

Et cette nuit-là, elle dormit.

15

POINT Jaddus, ni l'oncle Marc, ni Renaud. Aucun de ceux-là n'eut l'âme tranquille. Leur action était souillée. Qu'adviendrait de Babée maintenant, et de Pierre Bernard, maudits à vie?

Et le lendemain, ils s'en furent chez le prêtre.

Il fallait innocenter Babée; pour ça, dégager la Gribouille de sa malédiction. Mais la Gribouille s'obstinait et refusait l'exorcisme. Elle ne reprendrait sa parole que le jour où Babée rentrerait au pays pour épouser l'un des siens, sur ses côtes.

— Vieille toquée! qu'osa proférer le curé sorti de Québec.

C'était le privilège d'un curé de tout oser, même face à la plus farouche progéniture des déportés; mais non pas de tout obtenir. Et la Gribouille résista.

Puis ce fut au tour de l'oncle Marc. En soixante ans de vie, il ne s'était jamais fait un seul ennemi, l'oncle Marc. C'était un exploit en cette Acadie du XIXe siècle. Même la Gribouille lui manifestait une extrême déférence... Ce qui ne signifiait pas, oncle Marc, qu'elle était prête à céder sur l'essentiel. L'essentiel, en ces années-là, c'était la sortie du bois d'un peuple, oublié et méprisé du monde entier, une sortie qui allait se concrétiser dans la récupération du bien ancestral qui, au Fond-de-la-Baie, s'appelait le trésor des LeBlanc. Voilà pourquoi Babée devait revenir de ses égarements et rentrer au bercail si elle voulait retrouver la paix de l'âme.

La paix de l'âme! pensa le Fond-de-la-Baie. La Gribouille serait la première à y laisser la sienne, son âme, si elle maintenait sa malédiction à sa fille. Ça n'était ni chrétien ni humain, ni dans les mœurs du pays, de condamner ainsi l'enfant de ses entrailles à une telle misère.

Et selon l'antique coutume de la sanction populaire, le Fond-de-la-Baie se détourna de la Gribouille et l'isola avec son péché.

— Tout ça pour un coffre! soupira Crescence, sans regarder Renaud assis sur les marches du devant de porte.

Le mot coffre fit dresser le cou de Renaud et frémir son œil. Voilà en effet où logeait le drame de Babée: au fond d'un coffre de bois franc, enfoui au creux des sables depuis un siècle, et destiné à y dormir Dieu sait encore combien de temps! Un coffre empli de cuillères et de gobelets d'étain, de bijoux en verroterie, d'une poignée de pièces d'or ou d'argent, de liasses, peut-être, et sûrement bourré de nippes de dentelles anciennes. Pauvre Babée!

Un coffre... où trouver un coffre?

Le siècle avait passé au tamis la dune, et les basses, et les côtes du pays. Mais le trésor, solide légende s'il en fut, filait entre les dents des fourches et des râteaux, et déjouait les chevaliers de la quête. Et la légende n'en sortait que plus profondément enracinée. Combien de temps encore?

Renaud un instant pose sa canne sur ses genoux et lève la tête vers la cime du chêne, l'unique chêne du devant de porte de la Gribouille où, près d'un an plus tôt, le Fond-de-la-Baie l'avait trouvé et adopté, sans poser de questions, lui, l'étrange sorti des vieux pays. Et il se souvient que ce soir-là... est-ce réellement ce soir-là?... il se souvient qu'un soir d'automne, autour de Jérôme-le-Menteux, le Fond-de-la-Baie a fait mention d'un secret connu du seul Borteloc et reçu de bouche à oreille du lit de mort de son père... Quelqu'un en cours de lignée avait dû connaître, garder, puis transmettre au dernier instant le fin mot de la fortune des LeBlanc chaque fois sauvée *in extremis*.

...Borteloc! qu'il se dit.

Et Renaud empoigna sa canne à deux mains et se releva comme un chevreuil qui a vu s'allumer un feu à l'horizon.

* * *

Quand Jérôme-le-Menteux surgit des roseaux, à la fin mai, il trouva le Fond-de-la-Baie cul par-dessus tête. Le brave pays des côtes qui un an plus tôt sortait de son long hiver en clignant au soleil et en faisant sécher ses rêves aux vents doux d'avril, voilà qu'il laissait pourrir le grain avant de le mettre en terre, et traîner les filets de pêche entre les algues et les effilochures d'écume. Personne n'avait encore étrenné la charrue en vrai fer, forgée dans les forges de Memramcook, et que le petit Léon avait rapportée en paiement de son travail d'artiste. Tout était à la débandade.

Mais pourquoi cet abandon et ce désordre en plein soleil de la fête des Arbres? Quelle mouche avait piqué Jaddus et la Gribouille, et l'oncle Marc, et tout le voisinage qui se taisait autour du nid des Poirier, comme si un deuil l'avait frappé?

...Point un deuil, non, Jérôme, pire. Un deuil, on en vit plusieurs chaque année. Mais le pays ne recevait pas tous les ans dans le giron des malédictions. Et Froisine vint ponctuer de ah! et de oh! le résumé des événements du printemps que son homme s'efforçait de passer à Jérôme. Mais on sait au pays qu'il ne se fait pas plus long récit que ce qu'on nomme un résumé. Et Jérôme dut écouter encore une fois sans bâiller ni étirer les jambes, l'histoire quotidienne des côtes des deux bords du détroit. Quand enfin il put placer un mot, il demanda des nouvelles du petit Léon.

...C'est vrai, le petit Léon... on l'avait oublié, trop empressé auprès de Pierre et de Babée. C'était pourtant, lui, le bossu — pardon! Jérôme — lui, le petit Léon qui avait en quelque sorte tout déclenché. Point intentionnellement, si quelqu'un sur les côtes était incapable de faire mal à une mouche... point malicieusement. Le petit Léon s'était vu embarqué bien malgré lui dans cette aventure. Mais une fois pris... pauvre petit Léon! Il souffrait dans sa chair et dans son âme, l'amoureux bafoué qui devait en plus porter le poids d'une malédiction maternelle qu'il avait à son insu provoquée. Il aimait Babée, comme un chien fidèle, comme un esclave, comme un fantôme d'un autre âge qui revient chaque nuit contempler un vivant inaccessible. Et voilà que malgré lui, il l'avait blessée à mort, lui avait séparé l'âme du corps qui flottait sans vie là-bas dans une île perdue. Babée ne serait jamais à lui, il le savait. De plus, sa seule existence de LeBlanc héritier aux trois quarts d'un trésor qu'on ne retrouverait sans doute jamais empêchait Babée de vivre. Et le petit Léon promenait son chagrin de chêne en frêne en bouleau blanc, traînant une bosse qui chaque jour le courbait un peu plus vers le sol.

Jérôme se dérouilla bruyamment le gosier. Il était conteux et menteux depuis son premier souffle et entendait le rester jusqu'à son dernier. Mais conter ne voulait point dire brailler et pleurnicher en regardant dérouler devant ses yeux les dix plaies d'Égypte. Il était grand temps qu'il reprenne le tabouret et le crachoir, le Jérôme, et détourne le cours de l'histoire; grand temps qu'il largue au mitan de la place une autre de ses bombes qui relancerait le pays à la recherche de son avenir et de son identité. Mais à l'instant même où il ouvrait sa besace pour en extraire sa pièce la plus explosive, son bras resta cloué à sa bosse de bossu et son œil figea.

Renaud, le savant maître d'école, venait d'entrer.

Ce qu'ignorait Jérôme, et qu'il apprit pour son malheur ce jour-là, c'est que le Français de France n'occupait pas de domicile permanent, mais était l'hôte de toutes les familles de la Baie qui se le passaient de semaine en semaine, lui offrant le gîte et la table en échange de son enseignement.

— En échange de rien en toute, protesta Froisine. J'ons accueilli l'esclopé le jour que je l'ons trouvé sous l'âbre, pour l'amour de Jésus-Christ. La classe a venu après.

De toute façon, Renaud était un maître d'école ambulant qui agrandissait de mois en mois son territoire, faisant la classe aux enfants du Lac-à-la-Mélasse, de la Pointe-à-Jacquot, de la Butte-du-Moulin et bientôt de la Barre-de-Cocagne.

...Tiens, tiens! pensa Jérôme; s'il comprenait bien, le Français de France ne cherchait pas à transplanter ses racines à un endroit particulier, mais à les traîner plutôt derrière lui comme des algues, s'enracinant ainsi à la grandeur du pays. Et le conteur grinçat des dents.

— L'Acadie finit point à Cocagne, qu'il fit, y en a jusqu'à Miramichi et Petit de Grat.

Marguerite à Loth eut tôt fait de le ramener au plancher des vaches en rappelant au vagabond que Miramichi avait passé au feu.

Alors le Jérôme, pour sauver son inspiration des massacres de la Marguerite, et pour faire semblant d'ignorer l'arrivée inopportune du maître d'école, replongea le pays dans son état de déplorable débandade.

— À la valedrague, tu veux dire.

…Valedrague?

Si fait, Renaud, à la valedrague… ce qui est un désordre plus acadien et plus maritime qu'une débandade.

Et le Français de France prit note.

Jérôme comprit qu'il ne s'en sortirait pas, que le savant était là pour rester et que… Mais quoi? il écrivait le mot en plus? Il n'était pas en train de faire un livre avec les mots du pays, jamais je croirai! Heye, heye! le Français, fallait quand même pas venir se moquer du monde jusque dans la chacunière de tout un chacun.

…Chacunière?

Jérôme s'essoufflait, tandis que Renaud continuait tranquillement de noter les expressions, les accents, les saillies. Il interrogeait Dâvit, faisait répéter Jonas, reprenait le dernier mot de Crescence; il charcutait la langue en phrases et en syllabes et s'amusait à jongler avec les propositions… Le jeu de la syntaxe, qu'il disait.

Mais les gens du pays, qui en avaient plein la goule de la syntaxe, prirent peur devant la dissection de leur propre pensée et se bouclèrent les lèvres. Ils s'étaient très bien fait comprendre durant trois siècles, sans se soucier de l'accord des participes. Mais tout à coup chacun sentit sa langue coller à son palais.

Renaud comprit trop tard sa maladresse et tenta de la réparer. C'était en hommage à leur langue qu'il notait ainsi leurs locutions, leurs images, leur discours; il n'avait d'autre but que la sauvegarde du français ancien, cette merveilleuse langue conservée au chaud sur leurs côtes durant leur long isolement…

Jérôme se tapait les cuisses... Au chaud sur leurs côtes!... Quel fat, ce savant! Ça lui apprendrait à faire l'important, le Jos Connaissant, à se mêler de choses qu'il ne connaissait pas, instruisant par ci, enseignant par là, transplantant ses coutumes et sa mentalité en terre des autres et se figurant que les autres allaient lui rendre son pays d'origine sur un plateau d'argent tout serti de vents du large, de marées hautes, de ciel étoilé... il en perdait le souffle, Jérôme, à échafauder sa splendide imagerie intérieure où il remettait si hardiment le Français de France à sa place... sa place qui était en France. Cette fois Renaud changea de crayon et esquissa sur son papier les multiples expressions qui couraient sur la figure du Menteux qui, à son insu, fournissait au Français les plus éloquents échantillons d'indignation acadienne.

Tout cela était sur le point de mal finir, quand arriva le vieux Bélonie qui venait porter la nouvelle à son compère Gabriel à Thomas. Il l'adressa directement au vieil homme, sans s'arrêter aux salutations d'usage, par-dessus la tête du Menteux, du maître d'école et du maître de céans qui se prénommait Dâvit à Gabriel.

— Apparence que des LeBlanc de Shédiac et de Haute Aboujagane se prépareriont à envoyer des leurs en Amarique qu'ri' le coffre des aïeux.

Dâvit, Jonas et Froisine bondirent comme des chats-cerviers sur leurs pattes, et échangèrent leurs cris:

— Comment?
— Quoi?
— En Amarique?
— Où ça?

— Le coffre, qu'il dit?

— Sacordjé!

Eh oui! Sacré Dieu! c'était ça, apparence. Apparence même que Memramcook songerait à les y accompagner.

— Si Memramcook est dans le coup, il accompagne point, il prend les devants.

La nouvelle était de trop grande taille pour ne pas projeter son ombre sur les quatre points cardinaux du pays. Et les Grelot, les Charlitte, Clovis Collette, les Girouard, tous accourent chez les Cormier.

Judique n'y tint plus.

— Ah! non, pas ça! Je laisserons point le trésor des LeBlanc aux mains d'une branche de bâtards illégitimes et dégénérés.

Jérôme jeta un œil à Renaud pour lui signifier: écris, écris... bâtards illégitimes et dégénérés. Il avait déjà oublié, le Menteux, qu'à l'automne il avait lui-même insinué au Fond-de-la-Baie une possible dégénérescence des LeBlanc de la vallée.

Renaud savait que les menteries d'automne disposent de tout l'hiver pour bourgeonner en vérités du printemps; il soupçonnait que tous s'empareraient de cette vérité-là, vraie ou fausse, pour chercher à grignoter davantage dans le trésor ancestral; mais il s'interrogeait sur le trajet qu'avait dû parcourir la nouvelle avant de revenir au Fond-de-la-Baie d'où elle était sortie.

...De la cabane à éperlans de Borteloc, précisément. À peine quelques jours plus tôt. Mais tout autre qu'un étrange aveindu de France aurait admis que trois ou quatre jours suffisent à une nouvelle de cette importance pour parcourir un pays qui vit du bouche à oreille depuis plus de deux siècles. Elle avait tout simplement rebondi, comme un cheval au galop, de la cabane du Borteloc, à la grange de Théotime de la Butte-du-Moulin, à l'embarcation d'Hilaire Després de la Barre-de-Cocagne, au logis d'un dénommé Bourgeois de Grand' Digue, au magasin général d'un issu de LeBlanc de Shédiac.

Ça, pour les grands relais. Car en réalité, la découverte du trésor des LeBlanc, avant d'atteindre Shédiac, avait bifurqué par maints chemins de traverse et sentiers de vaches, et se répandait déjà dans tous les prés, portages, marais, dunes, avant de longer les rivières et les barachois qui délimitent le pays, et s'en venir frapper le Fond-de-la-Baie en plein front.

— Voulez-vous dire...?

Le trésor des LeBlanc reposait à Philadelphie, dans la tombe de Jean à Pélagie qui l'avait enterré avec lui.

Un siècle, pensez donc! on avait espéré un siècle! On s'était chicané, égratigné, pris de gueule, pris aux cheveux entre frères et voisins durant cent ans pour un trésor enterré à Philadelphie! Dâvit à Gabriel dut s'asseoir. De même que Judique, Froisine, les Grelot et les Charlitte. Et tous songèrent à la Gribouille, sans la nommer. Seul le petit Léon, accouru à la nouvelle, se sentit soulagé.

...Soulagé! Mais il ne saisissait donc pas l'ampleur de sa perte, l'innocent? Sans ses soixante-quatre quartiers, le bossu restait tout nu sous sa bosse. Le trésor envolé emportait dans son vol l'amour et l'espoir du petit Léon.

— D'où c'est qu'a ressoudu la nouvelle? qu'on commence par s'informer.

Renaud est bien obligé de tout dévoiler. Et il sort les papiers.

— Des papiers!

Jérôme s'arrache les cheveux. Pas assez qu'on le déshérite de son trésor, qu'on lui rafle sa plus belle légende, qu'on sabote son honneur de premier conteur et chroniqueur du pays, mais on s'attaque à sa transmission orale à coups de liasses d'écritures.

Vache!

Pourtant c'est clair, écrit sur parchemin, la fortune des LeBlanc est issue du seul Jean, fils de Pélagie, qui a épousé une Indienne dans la forêt de Pennsylvanie. Et le trésor repose avec lui.

Sylvain à Charlitte prend son souffle. Jean LeBlanc, frère de son arrière Charles-le-Besson, avait-il des héritiers... directs?

Renaud défroisse un parchemin effiloché et jauni et lit. Silence. Il lit en faisant glisser les yeux de gauche à droite, sans remuer les lèvres ni bouger la tête. Toutes les bouches sont ouvertes sauf la sienne. Il l'ouvre enfin pour donner le verdict.

— Aucun héritier direct à Jean LeBlanc; c'est dire que tous les LeBlanc issus de la charrette sont ses héritiers.

On respire. Abondamment. Rien n'est encore irrémédiablement perdu. Un trésor existe, à l'autre bout du monde, mais il existe. On peut toujours le récupérer.

— Comment? Y en a-t-i' ici présents qui

sont parés à refaire le voyage des ancêtres à rebours?

C'est vrai. Philadelphie était sur la route de retour des déportés. En charrette, ça leur a pris quatre ans pour franchir cette dernière étape. Louis-le-Drôle trouve que ça serait payer cher un coffre, quatre ans de charrette.

— Qui c'est qui dit que je devions le faire en charrette? La vie est plus comme dans le temps, et je sons plus sus l'empremier.

En effet, Judique, le monde a changé. L'Amérique a même des trains à vapeur, figurez-vous!

Froisine sent frémir ses reins. Trop d'émotions et de sensations l'assaillent à la fois. Mais d'abord assouvir sa curiosité. D'où viennent ces papiers? et comment les a-t-on dénichés, un beau matin de mai, par adon?

Alors Renaud pose toutes les cartes, le roi, la reine, le valet, l'as, toutes les cartes sur la table. Et la carte maîtresse: Borteloc.

— Le fou du roi, c'ti'-là!

Petit à petit, tout s'éclaircit: le secret de feu le vieux Martial sur son lit de mort légué à son fils bâtard; l'apparition tardive d'une tante Colastie dans le nord; l'attitude étrange de Borteloc lors des fouilles de la dune, et la découverte du baril de vin au lieu du coffre.

— Quoi c'est que le baril de vin vient faire là-dedans? Jean LeBlanc fait-i' mention du baril dans son testament?

— Jean LeBlanc, dit Jaddus, doit point être tenu responsable des mauvais tours de nos écervelés.

Aucun des douze chevaliers de la quête n'en eut pourtant voulu à Jean LeBlanc de leur avoir envoyé ce petit avant-goût du trésor. Mais le vin était trop jeune ; et puis Jean à Pélagie n'avait jamais mis les pieds au Fond-de-la-Baie. Le mystère du baril de vin restait intact, hormis d'aller chercher du côté du Lac-à-la-Mélasse et de la Butte-du-Moulin.

Et Jaddus caresse le museau pointu de son chien.

Quelqu'un, pour en avoir le cœur net, propose de faire comparaître le Borteloc et de le sommer de dévoiler ses vrais contacts avec les Belliveau et les Bastarache du fond des bois.

— De nous éclairer sur ses intentions cachées, en premier. Pourquoi c'est qu'il a enfoui ces papiers-là au fond de sa mette à pain, durant le quart d'une vie, sans rien dire à personne ? Il nous a quittés revirer la dune quasiment sans dessus dessous sans nous avertir que le trésor durant ce temps-là se faisait manger par les vers à Philadelphie.

Marguerite à Loth voit une armée de vers voraces s'attaquer à un pauvre petit trésor fluet et inoffensif, pelotonné au fond d'une tombe. Et elle grimace de compassion.

— Borteloc ne sait pas lire et devait donc ignorer le contenu du testament.

Ainsi dit le Français de France, en articulant bien, et tout le monde se tait.

* * *

305

Après le départ des bâtiments de l'île, durant ce qu'il restait de printemps, Renaud n'avait pas chômé. Pour sa chance, il jouissait d'un instinct sûr qui favorise les chercheurs ; mais il devait affronter l'instinct des gens des côtes qui se méfient naturellement des étrangers. Hospitaliers, secourables, généreux, tant que vous voulez ; mais méfiants et sur leurs gardes. Renaud aurait pu fouiller dans toutes les huches et toutes les marmites, mais point dans les papiers... au cas où quelqu'un en Acadie eût caché des papiers.

Justement, Borteloc en cachait.

Renaud avait eu son premier soupçon vis-à-vis de Borteloc à la Chandeleur, lors de la rage d'écriture du Fond-de-la-Baie qui s'acharnait contre les bouleaux. Ces jours-là, Borteloc tournoyait autour des griffonneurs et gribouilleurs d'écorce, avec le sourire de quelqu'un qui garde son secret pour lui. Un secret qui frétillait sous son crâne, et qui se débattait pour sortir, et qui laissait passer des « Faut-i' ben gratter vos plumes là-dessus ! » et des « C'est du vrai papier que ça vous prendrait »... bribes encadrées de grimaces et sous-entendus et d'airs de dire qu'il aurait pu, lui, les dépanner. Alors Renaud se rappela que deux et deux font quatre et comprit que Borteloc possédait des papiers.

Plus tard, il en vint à soupçonner la tante Colastie du nord, alliée à une maîtresse d'école, de chercher à y fourrer son nez. Car Borteloc, illettré, avait dû faire appel à Renaud pour déchiffrer une lettre qui avait fait le voyage en besace et en sac de farine et où Colastie, par la main de la maîtresse d'école, faisait mander à son neveu les « vieilles retailles » qui traînaient dans un coffre sous le châssis du grand bord. Souvenirs de famille, qu'elle les appelait. Le Borteloc, en comprenant les souvenirs que lui réclamait sa tante, grimaça d'abord, puis feignit de s'esclaffer.

— Ça fait belle heurette que le grand bord a passé au feu avec tout le restant de la maison.

Renaud avait eu le temps de voir trembler l'œil de Borteloc et de comprendre que le coffre n'avait pas dû flamber avec la maison, mais devait aujourd'hui se trouver enfoui quelque part dans une cave ou un grenier. Sauf que le Borteloc depuis l'incendie de sa maison habitait une cabane à éperlans, et qu'une cabane de pêche n'a ni cave ni grenier.

Pourquoi pas la cabane? que se dit Renaud. Pourquoi pas!

Et si un primaire comme Borteloc avait pris la peine d'arracher un coffre des flammes, puis de le ranger dans une maison pas plus grande qu'une soue à cochons et à peine plus propre, c'est que le Borteloc connaissait le contenu du coffre et avait une petite idée du contenu des papiers.

De fil en aiguille, Renaud se souvint du menteux de Jérôme rentrant du nord avec sa besace remplie de nouvelles fraîches sur l'existence d'une tante de Borteloc, sur ses liens avec une maîtresse d'école qui fondait des comités de LeBlanc, sur la venue d'avocats, et patati et patata... Le bavardage du Menteux sur la fortune des LeBlanc avait pu réveiller les mêmes appétits dans le nord que dans le sud, exciter autant la vieille Colastie que la Gribouille, et provoquer cette réaction en chaîne qui menait tout droit au coffre des Borteloc. Renaud en aurait le cœur net... Et il s'était rendu directement à la cabane à éperlans.

Le reste fut le jeu du chat et de la souris, la souris s'appelant Borteloc, bien entendu, qui finit très tôt par rendre son fromage. Et quel fromage! Jauni et moisi par cent ans de longs hivers dans les marécages de Tintamarre et de Memramcook, puis dans les bois du Fond-de-la-Baie. Pourtant lisibles encore, et d'une authenticité parfaitement identifiable. Le parchemin, l'écriture, la langue, tout, sous l'expertise de Renaud, faisait remonter le testament à Jean LeBlanc de Philadelphie.

Un seul point noir. Comment et pourquoi le testament de l'ancêtre LeBlanc avait-il échoué chez les Borteloc?

* * *

— Y a de l'anicroche là-dessous, que fit Dâvit à Gabriel arrachant le Français à sa méditation.

Il était grand temps de faire subir au Borteloc la question, grand temps de voir clair jusqu'au fond avant de prendre le chemin de Philadelphie.

— Il serait-i' point temps itou d'en avertir les autres?

C'était l'idée de Froisine qui devait songer à la parenté semée en route, héritière au quart ou au tiers, comme elle: les LeBlanc de Cocagne, de Grand' Digue, de Shédiac, du Barachois et, pourquoi pas, de Memramcook.

Memramcook!

Eh oui, Memramcook. De quel droit léser un seul LeBlanc de sa part d'héritage? D'ailleurs, si jamais le coffre se révélait tel qu'imaginé durant cent ans, il s'y trouverait bien une perle ou un doublon pour chacun.

Louis-le-Drôle éprouva encore sa démangeaison au coin des lèvres.

— Châque une cuillère à thé pour les quart LeBlanc, et une cuillère à soupe pour les demi. Le petit Léon, toi, chanceux, tu recevras une louche en fer-blanc.

Le petit Léon fit mine de rire, mais le cœur lui manqua; et il sortit mâchonner son chagrin derrière la corde de bois.

* * *

...Elle languissait et se morfondait là-bas dans l'île, il le savait. Pour une cuillère à soupe en fer-blanc! Il aurait tant voulu s'envoler au-dessus du détroit, atterrir de nuit à la baie Egmont, rentrer sans cogner et lui parler... lui dire de point lui en vouloir, qu'il avait point cherché à lui faire du mal, ni de la peine, ni de

l'arracher à sa mère ou aux siens. Pas même à...
Il en voulait à personne, même pas à... C'était
point sa faute à celui-là non plus, c'était point la
faute à personne... Point la faute à personne...
Il était né comme ça, avec une bosse, c'était
point la faute à sa mère. Apparence qu'elle s'était
accroché le pied dans une marche de l'échelle
qui monte au grenier, quand elle le portait, et
avait roulé jusqu'aux dalles de la maçoune, en
venant se cogner le ventre contre la marmite
de fonte. Il était venu au monde trois jours plus
tard, pelotonné comme un chat naissant, qu'on
racontait, en emportant dans la vie une bosse
dans le dos et le dernier soupir de sa mère.
C'était point la faute à personne, pas même
à l'échelle du grenier avec sa planche fendue et
que son père devait réparer le même jour, mais
qu'il avait dû remettre au lendemain à cause
d'une vache malade. Sans la vache d'ailleurs, il
n'aurait pas survécu non plus, après la mort de
sa mère; c'est pourquoi il ne pouvait pas lui en
vouloir. Il n'en avait jamais voulu à personne
depuis qu'il était au monde, même pas à la lame
de trente pieds montée du fond de la mer pour
venir trancher comme une allumelle de couteau
la frêle embarcation de son père... dont on ne
trouva que les bottes au bout de la pointe,
vingt et un jours plus tard. Il n'avait alors
que dix ans, et n'avait point eu le temps d'apprendre le métier de la pêche. Il n'avait pas eu
le temps d'apprendre grand chose en dix ans,
et les voisins avaient dû se charger de lui. Ça lui
faisait honte de se sentir à charge des familles
qui arrivaient à peine à nourrir leurs douze ou
quinze enfants. Et il avait entrepris de courir les

bois en quête de vergne et de hariottes pour chauffer les fours à pain. À mesure qu'il grandissait, il s'était mis à couper des branches à la hachette, puis des arbres à la hache. Et tout le monde avait cru que le petit Léon serait bûcheron. Jusqu'au jour où il avait traîné du bois une souche si bien équilibrée sur ses trois racines, que l'oncle Marc en avait tiré une chaise. Petit à petit, le bûcheron s'était mis à rapporter des bancs, des auges et des berceaux de sa forêt, que lui et l'oncle Marc travaillaient le soir au couteau de poche. Puis un jour, le prêtre, en portant la communion aux malades, lui avait demandé de venir travailler à la décoration de l'église. Et le petit Léon était devenu sculpteur. Un sculpteur qui avait abouti à Memramcook, à l'automne, et qui avait fait parler de lui. Et ç'avait donné l'idée à la femme à Jaddus... Le petit Léon était le seul de tout le pays des côtes à l'appeler la femme à Jaddus et non pas la Gribouille. La Gribouille lui en savait gré et l'avait comme qui dirait pris sous son aile. Mais tout d'un coup, l'aile s'était comme refermée et l'étouffait, et si le petit Léon avait été capable de ressentiment... Pourrait-elle jamais retrouver la paix, là-bas dans son île, et lui pardonner?...

* * *

...Là-bas dans son île, elle errait entre les herbes salées des dunes et se forlongeait, loin des Bernard et de sa tante Fanie qui, en accostant à la baie Egmont, s'était chargée de la malheureuse et l'avait accueillie chez elle. Et les gens de l'île chuchotaient qu'elle finirait par perdre la raison. Une malédiction maternelle, ça ne s'était vu qu'une fois dans toute l'histoire du pays; et la victime n'en avait pas réchappé.

— Y a-t-i' personne pour la désensorceler?

Personne, car la malédiction n'était pas un véritable ensorcellement; et ni sorcier ni exorciste ne pouvait rien contre son effet... surnaturel.

— Surnaturel! tu veux dire diabolique!

Il voulait dire diabolique. Et rien que le diable ou la Gribouille... Mais chaque fois que des lèvres innocentes laissaient filtrer ce nom devenu interdit comme la peste, Babée était de nouveau prise d'un tremblement qui la secouait de la tête aux pieds et frisait les convulsions. Et chacun alors se souvenait de l'oncle Marc qui tombait du haut mal.

— L'oncle Marc est son propre grand-oncle du bord de sa mère. C'est ben proche parent.

Mais on fit taire Tom Ballant d'un bref coup de pied sur la cheville en voyant surgir d'entre les bouées la crinière ébouriffée et la poitrine creuse de Pierre Bernard. Ses pieds galochaient dans ses bottes qui faisaient de terribles efforts pour s'arracher au sable encroûté par les vents salins.

Combien de temps encore allait durer ce martyre?

Depuis le jour fatal, chaque fois qu'il avait tenté d'approcher Babée, il l'avait vue se crisper

sous une douleur mystérieuse sortie du tréfonds de ses entrailles, peut-être des entrailles
de la terre ou de l'enfer. Écroulé, transpercé de
remords et de compassion, il avait fini par renoncer à la voir et traînait son désespoir dans
les champs, loin de l'inquiétude et du chagrin
des siens.

Ainsi l'île verte et florissante qui s'était
parée d'un printemps ruisselant de fleurs de
pommiers, de vents doux du golfe, de senteur de
trèfle, et de vingt mille variations de tri-tri-
tricoli d'oiseaux pour accueillir la mariée, resta
toute penaude sur ses pilotis de granit qui l'an-
craient au fond de la mer. Et elle se recroquevilla, muette et chagrinée. La malédiction tom-
bée sur Babée avait frappé toute l'île.

— Le temps se calotte et se renfrougne
avant le premier quartier. Mauvais signe. Je
pourrions voir un été de ciel graisseux.

— Taisez-vous, mauvaises langues, que chargeait alors la vieille Lamant; le temps va se
rehausser, l'un de ces jours, et rebeausir. Et
c'est vos faces de mi-carême c'te jour-là qui
feront peur au ciel étoilé.

L'on s'agrippait à ce filet d'espoir, confiant
dans la vision prémonitoire de la vieille, et con-
fondant prévisions du temps et promesses
d'amour.

— Le temps arrange bien des dérangements,
que répétait Julie Bernard à son fils Alphée
transformé en girouette.

Il voltigeait du nord à l'est au sud au suroît,
caquetant et jacassant sur tous les tons pour
étouffer les remords à mesure qu'ils naissaient
sous la cendre. Ça n'était pas la faute à Pierre,

ni aux Bernard, ni aux braves compagnons de l'île partis en joyeuse équipée sur la terre des Poirier, leurs cousins. Ils avaient tous agi de bonne foi et dans leurs droits, Renaud les ayant rassurés sur le consentement tacite de Jaddus et sur son propre stratagème pour garder la Gribouille loin du rivage. Mais il s'était produit cette faille, pas plus grande qu'une feuille de tilleul ou que le talon d'Achille : le museau du petit morveux venu juste à point renifler sur la dune. Ou il finirait le nez dans un piège à rat, celui-là, ou la tête sous la mitre d'un évêque! Si seulement on avait pu faire voile un quart d'heure plus tôt, ou retenir la Gribouille au logis un quart d'heure de plus... Des si à enfermer Paris dans une bouteille encore! Ce qui est fait est fait. Restait à le défaire. Mais comment? Dénouer ce nœud, devenu un amas d'entrailles de cochon? ou à grands coups de hachette, trancher dans le tas?

Alphée, d'un naturel enjoué et finaud, aurait préféré dénouer. Mais le mécanisme de ce mauvais sort lui échappait. Pour la première fois, le lévrier traînait la queue entre les pattes. Et il s'était rabattu sur les rechigneurs et pleurnichards qui regrettaient leur mauvaise action.

Mais tout en huchant à la tête des scrupuleux que le ciel les récompenserait de leur belle audace, que la Gribouille était une mégère à remettre à sa place, et qu'on verrait ce qu'on verrait, il ne cessait de se gratter tous les recoins du cerveau à la recherche d'une idée lumineuse. Empoisonner la Gribouille? l'ensorceler à son tour? la maudire? Mais quel effet produirait sur cette jument la malédiction d'un blanc-bec de son espèce qui n'avait pas réussi, en six mois, à tirer d'elle autre monnaie que le mépris? Elle lui cracherait à la figure et sa belle malédiction en sortirait toute souillée de sa bouche.

Et Alphée, le bon génie, continuait son tour de girouette du suroît à l'ouest au nord au nordet... puis s'arrêta d'un coup sec, le cou en panne: il vient d'apercevoir à l'horizon l'étrange silhouette d'un colporteur si chargé de ballots et de besaces qu'il en est courbé comme un bossu.

* * *

Jérôme-le-Menteux, pour s'épargner la scène du départ solennel des trois délégués des LeBlanc d'Acadie vers Philadelphie, avait préféré disparaître en douce et happer une goélette à destination de l'Île du Prince-Édouard. De toute façon, il éprouvait la même démangeaison à rapporter dans l'île les derniers développements de la chronique des côtes, qu'à recueillir là-bas de nouveaux dits et gestes qu'il se chargerait ensuite de transformer en joyeuses menteries et de ramener tout frais au Fond-de-la-Baie.

En débarquant à la baie Egmont, il comprit que cette fois la tâche ne serait pas facile de tirer des menteries de la matière qu'il avait sous les yeux, ou sentait sous ses pieds, ou palpait dans ses mains. Il avait beau tordre et retourner chacun des éléments qui composaient la petite histoire de l'Île en ce printemps 1881, il n'arrivait pas à augmenter le pathos des événements tragiques, la drôlerie des comiques, ou l'ampleur du plus beau roman chevaleresque qu'il fut donné à l'île de vivre depuis qu'elle était passée d'Île Saint-Jean à l'Île du Prince-Édouard. Pour la première fois de sa carrière de conteur, Jérôme-le-Menteux voyait la réalité le dépasser.

Ah! le beau temps de sur l'empremier où la vie, toute en grisaille, aspirait à la palette haute en couleurs de ce colporteur de génie!

Alphée pousse aussitôt le génie en bas de sa roche et lui secoue la bosse bigarrée.

— Arc-en-ciel du matin, chagrin; arc-en-ciel du soir, espoir. Mais quand c'est que l'arc-en-ciel apparaît en plein midi, quoi c'est que ça signifie?

— Oubli!

Alphée lâche un ha, ha! et se voit tout surpris d'entendre son premier rire en trois semaines. Alors Jérôme, qui avait grand besoin de se refaire une image et un public, renchérit:

Arc-en-ciel de minuit, fini!
Prends point le temps de mettre tes caneçons,
Dis ton acte de contrition;
Regarde une dernière fois la mer,
Dis adieu à père et mère,
Salue de loin ta bien-aimée,
La fin du monde est arrivée.

L'Île s'approche des quatre coins. Le Menteux sent ses veines se dilater sous la chaleur d'un sang régénéré. Et d'arc-en-ciel en comète en éclipse, il en vient à la nuit sans lune du premier jour de l'été, un an plus tôt, où les chercheurs de trésor du Fond-de-la-Baie avaient enfoncé leurs pioches dans un baril de vin.

— Ils allont-i' jamais le trouver, leur sacré trésor?

Jérôme avait glissé sur une mauvaise pente. Il lui fallait continuer, on voulait savoir. Et en encadrant son récit de grimaces et de crachat, il finit par rapporter à l'Île les dernières péripéties du roman de la quête: la découverte du parchemin dans la cabane à éperlans du beau Borteloc; la lecture par Renaud-le-Connaissant du testament de Jean à Pélagie; l'annonce que le trésor se trouvait enterré à Philadelphie — à Philadelphie, pensez donc! — et la fondation d'une association pour la récupération de la fortune.

— Quoi c'est qu'il dit?

Rien de moins, mes bien chers frères. Jérôme, dans son élan et entrain, s'imaginant en chaire, s'était mis à haranguer ses fidèles.

...Sous la houlette d'un étranger sorti de Dieu sait quelle Barbarie, voilà le paisible et tranquille pays des côtes qui se met à fonder des associations et des comités, à s'élire des chefs, puis à se choisir des délégués, chargés de partir, chapeau sur le crâne et bottines cirées, creuser une fosse vieille de cent ans à Philadelphie!

Jérôme en avait une rage de dents.

— Y a-t-i' quelqu'un qui peut noumer son père et son grand-père, au Français de France, et nous dire d'où c'est que ça sort, c't'engeance?

— M'est avis que ça doit sortir de France, de risquer Antoine Bernard.

317

On finit par tout apprendre: l'élection du chef: Renaud; le choix des délégués: Donat à Dâvit LeBlanc de Memramcook, Henri de la branche des Grelot de Shédiac; Renaud le Français de France qui avait dans les veines autant de LeBlanc que lui, Jérôme, de mélasse dans les artères.

Ha, ha!...

Enfin!... avec la ramée de descendants de Pélagie qui grouillaient autour de la dune, pourquoi s'en aller élire un étranger sorti des vieux pays, pouvez-vous me dire!

— Peut-être ben par rapport qu'il est le seul qui connaît le chemin de Philadelphie.

C'est la vieille Lamant qui a parlé, et toutes les têtes se sont tournées vers elle.

Mais déjà la visionnaire plane au-dessus de leur angoisse et de leur curiosité, loin dans le ciel de Pennsylvanie où elle cherche des rimes à *fortune* et *Philadelphie*.

16

I

Écoutez tous, petits et grands,
La complainte de Jean LeBlanc
Qui a bâsi dans l'dérangement.
Il perdit tout, ses père et mère,
Son bâtiment, sa chacunière,
Sa parenté, son coin de terre,
Et mourit sans laisser d'enfants.
Pleurez sur lui, petits et grands.

II

Mais un beau jour, après longtemps,
L'on découvrit son testament
Au fond d'une cabane à éplans.
Dans le pays de ses aïeux,
Étiont rentrés le reste de ceux
Qu'aviont pu réchapper du feu,
D'la faim et des maltraitements.
Priez pour-z-eux, petits et grands.

III

Sur le papier vieux de cent ans,
C'était écrit aux survivants
Que le trésor dit des LeBlanc
Reposait en Pennsylvanie,
Où git le fils à Pélagie
Qui dans l'exil perdit la vie.
Dieu ait son âme, le pauvre enfant!
Priez pour lui, petits et grands.

IV

Trois houmes font voiles vers le couchant,
Délégués de tous les LeBlanc,
Pour aller qu'ri' l'or et l'argent
Qui leur revient en héritage
Avont fouillé prés et bocages
Sans déniger la moindre image
Le moindre goblet de fer-blanc.
Plaignez-les tous, petits et grands.

V

Ils revenirent en tricolant,
Les larmes aux yeux, le cœur pesant,
Quand c'est-i' point qu'ils rencontront
Un houme qui dans ces mots leur dit:
«C'est vous les hairs de Pélagie?
Eh ben voilà Philadelphie,
La ville qu'appartient aux LeBlanc.
Réjouissez-vous, petits et grands.

VI

Car les faubourgs bâtis céans
Sont sur la terre de Jean LeBlanc,»
Qu'il leur disit en les saluant.

Nos houmes, n'en croyant point leurs yeux,
Genoux en terre et front aux cieux,
Se mirent à rendre grâce à Dieu
De leur bailler un tel présent.
Levez vos verres, petits et grands.

VII

Puis l'un des trois, LeBlanc du nom,
Grimace au ciel, se gratte le front,
Et dit aux autres, ses compagnons :
«Compères, voilà bien grand-fortune
À rapporter jusqu'à nos dunes.
Ils nous avont baillé la lune
À décrocher du firmament.
Maudissez-les, petits et grands. »

VIII

Le Français d'France, au même instant,
Redresse la tête, renifle le vent,
Et s'adresse ainsi aux LeBlanc :
«Pleurez donc point l'argent et l'or,
Vous héritez plus grand trésor,
Une ville et ses faubourgs encore
À vous transmettre éternellement
De père en fi', petits et grands. »

IX

Ici s'achève ma chanson
Composée pour les descendants
De la lignée de Jean LeBlanc.
Excusez-la, mes dames, mes sires,
Il est grand temps d'aller dormir.
Vous aurez d'quoi vous souvenir
Et raconter à vos enfants.
Parole de la vieille Lamant.

V OILÀ la complainte qui précédait chacune des apparitions de la délégation
rentrée de Philadelphie. Chantée dans l'île par la
vieille Lamant en personne, en terre ferme elle
circulait de bouche en bouche et de gorge en
gorge, selon un vieux dicton du pays qui veut
que les femmes chantent du bout des lèvres
et les hommes du gorgoton.

C'est Moustachette qui ne fut pas contente.
Par la faute de Jérôme, le colporteur, la vieille
Lamant lui avait encore un coup chipé un sujet
de complainte qui lui revenait de droit, à Moustachette, LeBlanc de par sa mère et deux aïeules
du bord des Belliveau. Mais le bagouleux de
Jérôme, avec son nez fourré partout, avait déjà
semé par tout le pays les plus beaux motifs
d'une chanson de geste qui n'était même pas
terminée.

— Quoi c'est que vous voulez dire, point
terminée ?

Ni Renaud ni Jérôme n'avaient dit leur dernier mot. Et leur combat final devait se dérouler
là, en cette Acadie de juillet 1881, où se jouait
cent ans de rêve, d'espoir et de lutte pour sa
survie.

* * *

Quand les délégués du comité pour la récupération du trésor ancestral rapportèrent à l'Acadie inquiète et frétillante la véritable nature de l'héritage, la nouvelle éclata comme un ballon gonflé par trois générations de crève-faim. Et les Anglais, surpris, purent entendre un rire centenaire s'arracher de tous les gosiers et s'en venir fracasser la voûte du firmament. La ville de Philadelphie, la plus belle et la plus prestigieuse des villes américaines, propriété personnelle d'une poignée de LeBlanc enfouis sous les foins de dunes et les fougères d'Acadie ! Et Louis-le-Drôle, et Dâvit à Gabriel, et les Charlitte, et les Grelot et l'oncle Marc, et Crescence, et Judique, et Jaddus entouré de ses neuf garçons, tous se tapaient les cuisses et se tenaient les côtes à deux bras. Et chacun était prêt à rendre sa part du trésor en échange de ce rire-là.

On avait grand besoin d'entendre le son de sa voix au pays des côtes en 1881 ; grand besoin de se sentir les poumons, de se dilater la rate, de se chatouiller les reins, et de crier au monde qu'on était encore en vie.

Quelle soupape que Philadelphie !... Dâvit à Gabriel vendait de porte en porte ses terres en potager du centre-ville, gardant ses champs en friche pour y loger ses vieux jours ; Louis-le-Drôle proposait au rechigneux d'Amable de mettre aux enchères la colonnade de la salle du Congrès ; les Charlitte, plus héritiers que les autres, quadrillaient la ville en damier où ils invitaient leurs compères et voisins à venir poser leurs pions ; et les fils de Jaddus creusaient déjà des fossés et dressaient des murailles à créneaux pour défendre leur peuple contre toute attaque des Anglais.

— Des Anglais! y a rien que ça, là-bas, des Anglais.

Et c'est alors qu'on se souvint que Philadel-phie, ville américaine, était peuplée de parlants anglais.

Ho, ho!

Hi, hi!

Et l'on s'esclaffait de plus belle. On allait commander à des Anglais, en plus. Quelle re-vanche de l'histoire! De quoi rêver un autre cent ans.

— Et Philadelphie, c'est l'endroit où s'est mariée Madeleine à Pélagie, avec son grand jars de Charles-Auguste.

Propres ancêtres de la moitié du pays. Quelle orgie que cette Philadelphie!

L'allusion au mariage de son aïeule arracha la Gribouille à sa réclusion qui durait depuis près de deux mois. Et tout le Fond-de-la-Baie qui l'avait frappée de sanction recula pour lui laisser le passage : elle avait assez payé. Personne n'était dupe sur la portée de l'héritage des LeBlanc. Mais les autres avaient choisi de s'en gausser. Pas la Gribouille. Son château s'effon-drait. Et s'effondrait avec...

...Elle aperçoit l'œil frémissant de Renaud. Que lui veut-il maintenant? qu'attend-il d'elle? Pour avoir perdu un coffre, a-t-elle perdu l'hon-neur et le souvenir des aïeux? Serait-elle moins fille de la lignée des Pélagie qui ont ramené un peuple au pays et rebâti la race? Et ferme, elle soutient le regard du Français.

Et tout le monde comprend que la lutte n'est pas terminée.

Renaud cherche à gagner du temps et fait dévier le cours des rêves et des plaisanteries du côté de Jérôme-le-Menteux, insigne honneur.

— Apparemment que ceux de Shédiac et du Barachois n'ont pas trop mal pris la nouvelle, qu'il fait dans son accent à lui, étant donné qu'ils ne seraient pas de la bonne branche, au dire de certains, et ne pourraient par conséquent nourrir des prétentions d'héritage.

Jérôme, qui se sent visé au cœur de ses menteries, se renfrogne. Mais il sent que le maître d'école est trop hardi aujourd'hui et qu'il va finir par glisser sur ses propres pelures qu'il sème sans discernement... Donnons-lui de la corde et laissons-le tourner en rond... Et Jérôme attend.

— De toute manière, reprend Renaud, ils ont bien des dunes à creuser chez eux; et on ne sait jamais, quelqu'un pourrait l'un de ces jours leur fournir une carte au trésor et...

...Tourne, tourne, mon vieux, tu vas bientôt poser le pied sur la pelure de banane.

— J'ai entendu dire que ceux de Memramcook...

Ça y est. Memramcook. Jérôme est prêt. Il attrape Memramcook à deux mains et la relance à la tête de Renaud.

— Je sais point si vous avez entendu dire la même chose que moi, mais apparence que ça va chauffer à Memramcook c't été.

...?

Il savoure enfin. Tous les yeux sont braqués sur sa belle gueule de plus grand menteux des pays chauds. À son tour de conter, et d'embellir, et d'inventer, en la gonflant d'ajouts et de péripéties de son cru, la belle histoire qui lui trotte entre les ouïes et la luette depuis qu'il est rentré de Memramcook où il a recueilli des bribes de nouvelles sur une délégation d'Acadiens... rentrés de Québec... qui parlent de se réunir... dans la salle du collège... l'amphithéâtre du petit Léon... réunion de tout le pays... la première en cent ans.

Jérôme joue de la flûte sur sa pipe et de l'accordéon dans l'air du temps. Il se prépare même à taper du pied sur la jambe de bois du Français de France pour accompagner son récit qui va racheter une année de déconfiture et de frustration.

— Vous vous figurez, vous autres, qu'il s'est passé de quoi à Philadelphie... Philadelphie!

Et il crache.

— ...Les événements de Philadelphie, c'est un potage aux petits riens tout nus à côté de ce qui va se passer à Memramcook le mois qui vient.

Le Fond-de-la-Baie retient son souffle.

— C'est de la soupe au devant de porte que vous mangerez à Memramcook! Les LeBlanc, consolez-vous, vous avez rien perdu à Philadelphie, prenez-en ma parole de menteux. Ça se parle que dans la salle du collège, le bel amphithéâtre décoré par le petit Léon en personne... redresse-toi, Léon... ça se parle qu'on a l'intention de rassembler le pays, de Caraquet à Miscouche à Grosses-Coques à Chéticamp.

Les lèvres de tout le Fond-de-la-Baie s'écartent imperceptiblement.

— Ça va ressoudre de tous les coins, violons en main et bombardes entre les babines. Et vous allez ouère ce que vous allez ouère! Du fricot, des poutines à trou, et du vin au pissenlit pour les becs fins. Pour les sages et pour les fous. Ça fait que repasse tes changes de dessous, Dâvit, et le beau Louis-le-Drôle, couds les boutons de ta braguette, les plus belles créatures du pays allont grimper la Butte-à-Pétard au beau mitan de Memramcook.

Des pointes, des anses, des collines et des barachois, ça surgit pour venir cueillir au Fond-de-la-Baie les paroles magiques du Menteux qui continue d'improviser ses airs sur sa pipe. Et voilà ce nouveau joueur de flûte de Hameln qui arpente le pays des côtes, arrachant à leurs granges et leurs logis les Girouard, Léger, Cormier, Poirier, Basque, Allain, Caissie, Collette, Maillet, LeBlanc qui ont attendu durant cent ans qu'on leur fît signe de chez la parenté.

Jérôme avale sa salive et prend une nouvelle bouffée d'air... À Memramcook, au cœur de la vallée, se déverseront aussi le mois qui vient les îles du Prince-Édouard et du Cap-Breton, et la baie Sainte-Marie où fleurissent depuis un siècle des clans de Comeau, Deveau, Belliveau, Thériault, Thibault, d'Éon, Melanson et d'Entremont. Et du fin nord, par Tracadie, viendront les Godin, Gauvin, Paulin, les Haché et les Lanteigne, les Landry et les Cormier, tous parents de ceux du sud, de l'est et du suroît.

— À Memramcook, au mois de juillet, j'allons faire le premier vrai frolique depuis le

Grand Dérangement. À votre place, je retarzerais point à me gréer dans mes plus belles hardes et à atteler ma plus belle jument.

On n'avait pas le choix des juments au Fond-de-la-Baie en cette année-là, ni le choix des hardes. Mais ceux du nord ou des îles n'endosseraient pas non plus la redingote, ni ne coifferaient le haut de forme. Et hormis une poignée de délégués officiels...

Que voulait dire le Jérôme par là?

Renaud prend alors la parole:

— Il veut dire qu'à Memramcook, on ne verra pas qu'un frolique, pas rien qu'une fête...

Jérôme toise l'intrus. De quoi se mêle le savant étranger?

— ...À Memramcook, poursuit Renaud, dans l'amphithéâtre du collège, va se tenir une convention.

Le Menteux veut exploser. Une convention sur la Butte-à-Pétard, allez donc! N'écoutez point le Jos Connaissant, ne prêtez point attention au prêche du beau parleur. À Memramcook, le mois qui vient, l'Acadie des quatre coins sera là pour jouer de la bombarde et taper du pied. Puis échangez votre compagnie! Échangez vos femmes avec ceux du nord et de l'Île Saint-Jean; échangez votre tabac à pipe avec les Saint-Charles et Acadieville qui sortiront du bois pour la circonstance.

Vous échangerez des idées et projets d'avenir, insiste Renaud, avec vos cousins venus de toute l'Acadie nouvelle.

Mais Jérôme l'enterre de sa voix de colporteur vendeur de rêves et de menteries par toutes les côtes depuis vingt ans. Il ne laissera pas cette fois l'usurpateur lui ravir son chef-d'œuvre: le frolique de la Butte-à-Pétard. Et à la barbe de Renaud, il entraîne le Fond-de-la-Baie à crier à ceux des terres et de l'île d'en face de se joindre à eux et de s'amener tous à Memramcook pour célébrer les retrouvailles d'un peuple qui s'arrache à cent ans d'isolement et d'oubli.

Le voilà devenu éloquent, le Menteux, pigouillé aux reins par l'intrus de Renaud. Il harangue et secoue les léthargies... grouillez-vous, bande de flancs-mous!... propres paroles de la Gribouille qui en reste bouche bée. Allez! vos cousins de Grand' Digue et du Cap-Pelé attellent déjà...

Renaud happe au vol le Cap-Pelé et Grand' Digue et annonce que ces villages-là ont déjà choisi leurs délégués: Aimé Bourgue et Patrick Hébert, deux Bourgeois plus un Gallant.

Mais Jérôme ne le laisse plus reprendre le dessus et s'empresse d'annoncer que si quelqu'un veut le suivre, il s'embarque pour l'Île porter la nouvelle du grand rassemblement de Memramcook.

* * *

La nouvelle avait atteint l'Île avant Jérôme. Car depuis la malédiction de la Gribouille à sa fille, les Poirier ne dormaient plus tranquilles. Et Jaddus envoyait de temps en temps l'un de ses fils s'informer du sort de la malheureuse. Ainsi Philippe à Jaddus, qui avait de bonnes

329

raisons d'aller voisiner dans l'île, avait-il précédé le Menteux sur le chapitre de Memramcook.

— Memramcook! Qui c'est qu'aurait dit qu'un jour le Fond-de-la-Baie tendrait la main à Memramcook! que fit veuve Fanie Poirier. Ils avont donc pardonné au Des Barres?

Ce fut la vieille Lamant qui éclaira Fanie et ses compatriotes insulaires.

— Vous avez donc oublié que le Des Barres a venu finir ses jours à l'Île? ce qui veut point dire que nous autres, les gens du pays, étions de son bord. L'arpenteur a chassé les déportés de leurs terres une deuxième fois, et ça c'est point la faute aux Belliveau, aux Gautreau ni aux Gaudet de Memramcook. Chaque chef de famille a fait ce qu'il a pu pour sauver les siens, au siècle dernier; et personne aujourd'hui aurait raison de garder rancune à personne.

Donc l'Île pouvait, sans manquer à l'honneur ni trahir la parenté du Fond-de-la-Baie, faire voile vers le Cap-Pelé et de là couper à travers bois vers Memramcook. Mais d'abord s'élire des délégués, jeunes et vieux.

— Ils allont brasser le fricot à la poule et arrondir des poutines à trou, qu'interrompait Jérôme, et rassembler sus la butte les meilleurs violoneux du pays.

Il fallait quand même nommer ses délégués.

— Des violoneux et turluteux qui savont garder la note une nuit durant, et des chanteux de complaintes à quarante-six couplets.

La vieille Lamant fait heh! et se détourne du menteux. Quarante-six couplets!

...Dépêchez-vous à vous choisir une délégation.

On élit Sylvain Arsenault et Léon Gallant; et
le jeune Alphée Bernard, maître en parlure.

— Faut aller les avertir à Memramcook que
l'Île du Prince-Édouard s'a pas encore dé-
crochée du golfe et qu'il se trouve encore du
monde en vie entre les foins et les herbes
de dunes.

Lui, Alphée, saurait leur dire.

Mais au même instant, Alphée vit la silhouette de son frère longeant la côte à la recherche
de conques vides. Depuis quelques jours,
l'amant malheureux avait inventé ce nouveau
mode de communication avec les entrailles de
la mer, dans le fol espoir qu'un jour, dans un
an, dans un siècle, sa bien-aimée se réveillerait
de son sommeil maudit et que son souffle
résonnerait dans le labyrinthe du coquillage. Ce
jour-là, Pierre enfourcherait le beaupré de sa
goélette et ferait voile vers...

— ...vers Memramcook.

Alphée l'a rejoint. Il lui a pris des mains
l'énorme conque collée à son oreille qui entend
le fond de la mer gronder en spirale.

— Tu vas à Memramcook, que répète Alphée
à son frère. Tu es le délégué de la baie Egmont
à la convention nationale des Acadiens.

...Qu'est-ce qu'il dit? une convention... à
Memramcook?... Si fait, Pierre, fait la voix
d'Alphée qui rejoint l'écho de la mer au fond
de son oreille... et qui fait déborder la convention dans la fête, puis dans la kermesse... un

frolique... un frolique, qu'il dit, avec de la danse et de la musique, et des poutines à trou et du pâté à la râpure... le dessert avant le repas, il chambarde tout... Il parle maintenant de patriotisme et de fidélité...

— Tu vois, Pierre, c'est un événement dans cent ans.

...Eh oui, les pays et payses des trois provinces vont se rassembler sur la butte, au plein mitan des terres d'Acadie. Tu vas y serrer la main aux descendants de tes propres ancêtres et dénicher des branches d'un arbre que tout le monde croyait ébranché dans le Grand Dérangement.

Alphée sent ses joues se dégonfler : Pierre ne veut pas comprendre. Alors désespéré, il lâche un jeu sans atout :

— Et là-bas, apparence que se rassembleront tous les prêtres du pays ; et que l'un de ceux-là est un vrai saint thaumaturge qui guérit même ceux qui souffront du mauvais œil.

L'œil de Pierre se réveille, sa tête se dresse. Quels sont ces mots magiques qui viennent de tomber de la bouche de son frère ? Répète.

— À Memramcook, que je te dis, tu dois aller à Memramcook...

Alors Pierre se lève, sourit à son frère, pour la première fois depuis le 12 mai, et part à la course à travers champs.

* * *

Babée cueillait des fraises des bois dans le trécarré de sa tante Fanie, quand elle entendit bouger les fougères entre les sapins. Elle tendit le cou et l'oreille, oubliant que les bois de l'île, si minces, dissimulaient moins d'ours et de chats-cerviers que les vastes forêts de ses côtes. Mais sa peur se changea sitôt en un mélange de joie et d'épouvante quand elle reconnut le dos et la tête de Pierre dans cet animal rampant.

Pierre n'osait plus se montrer à ses yeux et cherchait à la voir sans être vu, depuis qu'elle l'avait accueilli avec d'étranges convulsions, comme s'il était aussi l'objet d'une malédiction. Il l'approchait de loin, grimpait dans les chênes ou les sapins, se couchait dans les herbes salées le long des côtes, ou venait au clair d'étoiles coller son front aux bardeaux de la maison de sa marraine Fanie pour tenter d'entendre respirer les murs qui gardaient prisonnière l'amour de sa vie.

Il a fait bouger les crosses de fougères et elle l'a reconnu. Et quand il lève la tête pour la repérer entre les mélèzes en broussailles, leurs yeux se croisent en un éclair, un éclair chargé de tant de feu que Pierre se prépare à recevoir la foudre du ciel qui s'en viendra d'un instant à l'autre l'anéantir. Mais elle n'a pas remué la tête, ni l'œil toujours accroché à son front. Elle ne tremble pas, n'a pas de tressaillement, elle reste figée comme si elle attendait qu'il parle et la libère de ses chaînes... Il se lève, un genou à la fois, et fait un pas vers elle, tendant ses paumes ouvertes comme font les enfants qui cherchent à apprivoiser les oiseaux ou les papillons. Va-t-elle s'envoler au dernier moment?

Peut-il risquer de lui parler sans l'effaroucher ? Il avance encore en glissant le pied sur les trèfles naissants. Elle ne bouge toujours pas.

Alors il écarte les lèvres et laisse passer un filet d'air pour éprouver sa gorge au timbre nouveau de sa voix. Son souffle va-t-il le trahir ? son cœur tiendra-t-il ?

— Je m'en vas à Memramcook... trouver un prêtre qu'est un saint... apparence... et qui fait des miracles... Ils contont qu'il parle d'homme à homme avec le bon Dieu... Je m'en vas aller le voir. Je lui ferai des promesses, toutes les promesses qu'il me demandera, tout ce qu'il me demandera.

Elle plisse les yeux comme si elle cherchait à comprendre. Il reprend :

— Je ferai ce qu'il me dira de faire. Et si c'est un saint... si c'est un saint, le bon Dieu l'écoutera.

Les yeux de Babée ont l'air de vouloir scintiller, Pierre croit voir qu'ils s'embuent. Est-ce une goutte qui pend au coin de la paupière gauche ? Il respire de plus en plus fort.

— Je vas appareiller dès demain. Apparence que le prêtre arrivera la semaine qui vient à Memramcook. Je serai le premier à le voir. Et j''i dirai que je peux le ramener le même soir s'il veut, ou dès qu'il voudra, je ferai ce qu'il me dira, mais je le quitterai point repartir sans qu'il m'ayit accordé la grâce... sans qu'il ayit parlé au bon Dieu, d'homme à homme, au sujet de... au sujet de nous deux. Je resterai là-bas le temps qu'il faudra.

La goutte s'est gonflée et coule maintenant

sur l'arête du nez, bientôt rejointe par une autre surgie de l'œil droit.

— Inquiète-toi de rien, grouille pas d'icitte, je reviendrai ben vite et ça sera arrangé. Quitte ta tante Fanie prendre soin de toi. Et drès que je reviendrai... Fanie prendra grand soin de toi, elle me l'a promis. Grouille point de l'île et inquiète-toi de rien. Le bon Dieu pourra point nous faire ça. Je le dirai au prêtre et si c'est un saint... Je t'aime, Babée!

Ce fut un cri qui sortit de sa gorge enfin apprivoisée, avec des lambeaux de son âme qu'il venait d'effeuiller comme une marguerite aux pieds de sa bien-aimée. Et un grand sanglot enfin secoua Babée tout entière.

17

ON A RACONTÉ bien des histoires sur la convention nationale de 1881. Les historiens surtout. Aussi les annalistes, les journalistes, les ethnographes, les mythographes, les historiographes, les sociologues, les archéologues et jusqu'aux philosophes. Mais personne encore n'avait donné la parole à Jérôme-le-Menteux. Pourtant lui seul, de tous ces conteurs, rapporteurs et chroniqueurs, fut témoin, de ses yeux vu, de la convention de Memramcook telle qu'aperçue par les gens du Fond-de-la-Baie.

Jérôme vous dirait qu'ils ont débauché bien avant le petit matin, c'est-à-dire — en langue d'aujourd'hui — qu'ils sont partis avant l'aube. Quasiment toute la population adulte et bien portante, en carrioles ou charrettes que tiraient la jument des Girouard et trois ou quatre haridelles de la Pointe-à-Jacquot et de la Butte-du-Moulin. Crescence et Bélonie-le-Gicleux, plus quelques femmes pour garder les vieux et les enfants, regardèrent partir la caravane, juchés sur leurs devants de porte. Et ce n'est qu'à la disparition de la dernière voiture, que Bélonie risqua son sacordjé! Plus bas, Crescence prétend qu'il aurait ajouté:

— Ils parleront de ça dans cent ans.

On a dit que la délégation du Fond-de-la-Baie fut la première arrivée. Mais on a dit la même chose de celle d'Acadieville, de Rogersville et de Haute Aboujagane. D'ailleurs le Fond-de-la-Baie n'envoya pas de délégation, vous ne trouverez son nom dans aucun recueil des travaux et délibérations. Il envoya ses curieux voir et observer les événements qui se déroulaient là-bas. Lever le nez, comme disait Marguerite à Loth, ayant repris le mot à la Gribouille qui devait, comme nous allons le constater, faire bien davantage.

Premier ou pas, le Fond-de-la-Baie, en dévalant la butte de la Hêtrière qui mène tout droit à la vallée où se dresse, comme une tribune, la Butte-à-Pétard, fit woh! à ses juments au pied du collège de Memramcook. Et toutes les têtes se levèrent jusqu'au clocher qui carillonnait à toutes volées.

Memramcook rappelait ses enfants de partout. Et de partout, les dispersés surgissaient d'entre les buttereaux et les montains, enjambant les clôtures, les sources vives et les aboiteaux. On venait à pied ou en carriole; en casquette, en chapeau dur ou en haut de forme; on venait en délégation ou en grappes de familles, violon sous le bras et bombarde dans sa poche de fesse. Tous sortis du Grand Dérangement un siècle et demi plus tôt.

Ceux du Fond-de-la-Baie tournaient la tête de l'est à l'ouest, du nord au sud, n'en croyant pas leurs yeux. Ils avaient donc tant de cousins? Des milliers de descendants aux seules charrettes de Pélagie! Peut-on faire tant d'enfants en quatre ou cinq générations?

— Les Julien Daigle en avont mis au monde dix-sept.

— Les Venant Bourque, quatorze.

— Sus Hippolyte Robichaud, j'en comptons seize vivants.

— Et Philémon Boudreau, à lui tout seul et une seule femme, dix-neuf.

— Deux femmes à Hilarion Haché, mais vingt-deux enfants.

— Vingt-trois d'un seul mariage, au beau Xavier Doucet; à votre place, j'i dresserais une estatue à c'ti-là.

— Pas besoin de rien 'i dresser, m'est avis qu'il doit savoir tout dresser tout seul.

— Ho, ho!

— Hi, hi!

Rendue là, la convention était bien lancée, à la mode du pays. Et elle dura deux jours. Trois, si l'on compte l'installation, et surtout la conclusion qui n'en finissait plus de conclure avec des:

— Venez vous promener!

— À la revoyure!

— J'habitons le cinquième logis au bout du mocauque, dans le chemin dit des Quatre-Maisons.

— Saluez la parenté de l'Anse-des-Belliveau.

— À l'année qui vient si Dieu le veut!

— Dieu voudra, tâche de gagner ta femme.

— À Miscouche, l'année qui vient!

Trois jours de préliminaires, de discours d'ouverture, de messes solennelles diacre sous-diacre, de séances générales, de rapports de la commission sur le choix d'une fête nationale, le tout s'achevant dans la bénédiction du Souverain Pontife.

...Non, Marguerite à Loth, le pape n'est pas venu, il a envoyé sa bénédiction par bateau.

Le pape n'est pas venu, mais il siégeait dans toutes les délégations, ajoutant le poids de son Église dans chaque phase de ce débat où un petit peuple s'acharnait à accrocher son passé à son avenir.

> «Heureux sera le peuple qui reconnaîtra le Dominateur des nations comme son souverain maître et demeurera fidèle à sa loi... [1] »

tonnaient les gros canons. Et pour bien ancrer la phrase dans le cerveau de ce peuple tout juste sorti du bois, le Monseigneur la répétait en latin:

> «Beatus populus cujus Dominus Deus ejus. »

Ce qui fit se signer à l'unisson le Fond-de-la-Baie, Cocagne et la Haute Aboujagane.

> «Nos pères, confesseurs de la foi et martyrs de la cause du Christ, qui dorment dans nos cimetières, seraient-ils déshonorés par des descendants dénaturés? [2] »

---

1. Rév. M. F. Richard, *Sermon.*
2. *Ibid., Discours.*

Marguerite à Loth s'agite et se gratte l'échine, mais la Gribouille lui jette un œil qui veut dire que le prêtre ne parle pas des gens du Fond-de-la-Baie, que personne d'entre eux n'a déshonoré son père, et que l'innocente se tienne tranquille... Qui a eu l'idée aussi d'amener Marguerite à Loth à une convention nationale!

...Taisez-vous, on vient de proposer l'Assomption pour fête et patronne des Acadiens.

> «...le patron qu'il nous faut au ciel est un patron bien à nous, qui nous soit propre, qui eût des rapports de convenance avec notre histoire [...] L'histoire de l'Acadie est une succession de malheurs... [3]»

Ah! quant à ça, une succession de malheurs, il a raison, qu'acquiesce Dâvit à Gabriel dans la direction de Jaddus aux prises avec un sérieux problème de visibilité derrière l'une des colonnes décorées par le petit Léon, et qui risque de rentrer de la convention avec un torticolis... Quand même adroit de ses mains, ce petit Léon, regardez-moi ces feuilles d'érables et ces goéliches dans les chapiteaux!

— Pas des goélands, innocent, des fleurs de lys.

Et la Gribouille tente à nouveau de se concentrer sur le beau discours du délégué fraîchement débarqué d'Ottawa et qui serait un Poirier de Shédiac, apparence.

---

3. P. Poirier, *Discours.*

« Il leur a fallu s'exiler pour éviter la mort; ils ont vu égorger leurs enfants et leurs frères... [4] »

Mais Philippe à Jaddus veut savoir si le Poirier en question qui parle si bien ne serait pas de la parenté, par adon, et si...

« Aujourd'hui nous jetons un voile sur le passé et nous avançons avec confiance dans l'avenir. [5] »

Au dire de Jérôme, ce fut à ce moment précis qu'avança en rang d'oignons la délégation de la baie Sainte-Marie, encore tout ébarouie par un voyage sur une mer houleuse et sous un ciel déchaîné, et qui débarquait à Memramcook au beau mitan de l'élégie sur les malheurs de l'Acadie.

Ces Acadiens de la Nouvelle-Écosse cachaient sous leurs vestes veuzes et accordéons qui, sous l'agitation de la foule qui se pressait pour leur crier la bienvenue, laissèrent échapper quelques notes. Le discours sur les grandes misères d'un peuple qui jamais n'avait perdu de vue le ciel et que la foi seule avait sauvé, faillit perdre en cet instant les dernières oreilles attentives d'un public qui commençait à sentir frétiller ses pieds. Les bonzes d'Acadie avaient grand besoin de se hâter s'ils voulaient doter le pays, lors de cette première convention nationale, d'une patronne, d'un hymne et d'un drapeau.

— Un Deveau, vous dites? J'ons personne de ce nom-là par icitte, nenni...

---

4. P. Poirier, *Discours*.
5. *Ibid.*

— Avez-vous des Comeau et des Belliveau?

— Des Belliveau, si fait, une vraie peste. Et y aurait une beauté de Comeau dans le nord, apparence. Comme des Chiasson.

— Les Chiasson sont point de la baie Sainte-Marie, mais du Cap-Breton.

— Ah! bon... Mais auriez-vous des Maillet?

«Gentlemen, I thank you for your kind request to address you in English. [6]»

— Quoi c'est que j'entends?

Des Irlandais et des Anglais s'étaient faufilés dans l'auditoire, en curieux ou en désireux de rétablir des rapports de bon voisinage. Et ils avaient prié les orateurs de leur adresser la parole dans leur langue.

«You are the most numerous, you are the most wealthy and consequently possess many advantages which the force of circumstances denied to us. Help us then in our struggle to overtake you and work shoulder to shoulder and hand in hand in the race of life. [7]»

Cette fois le Fond-de-la-Baie s'est tu. Et la Nouvelle-Écosse, et le Barachois, et Caraquet. Qu'est-ce qu'il leur dit aux Anglais, l'honorable Landry? Leur dit-il que nous sommes tous frères et achevons de tout pardonner?

Non.

Qu'est-ce qu'il leur dit?

---

6. M. Landry, *Discours.*
7. *Ibid.*

Il dit que c'est aux plus riches et aux plus forts d'aider les faibles et démunis à se démerder dans la vie.

— Il a dit ça?

— Chut!

Remue-ménage du côté de la tribune: une lettre est arrivée de France.

— Pas de France!

Si fait. Une lettre d'un dénommé Rameau — Rameau comme dans dimanche des Rameaux — adressée à un Girouard, t'as qu'as voir! La convention commence à s'ouvrir les ailes. Tout cela donne soif et les fils de Jaddus sortent souvent parler fraternité et avenir du pays avec les frères Robichaud du Barachois qui ont camouflé une jolie cruche à l'ombre de la statue de saint Joseph. Puis une odeur de bouillon de poule et de tarte à la rhubarbe monte des cuisines... Jérôme avait raison. Le dénommé Rameau parle des Acadiens du Maine et du Madawaska et de ceux de Gaspésie.

> «...c'est en juxtaposant de nouvelles paroisses à celles qui ont été primitivement fondées au bord de la mer que les Acadiens viendront à acquérir une assiette solide. [8]»

Le mot assiette a pour effet immédiat de rappeler à l'Acadie qu'elle a faim et que la convention a assez duré. Mais la Gribouille fait taire son homme et ses fils, car la lettre parle maintenant de colonisation et d'expansion sur les terres

---

8. E. Rameau. Lettre adressée à A. M. Girouard, secrétaire de la Convention acadienne.

environnantes, sur quoi renchérissent les discours appelant les Acadiens à la culture du sol.

> «Nous, descendants du premier peuple agricole de ce continent, serons-nous incapables aujourd'hui de comprendre les avantages de l'agriculture?[9]»

Enfin! voilà qu'il est dit, le mot qu'attendait la Gribouille: la culture de la terre, salut de son peuple. Qu'ils viennent après ça, le Jaddus et tous ses insulaires, oser mépriser le défrichage et défendre les vertus maritimes! La terre, la croûte du sol d'un pays dont la seule odeur a ramené les déportés d'exil! le voilà le plus grand don de Pélagie à sa descendance. Pour ce seul prêche du Monseigneur... plus grand que Jaddus lui-même, un vrai géant... pour cette défense de la culture du sol, la Gribouille se réconciliait avec Memramcook et sa convention. La thèse de l'agriculture triomphait à Memramcook, la terre l'emportait sur la mer et ses îles.

> Fendez le bois, chauffez le four,
> Dormez la belle, il n'est point jour.

C'est un groupe de Gallant et d'Arsenault de l'Île du Prince-Édouard qui chante, bientôt rejoint par ceux du Cap-Breton et du nord... À la claire fontaine, s'en allant promener... lui a longtemps que je t'aime... jamais je ne t'oublierai...

---

9. M. F. Richard. *Sermon.*

La Gribouille veut se dégager de Marguerite à Loth qui lui tire la manche, qu'est-ce qui lui prend! La Marguerite qui maintenant lui tiraille le bras, l'oblige à se retourner et à reconnaître, avançant dans la nef centrale comme un sacrifié s'acheminant vers son bûcher, le fils d'Antoine Bernard de l'Île, Pierre le maudit.

Renaud aussitôt dégage la Marguerite et se glisse aux côtés de la Gribouille, prêt à étouffer de ses longues mains toute secousse, tout geint ou hurlement. Mais la Gribouille, médusée, n'a pas encore bougé. Ses yeux suivent ce nouvel Isaac qui marche si tranquillement vers le lieu du sacrifice, que toute la foule en retient son souffle.

...C'est Pierre Bernard, Pierre Bernard de l'Île du Prince-Édouard... vous l'avez reconnu? il avance vers la tribune, on dirait qu'il va y monter... il veut prendre la parole... chut!... il va parler...

— ...Mesdames et Messieurs, ...Je me noume Pierre Bernard, du Village-des-Abrams de sus l'Île... fils à Antoine à Antoine à Pierre... Bernard... C'est la première fois que j'ai l'honneur... Je viens vous adresser la parole de la part des gens du pays qui sont bénaises et contents de venir vous saluer. Je vous salue.

Certains sourient, d'autres s'épongent, tous ajustent leurs fesses sur leur siège et tendent l'oreille.

— ...Si j'ai la sueur qui me coule sus le front, c'est point par rapport qu'il fait plus chaud dans votre vallée que dans notre île; c'est à cause du vent qui s'a point élevé sus le détroit, c'qui fait que j'ons dû ramer douze milles avant de traîner nos barques sus la côte du Barachois. C'est point que l'île seyit si loin, c'est juste qu'elle est entourée d'eau.

Les délégués en chapeau fin ou en barrette ont un léger gloussement. Les autres se taisent et écoutent. Alors Pierre prend un souffle profond pour tenter d'arrêter son cœur de battre la chamade : mais son cœur n'obéit pas. Il n'a pas le choix et poursuit.

— ...C'est point aisé d'habiter une île durant douze mois chaque année...

La Gribouille se rengorge.

— ...Six mois sus douze, je sons tous seuls là-bas, sans secours, sans nouvelles, sans parenté. Je l'ons appris rien qu'en avri' que Miramichi avait passé au feu et que de nos cousins aviont pèri dans l'incendie. Et quand c'est que l'un des nôtres trépasse durant l'hiver, je devons espèrer au printemps pour en avertir les parents de ce bord-citte du détroit.

Le silence gagne maintenant toute l'assemblée, les officiels compris. Pierre essuie du revers de la main la sueur qui lui chatouille le menton et continue.

— ...Tout ça serait encore rien si je pouvions être sûrs de l'année qui vient. Mais chaque automne, il nous faut nous demander ce qu'adviendra de nous au printemps...

Alphée, Antoine et Julie n'en croient pas leurs oreilles; c'est leur frère et leur fils qui tout à coup parle quasiment en grandeur.

— …Ce qu'adviendra d'un groupe d'Acadiens qui sont vos oncles et vos cousins, et qui parlont encore la même langue que vous autres. Mais pour combien de temps encore? J'ons ni collèges sus l'Île, ni écoles françaises. Point grous de prêtres qui prêchont dans notre langue non plus. Point de livres ni gazettes. Rien que nos contes et nos chansons que je nous passons de père en fi'. C'est les plus belles chansons du monde emportées de France y a passé deux siècles. Vous trouvez peut-être que les genses de l'Île savont point trop ben parler. C'est par rapport aux bouffées de sel qu'ils avalont chaque jour et qui leur pavouèsont le gorgoton. Mais comme contont les vieux, le sel ça empêche un houme de se gâter et ça le garde frais longtemps.

Des rires fusent des groupes du nord, du sud, de la Nouvelle-Écosse. Pierre ne sent plus la sueur perler sur ses joues et son menton.

— …Je savons point lire, ni point parler en grandeur, mais je counaissons les plus belles chansons de naufrage… et d'amour… jamais composées.

…Il lève la tête vers les fleurs de lys et les feuilles d'acanthe, y cherchant le visage de Babée.

348

— ...Je savons danser la gigue itou et le rigodon. Et si vous nous mettiez une bombarde entre les babines, je pourrions vous faire taper du pied.

Les pieds de l'assemblée commencent à gigoter sous les chaises, et les joues à se gonfler. Les yeux pétillent dans tous les fronts... Tandis que Pierre, comme un magicien, poursuit sa prosopopée qui n'est qu'un long plaidoyer d'amour. Il n'a pas trouvé le thaumaturge que lui avait promis son frère, et a perdu tout espoir de sauver Babée par un miracle. Il a compris, en grimpant la butte du collège, qu'il ne lui restait qu'une seule carte: l'attendrissement de la Gribouille. C'était sa dernière planche. Il y mit tant de cœur qu'il en eut du génie. Les mots surgissaient à gros bouillons de sa gorge en feu, tantôt drôles, tantôt sublimes, tantôt si pathétiques ou attendrissants, que l'Acadie en convention nationale en pleurait de rire et d'émotion. Elle éclata même en sanglots quand il dit, les yeux remplis de miel qui lui coulait sur les joues:
— ...N'oubliez pas que ceux-là de l'Île itou avont perdu corps et avoirs dans le Grand Dérangement, par deux fois; que ceux-là itou avont été déportés et chassés dans les bois coume les autres; qu'ils s'avont cherché une terre où c'est creuser leurs caves et planter leurs piquets de cabanes, durant vingt ans, avant d'échouer sus l'Île Saint-Jean qu'a point été un paradis pour-z-eux depuis. Mais ils avont fait ce qu'ils avont pu avec la terre que le ciel leur a baillée. Asteur, quittez-les point tout seuls encore un

autre cent ans. Souvenez-vous qu'ils sont des Poirier et des Richard et des Arsenault et des Gallant et des... LeBlanc, comme vous autres, et qu'ils auriont grand-envie, ceux-là itou, de point laisser tarir la lignée... C'est ça qu'ils m'avont envoyé vous dire... en vous remerciant.

Jaddus aperçut une mince rosée sur les cils de sa femme. Et il comprit qu'il n'avait rien à perdre de tenter le grand coup.

— Pélagie, qu'il lui chuchota presque dans le cou, je crois qu'asteur je pouvons 'i bailler notre fille.

La Gribouille ne répondit pas, mais elle posa la main sur le genou de son homme qui n'osa pas se lever avec l'assemblée en train d'applaudir le héros de l'Île à en faire vibrer les frises et colonnes fleurdelisées du petit Léon.

ÉPILOGUE

PIERRE ne devait plus jamais retrouver son éloquence de la convention nationale de Memramcook. Même pas lors de celle de Miscouche, dans son île, trois ans plus tard.

— La prochaine fois, ce sera au tour de l'Île, que se souhaitaient les délégués sur le parvis du collège en se serrant la main.

— Et la suivante, en Nouvelle-Écosse, que criaient ceux de la baie Sainte-Marie.

Il ne devait prendre la parole ni à Miscouche, ni à la baie Sainte-Marie. Il avait dans le seul discours de sa vie, à Memramcook, condensé les espoirs et les récriminations de trois ou quatre générations d'ancêtres abandonnés sur l'île Saint-Jean. Et son cri avait résonné par toute l'Acadie. À ceux qui lui demandaient où il avait puisé un tel souffle, il souriait mais refusait d'avouer qu'il n'avait jamais su, même au plus chaud de son discours, qu'il défendait la cause de son peuple. Il avait plaidé pour son amour, et avait gagné.

Il avait gagné. La Gribouille ne sut cacher ses larmes à temps, ni ravaler son émotion. Le Fond-de-la-Baie comprit en même temps que Jaddus que la Gribouille céderait et que Pierre aurait Babée. Et le mariage fut célébré le 15 août, en cette première fête nationale du pays.

— Ils se marieront à l'église de la Pointe-à-Jacquot, que fit la Gribouille qui reprenait du poil de la bête. Et ils s'installeront sus la terre de leurs aïeux, icitte au Fond-de-la-Baie.

Thaddée, François, Philippe, les neuf fils de Jaddus voulurent regimber, mais leur père les calma d'un geste. La terre de la Gribouille, héritée de sa mère Pélagie, revenait à leur sœur au même titre qu'aux garçons. Pierre Bernard bâtirait sa maison sur le dizième lot des Poirier du Fond-de-la-Baie.

— Sus le premier, que rectifia la Gribouille qui s'était juré de ne pas perdre la face deux fois dans sa vie.

— Sus le premier, du côté de la mer, que consentit Jaddus.

* * *

Le Fond-de-la-Baie servit le fricot et le gâteau des noces aux Pointes, au Lac-à-la-Mélasse, à la Butte-du-Moulin et à la Barre-de-Cocagne, en plus d'ouvrir toutes grandes ses tables à la parenté ressoudue de l'Île. Et la noce dura trois jours comme celle du capitaine et d'Adélaïde un an plus tôt. Mais quand apparut Moustachette sous le chêne de la Gribouille, Crescence l'enjoignit de partir du bon pied, cette fois, et de ne pas mélanger le refrain de la mariée aux complaintes de naufrages.

Dors tranquille, Crescence, la complainte de Pierre et de Babée ne chante que le bonheur... et des générations et générations de rejetons.

*   *   *

Jérôme peut encore un coup quitter les côtes sur la pointe des pieds, en jetant un dernier œil de travers au beau Renaud, le Français de France, qui notait à mesure les vingt-six couplets de la complainte :

> ...comme la Belle au bois dormant
> Qui s'éveilla au bout d'cent ans...

Il s'en allait cette fois vers le noroît, le Menteux, dans ces terres inconnues du Madawaska qui avait envoyé aussi sa délégation à Memramcook. Un terrain vierge pour un colporteur d'histoires et de menteries. Et là, au moins, le Renaud ne le précéderait pas.

*   *   *

En passant par Sainte-Anne, Jérôme arrêta se reposer dans la nouvelle église en bois, surgie de terre quelques mois plus tôt. Et c'est là qu'il aperçut le petit Léon, couché sur sa bosse de bossu le long d'un échafaud, en train de peindre, oui, je vous le jure! en train de peindre une fresque au plafond. Des madones et des anges, au visage doux et fier, tous à l'image de Babée.

Et Jérôme-le-Menteux enfouit aussi ces images-là au fond de sa besace de colporteur et de conteux.

* * *

...Et du ventre de ma grand-grand-mère, j'ai vu disparaître Jérôme à l'horizon. La fourmilière était toute grande ouverte. Et j'ai compris que les fourmis étaient sorties du bois.

Montréal, automne 1981
...cent ans plus tard

TERMES OU EXPRESSIONS DU LANGAGE ACADIEN

A

aboiteau : digue.
abric : abri.
ad germain : cousin germain.
allumelle : lame (de couteau).
aouène : avoine.
apparence : apparemment.
auripiaux : oreillons.
aveindre : arracher, sortir.
aviser : regarder.

B

bagouler ou *bagueuler* : disputer, rouspéter.
bâille à laver : cuve.
bailler : donner.
barachois : petit bras de mer peu profond, qui s'avance à l'intérieur des terres; petit fjord.
bâsir : partir et disparaître, s'éclipser.
beauté de (une) : beaucoup.
bec-scie : oiseau de mer; harle d'Amérique.
belle heurette : belle lurette.
bénaise : content.
bicler : cligner (des yeux).
bouchure à dards : clôture en fils de fer barbelés.
bombarde : sorte de musique à bouche, guimbarde.

buttereau : petite butte de sable.

C

calouetter : cligner des yeux.
caneçons : caleçons.
canter : pencher.
chacunière : maison, logis.
chaise à roulettes : chaise berceuse, rocking chair.
ciel graisseux : ciel qui est à l'orage.
clayon : petite claie.
corde à virer le vent : chimère.
cordeaux : guides, rênes.

D

déniger : dénicher.
devanteau : grand tablier.
dève (en) : en colère.
drès : dès.

E

ébaroui : ébahi.
effaré : effronté.
efflintché : grand et maigre.
empremier : autrefois.
engotter (s') : s'étouffer.
épelan : éperlan.
ersoudre : voir *ressoudre*.

espèrer : attendre.
estatue : statue.
étrange : étranger (un).

F

faignant : fainéant.
forlaque : dévergondée.
frolique : fête, corvée.

G

gadelle : fruit, genre de groseille (à grappe).
goéliches : petits du goéland.
gorgoton : gosier.
goule : bouche.
grincher : faire un sourire en coin.
grous de : beaucoup.

H

hairage : héritage.
haire : héritière.
hariotte : petite branche.
haut mal : épilepsie.
honteux : timide, gêné.
houme : homme.
hucher : crier.

I

itou : aussi.

J

jonc : bague, anneau, alliance.

L

laize : largeur d'une pièce de drap, d'une lisière à l'autre.
le temps se calotte : le temps se couvre.
lingard : efflanqué.
longi : paresseux, lent.

M

maçoune : âtre.
mashcoui : écorce de bouleau.
mauvais mal : cancer.
mette : huche à pain.
minatter : caresser.
mocauque : savane.
montain : petite montagne.
moussaillon : enfant.

N

nenni : non.
noroît : nord-ouest.

O

ouère : voir
ous : os

P

paré : prêt.
parler en grandeur : parler avec emphase.
petit-noir : genre de canard sauvage.
pigouiller : fouiller avec un bâton ; sonder.
ponchon : baril.
poumons au vif : pneumonie.
poutine à trou : genre de chausson aux pommes.
prêcher : supplier.

Q

quart : baril.
quitter : laisser.
qu'ri' : quérir, aller chercher.

R

ragorner : cueillir, ramasser.
ramander : quémander, mendier.
ramenelle : mauvaise herbe.
râpure, pâté à la : pâté à base de pommes de terre râpées.
rebeausir : redevenir beau.
ressoudre : apparaître, surgir.
retarzer : retarder.

S

saint-glaude : oiseau, genre de martin-pêcheur.

sargailloux : souillon.

séminte : juron (déformation de Seigneur).

si fait : oui, si ! (affirmatif).

siler : siffler (un chien).

sorcière de vent : tornade.

soupe au devant de porte : soupe aux légumes frais.

sû : sud.

suète : sud-est.

suroît : vent du sud-ouest ; chapeau de pêcheur.

sus : chez.

T

taille d'oignon : tranche d'oignon.

tet-à-poules : poulailler.

tête de matelas : traversin.

trécarré : extrémité d'une terre ; côté de la forêt.

tricoler : tituber.

U

une petite affaire : un petit peu.

V

veuze ou *vèze* : cornemuse.

virouner : tourner autour.

ACHEVÉ D'IMPRIMER SUR
LES PRESSES DES ATELIERS
MARQUIS DE MONTMAGNY
LE 6 NOVEMBRE 1981 POUR
LES ÉDITIONS LEMÉAC INC.